O AMOR DE OLHOS FECHADOS

Copyright © 2011 Fonds Michel Henry – Université Catholique de Louvain
Copyright da edição brasileira © 2015 É Realizações
Título original: *L'Amour les Yeux Fermés*

Editor | Edson Manoel de Oliveira Filho

Produção editorial, capa e projeto gráfico | É Realizações Editora

Preparação de texto | Lizete Mercadante

Revisão | Marta Almeida de Sá

Reservados todos os direitos desta obra. Proibida toda e qualquer reprodução desta edição por qualquer meio ou forma, seja ela eletrônica ou mecânica, fotocópia, gravação ou qualquer outro meio de reprodução, sem permissão expressa do editor.

CIP-BRASIL. CATALOGAÇÃO NA PUBLICAÇÃO
SINDICATO NACIONAL DOS EDITORES DE LIVROS, RJ

H451a

Henry, Michel, 1922-2002
O amor de olhos fechados / Michel Henry ; tradução Pedro Sette-Câmara. - 1. ed. - São Paulo : É Realizações, 2015.
352 p. ; 21 cm.

Tradução de: L'amour les yeux fermés
ISBN 978-85-8033-226-1

1. Romance francês. I. Sette-Câmara, Pedro. II. Título.

15-29078   CDD: 843
                                                      CDU: 821.133.1-3

14/12/2015   14/12/2015

É Realizações Editora, Livraria e Distribuidora Ltda.
Rua França Pinto, 498 · São Paulo SP · 04016-002
Caixa Postal: 45321 · 04010-970 · Telefax: (5511) 5572 5363
atendimento@erealizacoes.com.br · www.erealizacoes.com.br

Este livro foi impresso por Edições Loyola em dezembro de 2015. Os tipos são da família Dante MT Std. O papel do miolo é o off white Norbrite 66 g, e o da capa cartão Ningbo Star 250 g.

Michel Henry

O AMOR DE OLHOS FECHADOS

Tradução de
Pedro Sette-Câmara

É Realizações
Editora

A tradução desta obra contou com o apoio do
Centre National du Livre da França.

Da estreita janela do meu quarto é possível abarcar a cidade inteira com um único olhar. Apoiando-se nos telhados de pálidas telhas que, em seu alinhamento desigual, dão testemunho do trabalho obstinado das gerações passadas, a vista, como que levada pela perfeição das delicadas formas dos diversos edifícios, e acompanhando a lei inflexível de seu rigoroso encadeamento, desliza de uma à outra, sem poder fixar-se em parte alguma; após abandonar-se à voluptuosa curva das pesadas cúpulas que Aliahova tanto aprecia e tanto possui, galgando os amplos terraços sobre os quais engenhosos arquitetos dispuseram, como em camadas superpostas que seguem o sábio jogo de um escalonamento progressivo, a alma dessa cidade, subindo as sinuosas escadarias que os ligam, para deter-se nas fachadas altaneiras cujos entablamentos repetem a vinte, a trinta, a cinquenta pés do solo a ordem e a disposição das vielas, das praças e das ruas, que enfim se encontram na grandiosa massa do Domo e em sua cúpula, mais pujante do que as outras (e isso apesar de ela ser-lhes bastante anterior), e mais bela, arrebatada pela linha vertiginosa do campanário que Tharros ousou lançar como um grito sobre um horizonte de pedra, o olhar, sim, o olhar dos habitantes de Aliahova, e também o olhar de todo estrangeiro que, como eu, foi um dia seduzido por essa cidade, foge ao chão, agarra-se ao movimento sem fim das estruturas monumentais, e, como que purificado e fascinado por elas, projetado para o céu, perde-se nele, o ilimitado azul da noite.

O sol ia se pondo, revestindo os telhados, as torres, os frontões dos palácios, os domos das cúpulas e as agulhas dos campanários com um brilho dourado. Tudo estava imóvel, como que suspenso na luz. Essa cidade, pensei, está fora do tempo e do espaço. Mas que ninguém se engane. Não estou querendo aqui falar bonito, mas gostaria que soubessem que aqueles com quem decidi compartilhar a vida e sem dúvida o destino não se definiam pelas particularidades de sua raça, por mais notáveis que essas fossem. Não se tratava apenas do arco teso das sobrancelhas, do nariz reto, da figura alta e esbelta, daquele jeito de andar com a cabeça ligeiramente para trás, com certa distinção intrínseca a todos os gestos, aquela inflexão áspera da voz e a estranha nobreza das mulheres de rosto sóbrio, simultaneamente sorridente e altivo. Todos aqueles que iam e vinham pelas estreitas ruas da Senhoria ou pelos espaços desimpedidos do Fórum, os quais se atravessavam paralelamente às escadarias de mármore que desciam na direção do porto, ou que passavam pelas lojas fervilhantes do Transvedro, todos unidos por algo diferente e mais sutil do que a tez fosca de seu corpo delgado ou do que a forma amendoada de seus olhos escuros – eu ia dizer, o que provocaria risos, pela proporção de seus edifícios! Essa cidade tinha sido obcecada por uma ideia, a qual iluminava todos os olhares com que eu topava, retirando dos habitantes daqueles lugares qualquer nacionalidade precisa para fazer deles seus servidores e adoradores da beleza. Foi por causa dela, porque ela os marcara sem que percebessem, que Denis e Deborah acabaram por pertencer à cidade e, como eu, querer defendê-la de seus próprios filhos e de si mesma. Aqui ouvíamos o leve murmúrio de uma fonte escondida em nós desde a origem dos tempos, que não poderia secar sem que nós também nos perdêssemos.

O sol se pôs. A cidade toda assumiu uma brancura de leite, e somente a parte superior das muralhas que a circundavam de leste a oeste e que a norte subia pelo começo das encostas do Éritro estava iluminada por um tom de rosa, que logo se apagou. Eu seguia com os olhos a linha contínua das muralhas que corriam de uma torre a outra como um vigoroso desenho, enquanto cada uma das várias ameias que os sobrepujavam ainda oferecia ao último raio o relevo de sua precisa arquitetura.

Ai! De que te servem tuas muralhas, Aliahova? Onde estão, além das colinas e do Monte Éritro – que desaparecia progressivamente na escuridão –, os inimigos cujo ataque suscitaria em ti uma energia nova, uma força pura capaz de abatê-los e, mais precisamente, de permitir que renascesses de ti mesma e viver? Aliahova! Aliahova! De tuas basílicas de mármore e de teus palácios suntuosos não restará pedra sobre pedra. Tuas figueiras secarão, e sal será lançado sobre a terra desolada.

Será que era o frio da noite que chegava? Eu estremecia enquanto pensava ouvir, atrás de mim, no próprio quarto onde eu estava, um ruído insólito, como um roçar fugidio e já esvanecido. Saí da janela, ainda fascinado pelos esplendores do poente, e tateei, em meio à desordem do quarto, até o lugar de onde vinha o ruído. À medida que meus olhos se acostumavam à penumbra, fui distinguindo no chão uma mancha clara e, inclinando-me na direção dela, peguei uma folha de papel passada por debaixo de minha porta. Era uma mensagem do tipo que se dizia circular cada vez mais por Aliahova. Li, creio que sem estremecer, grandes letras, firmemente escritas, e o que elas diziam dispensa qualquer comentário:

Sahli, vamos te matar.

Abrindo a porta bruscamente, precipitei-me pelo corredor que, situado no último andar do palácio em que moro, liga os quartos outrora reservados aos servos domésticos, um dos quais ocupo. Estava vazio. Fiquei ouvindo ofegante. Será que aquilo que vinha logo de debaixo dos degraus era o último passo do homem que fugia, ou o de um passante, ou o barulho da rua? Agora, porém, eu sabia de que o futuro seria feito.

*

Ainda que os cursos da prestigiosa Universidade de Aliahova tivessem sido interrompidos havia um ano, o Grande Chanceler tinha mandado pedir aos professores – e até a mim, mero tutor estrangeiro convocado ali mais pelo efeito de uma recomendação misteriosa do que pela notoriedade de meus primeiros trabalhos (que no entanto receberam, confesso, uma acolhida muito favorável, para não dizer lisonjeira, por parte de diversas sociedades científicas, entre as quais a de Aliahova) – que ficassem alguns dias na faculdade, a fim de receber aqueles alunos que, mesmo diante dos acontecimentos, desejassem continuar seus estudos. E assim, no calor tórrido daquele começo de tarde de junho, através da cidade deserta, por ruelas tortuosas em que eu procurava uma sombra protetora, eu caminhava na direção daquele prédio imponente que, a leste do porto, dominava o bairro dos mercadores.

Erigida sobre um outeiro como que transformado num gigantesco pedestal pela junção de espessas muralhas cuja construção havia demandado muitos anos, e além disso sobrelevada por uma robusta base de enormes pedras bossadas, a Villa Caprara era, de todos os palácios que vi, o mais extraordinário. Apresentava-se como um imenso hexágono, de modo que o observador, colocado diante daquilo que julgava ser a fachada principal, também percebia como que os dois lados de um capacete, divergindo na direção do horizonte, desafiando as leis mais elementares da perspectiva, os dois lanços das laterais, cujo afastamento perante o céu fazia o chão sumir debaixo de seus pés. Se, vencendo o mal-estar ou a vertigem de que era difícil não ser vítima, alguém empreendesse a subida da escada monumental e dupla que levava ao nível do primeiro terrapleno de acesso e depois chegasse à grandiosa porta de entrada, e se, mal recuperado das emoções e ainda sem compreender bem a que desígnios obedecia aquela estranha construção, esse alguém atravessasse a colossal disposição do átrio, então surgiria a maravilha: na pesada construção hexagonal inscreviam-se o círculo do pátio interior e a harmonia de seus quatro andares circulares, que traziam um jogo alternado de colunas coríntias e de pilastras, deixando-o atônito. Todavia, mesmo que, voltando ao átrio, esse alguém se dirigisse para a direita, descobriria algo ainda mais impressionante: a fabulosa escada de Verzone, que projetava na direção de um teto em *trompe l'oeil* a branca espiral de seu corrimão ritmado, de uma curvatura a outra, pela ligeira cesura de suas colunetas geminadas.

Abandonando-me, como a cada vez que tinha a oportunidade de ir a essas partes, àquela exaltação que gera em nós o espetáculo da beleza, subindo lentamente os degraus de mármore, eu saboreava, após a difícil subida sob o sol, o frescor da sombra daquele vasto recinto. Nem um ruído sequer vinha perturbar a paz que se estendia sob as imensas abóbadas. Os largos batentes se abriam e se fechavam à minha passagem sem nenhum rangido. Sempre gostei do silêncio. Mas é preciso reconhecer que havia ali qualquer coisa de fúnebre. Esse majestoso navio de quatro pontes, cujas coxias desertas eu percorria, encalhado no meio de um bairro de vida efervescente, em que, a cada passo, um mercador o interpelava, enquanto moleques em gargalhadas interrompiam a passagem, já não passava, era essa a minha cruel experiência, do fantasma de um universo desaparecido. A multidão de estudantes de outrora não transbordava mais por aqueles corredores agora demasiado grandes, a biblioteca estava vazia, as discussões haviam silenciado. E questões inoportunas forçavam-se contra a alma: que seria dessa antiga instituição se as pessoas mesmas a quem ela havia sido destinada a abandonavam? Que seria do mundo se o pensamento não tivesse mais importância? Essa sociedade não rejeitava somente sua cultura e seu ensino, para dizer a verdade, mas era de si mesma que ela se separava, era ela que perdia todo o sentido a seus próprios olhos.

Cheguei a meu escritório: uma sala estreita cuja exiguidade era acentuada pelo teto, alto demais. A mobília consistia em uma mesa de madeira e duas cadeiras. Havia meses ninguém me visitava. Eu já tinha parado de pensar nas respostas para as perguntas que não eram feitas. Ocupava meu tempo com a leitura. Ao fim da tarde, eu deixava ali o livro que, na semana seguinte, reencontrava aberto na mesma página. E depois as frases, as palavras se confundiam, seu significado se perdia, eu meditava horas inteiras sobre o que se passava, e que aparentemente escapava aos observadores mais perspicazes e mais preparados do que eu. Meu olhar errava indefinidamente pela parede coberta de um amarelo fosco, e depois eu ficava ali, sem enxergar nada.

Naquele dia, contudo, bateram à minha porta. Uma moça entrou na sala e antes que eu tivesse tido tempo de me levantar e de esboçar um gesto de acolhida, ela já havia se sentado diante de mim. Tudo nela me parecia surpreendente. O bronzeado excessivo de seu corpo, que seu vestido muito decotado deixava adivinhar, as exóticas pulseiras que ela trazia nos pulsos e, como logo reparei, num dos tornozelos, suas mãos distraídas, seu rosto volúvel, que assumia, a cada instante, as expressões mais diversas, um olhar azul que ela lançava diretamente contra o meu antes de baixá-lo num pudor fingido, sua voz, que, como seu rosto, mudava sem cessar de registro e de tom, ora clara e cristalina, feito a água de fonte de montanha, ora grave, calorosa e às vezes ameaçadora, uma voz que ela tocava como um instrumento musical e que, depois de ter percorrido a curva ascendente e descendente de suas escalas, subitamente emudecia numa gargalhada que ela permitia prolongar-se indefinidamente, que parecia escutar-se a si mesma, embriagar-se de si mesma e enfim abandonar-se ao jogo sem fim de seus trinados, até que, quando subitamente faltava a respiração, uma tosse sacudia o peito da moça, revelando ao mesmo tempo sua fragilidade e sua graça – tudo isso me teria levado a crer que eu estava lidando com uma atriz ou com uma histérica, se a apresentação não tivesse sido demasiadamente bem preparada: ela dominava a técnica desse tipo de discurso, quer dizer, do discurso com que ela me ocupava, e que foi praticamente este aqui:

– Veja como são as coisas – dizia –, eu vim ver você e isso é quase indecente. Chegamos a um tal ponto de estupidez que, neste lugar onde se deveria ensinar a verdade e a franqueza, um homem como você e uma mulher como eu não podem se encontrar se não for para falar de coisas que lhes são totalmente alheias e indiferentes... para falar de tudo, menos deles mesmos! E como poderíamos fazê-lo se, desde que vamos à escola, nos ensinam a ter vergonha de nós e de tudo que nos interessa, de nosso corpo, de nossos desejos...

Ela me olhou e, como eu permanecesse em silêncio, continuou, num tom mais vivo:

– Mas você acha então que os adolescentes pensam em quê quando estão sozinhos? E os adultos? Nós mesmos, se tivéssemos nos encontrado em algum outro lugar, e não neste lugar sinistro, numa praia ou na casa de amigos, você acha que nós estaríamos sentados deste jeito ridículo, a três metros um do outro, separados por uma mesa bamba, você com cara de quem engoliu um prego, eu obrigada a violar as grotescas leis da decência, que mataram de tédio gerações inteiras, para enfim ousar ser eu mesma?

– É verdade – eu disse – que no passado as relações universitárias com frequência careciam de naturalidade...

– É verdade... – ela repetiu com ironia. – E você sabe por quê?

Fiz um sinal indicando que não sabia.

– Porque, evidentemente, a sinceridade de uma conversa, mesmo a mais simples, é impossível se um dos interlocutores está à mercê do outro.

Fingi ficar surpreso.

– Mas e as provas!

Ela bateu de leve no chão com o salto do sapato.

– Não é extravagante pensar que a possibilidade de alguém encontrar um trabalho... e de comer... depende de um meneio de um senhor satisfeito consigo próprio? E não é só no dia da prova que é preciso fazer-lhe salamaleques, mas o ano inteiro! Você tem de ir às aulas, escutar com olhos brilhantes as manias de um velho idiota, só para poder devolvê-las quentinhas, quando chegar a hora, na devida embalagem.

– Mesmo assim existem conhecimentos objetivos...

– Vamos falar deles! Você acha verossímil essa divisão da humanidade em duas: de um lado, aqueles que sabem... porque está bem claro que, numa prova, é o examinador que sabe tudo... e de outro aqueles que não sabem nada e que só podem, na melhor das hipóteses, repetir um pouquinho daquele saber iniciático a quem lhes foi concedido o privilégio de conhecer? Como se todos nós não soubéssemos, todos igualmente, aquilo que é necessário saber desta vida! Como se o menor dos nossos gestos, o mais simples e o mais indecente, não fosse um testemunho mais verdadeiro daquilo que somos do que essas abstrações! Como se tudo aquilo que fazemos espontaneamente e esquecendo, se possível, o que nos foi ensinado não fosse uma expressão direta de nós mesmos, eu diria até uma criação, e o produto daquilo que temos de melhor... dos nossos instintos!

Fiquei calado o tempo todo. A voz dela tornou-se mais agressiva, às vezes silvando provocativamente, enquanto seu rosto se animava e certa paixão passava a habitar suas palavras:

– E sem falar nesse famoso saber que pretendem nos inculcar: que coisa mais estranha! Ele não passa de esforço, de trabalho, de atividade em sua forma mais repulsiva. E que esforço? O esforço contra si e contra aquilo que existe de vivo em nós. É preciso frear esses impulsos, escapar do domínio das paixões, desconfiar dos sentimentos, ultrapassar a sensibilidade para chegar ao conceito – ela destacava essas palavras com óbvia satisfação –, em suma, negar que temos um corpo e tentar matar a vida por todos os lados! E por que esse projeto assombroso? Você ainda não percebeu, senhor professor?

– Porque –, recomeçou ela após um sorriso constrangido – querem desviar nossa energia de seu verdadeiro objetivo: o prazer. Querem que a gente trabalhe, vá ganhar dinheiro.

Toda a educação ascética que recebemos aqui não tem outro objetivo além de nos preparar para o emprego que a sociedade nos reserva! Existe melhor preâmbulo para o serviço dos outros, isto é, do patrão explorador, do comerciante cínico e do fazendeiro abastado do que a renúncia de si mesmo?

Arrisquei uma objeção:

– Não se trabalha só para o lucro dos outros. Quando eu vejo esta cidade, este porto, estes navios lotados de carga, estas ruas, estes palácios...

– Parece que quem os construiu não está morando neles!

Senti um cansaço súbito, uma espécie de lassidão, como se estivesse se aproximando uma daquelas discussões sem fim que não levam a nada além do esgotamento dos participantes. Será que ela também se sentia assim? Houve um longo silêncio.

– Eu venho – enfim disse a ela – de um país distante. A vida é certamente mais simples do que aqui, mais próxima do corpo, como você deseja. Lá, para a maior parte das pessoas, o que importa é sobretudo não morrer de fome nem de frio. É verdade que quem preenche essas duas condições é visto como privilegiado. Mas durante toda a minha juventude sonhei com Aliahova. O que me manteve trabalhando foi a esperança de um dia vir aqui. E o que eu encontrei aqui superou minhas expectativas. Lembro-me de quando cheguei. Era tarde, o fim do dia, saí correndo como um louco até a praça do Domo, por medo de que a noite a escondesse dos meus olhos. Tudo que eu via me deixava boquiaberto. Aquilo não era uma terra estrangeira, uma região nova, era outro mundo. E entendi por quê. Porque ali, naqueles lugares que eu contemplava maravilhado e que você quer destruir, os homens tinham literalmente inventado algo diferente – e, subitamente, fui surpreendido pela dureza da minha própria voz –, uma coisa que não existe em nenhum lugar na natureza, veja bem, mas somente no fundo do nosso ser, e que é mais antiga do que nós mesmos. Para mim, esta cidade foi a confirmação daquilo que eu vislumbrava de um jeito confuso, a prova...

E foi então que seu riso surgiu novamente, leve, feliz, luminoso, repleto de uma energia ostentada apenas gradativamente, fazendo com que sempre parecesse haver uma parte guardada, enquanto, à semelhança de uma paisagem de colinas que o viajante descobre um pouco mais a cada cume, ele subia e descia indefinidamente, retomado por aquele mesmo júbilo incontrolável que o lançava cada vez mais adiante, até que finalmente o silêncio voltou ao pequeno escritório, deixando-nos um de frente para o outro como velhos conhecidos, como se esse intervalo tivesse estado escrito desde toda a eternidade e a partir de agora fizesse parte de nós mesmos.

– No simples plano material – continuei –, acho que você está um tanto iludida a respeito dessa existência mais... autêntica – e enfatizei essa palavra – a que você pretende chegar. Que existe uma certa alegria em semear o trigo ou em cortar lenha, não discordo. Mas quando volto à minha terra e vejo aquelas criaturas perdidas numa imensa natureza, passando dias inteiros sem dizer uma palavra, só com a companhia de um cachorro, seus rebanhos dispersos por vastas extensões informes, correndo, quando vem a tempestade, para um abrigo ínfimo, ou se apertando, quando chega o inverno, em volta de uma fogueira medíocre, sempre à mercê dos caprichos das estações, e tudo isso num solene tédio, sinto-me perfeitamente obrigado a dizer a mim mesmo que aqueles homens corajosos são ao mesmo tempo absolutamente brutos. Porque, veja bem, vivendo no frio, perto demais da terra que vira lama quando chove, logo se torna impossível elaborar o mais mínimo pensamento.

– E pensar serve para quê?

– Não dá para ler, também – observei sem paciência –, se não há lamparinas, nem artesãos que tenham fabricado essas lamparinas, vendedores que tenham vendido o óleo, todo esse universo do mercado...

Esperei seu riso, mas ela não estava mais me escutando. Alguns seres foram constituídos de tal maneira que, quando não se fala mais de sua obsessão, eles ficam entediados. Observei essa ausência em seu rosto. Ela voltou a falar:

– Quer você queira, quer não, esse mundo vai desaparecer. O tráfico, a exploração, o monopólio, ninguém quer mais isso. E aqueles que se aferram a essas velharias vão desaparecer também.

– Se você diz – eu falei a ela. – De todo modo, eu sou só um estrangeiro aqui, e o espetáculo do que acontecer entre vocês bastará para me distrair.

– Não se engane! Ninguém pode ser só espectador hoje em dia!

Sua voz era ao mesmo tempo gentil e ameaçadora:

– Eu sei que há muito tempo você se protege atrás da sua nacionalidade... mas isso acabou; você tem de escolher, porque sempre fazemos nossa escolha, não é verdade?

Olhei-a então nos olhos:

– Não estou falando de mim mesmo. Mas como você pode atacar homens... dignos de estima, de grande valor, simplesmente porque eles não pensam como você?

– Só existe uma verdade.

E então foi como quando de repente o sol rompe as nuvens e a paisagem resplandece:

– Tudo isso – voltou ela a falar bem rapidamente – não passa de palavras. O que eu quero que você entenda não se explica por palavras. Esteja amanhã às três horas na Praia do Nascente. Depois da casa da Ercola – ela me interrogou com os olhos e fiz sinal de que conhecia aquele lugar – há uma duna mais alta do que as outras. Não é difícil de achar. Vou esperá-lo ali. Você verá, tudo vai ficar claro. Ah! Esqueci... meu nome é Judith.

Ouvi o barulho brusco de seus saltos sobre os ladrilhos de pedra, que foi sumindo e, tendo chegado ao fim do corredor, começou a descrever a espiral da grande escada. O silêncio do prédio pesado novamente tomou forma, e abandonei-me de novo à sua paz enganadora, e também ao calor dessa presença ainda difusa pela sala, até que o súbito gatilho da inquietude fez com que eu me levantasse. Decidi ir ao encontro de Denis.

*

Em torno da Villa Caprara, o bairro dos mercadores despertava de seu torpor pós-refeição. A brisa marítima soprava gentilmente pelas ruelas, agitando a roupa pendurada nas janelas, sacudindo as flores multicoloridas, infundindo por toda parte o frescor e a esperança do grande mar. Após a prostração do dia, as tardinhas de verão em Aliahova têm um encanto do qual não se consegue esquecer. É como se a vida subitamente lhe acenasse, uma vida inteiramente próxima, afável, sem mistério. Não que seja possível apreendê-la inteira ou verdadeiramente percebê-la, enquanto ela vai e vem sem cessar à sua volta, em todos os sentidos, e enquanto os diversos rostos descansados pela sesta novamente se voltam para um objetivo que você ignora (e que deve ser buscar um bolo de aniversário para a irmãzinha ou um peixe para a caldeirada da avó). Apesar disso, por causa disso, porque, quaisquer que sejam, as preocupações deles são bastante simples, e porque você poderia compreendê-las assim como eles compreenderiam as suas, aqueles que esbarram em você na multidão cada vez mais ruidosa à medida que o dia avança, de bom grado parariam, acho eu, se você lhes pedisse informações ou qualquer tipo de ajuda. Que mais fazem eles, entre si, há séculos? Foi isso que lhes permitiu subsistirem, o apoiar-se uns nos outros e prestar--se mutuamente pequenos favores, preservando sua força na luta pela vida.

 O Transvedro, que agora eu atravessava apressadamente, é cercado de casas alinhadas e estreitas, que ostentam na fachada (mesmo as mais modestas moradas aqui trazem a marca do amor pela beleza) uma polia de corda em cuja ponta estão amarradas, repousando diretamente no chão, cestas feitas de lâminas trançadas de casca de tília. E, quando passa o leiteiro ou o padeiro, e deixa em uma das cestas cuidadosamente alinhadas as suas mercadorias, ele dá um grito, enquanto na janela mais alta aparece o rosto de uma senhora, que tira da cesta a preciosa carga.

Assim como um homem que se sabe atingido por uma doença fatal descobre com angústia o esplendor inalterado do mundo, foi com o coração partido que, arrancando-me desses lugares familiares, subi a colina do Tinto, a oeste da cidade. Quando se conhece Denis, seu temperamento aristocrático, seu senso do que é natural, seu pragmatismo tipicamente nórdico, seu gosto pelas coisas "mais simples" que sempre são, como que por acaso, aquilo que há de melhor, o fato de ele ter encontrado os meios de morar aqui deixa de impressionar. O Tinto é o bairro chique de Aliahova. No momento em que ela se levanta, a brisa do mar chega aqui, fazendo florescer os jardins, que escondem suas altas cercas. Dos palácios que outrora cobriam a colina e que as sucessivas invasões de bárbaros e incursões de piratas despojaram do revestimento de mármore e das peças de bronze, usados para fazer canhões, hoje nada resta além de longos muros de tijolo rosa, desgastados pelo tempo, abaixo dos quais brotam vastas quantidades de uma vegetação polimorfa e a imensa madeira dos pinheiros gigantes, balançando sua sombra silenciosa pelas alamedas desertas. É essa a sedução do Tinto, o cromatismo refinado daquele rosa e daquele verde, que se repete ao longo de vastas avenidas, de um quarteirão a outro. É essa harmonia secreta, mais forte do que os acontecimentos inquietantes, que, acho eu, me deixou um pouco mais calmo e me levou agora à morada de Denis, um quarto situado no segundo e último andar de uma vivenda cuja elegante fachada palaciana se escondia atrás de uma ala de ciprestes e de teixos. Ali chegava-se por uma bizarra escada exterior, uma espécie de passarela de navio colada a um muro enrugado. Os loureiros gigantes que, naquele ponto, apertavam-se contra a casa, mascaravam o que aquele dispositivo poderia ter de antiestético, e Denis assim ganhava uma entrada independente para aquilo que chamava de seu poleiro.

Quando cheguei a Aliahova, aconselharam-me a ficar amigo de alguém criado ali. Somente alguém assim poderia me ajudar, diziam, a mergulhar numa existência que naquele momento seria estrangeira e, mais ainda, por causa do contato, ele mesmo a perceberia como se pela primeira vez. Os edifícios, as paisagens, as pessoas às quais ele não dava a menor atenção resplenderão para ele com uma nova luz, serão para ele motivo de orgulho, e ele saberá valorizá-los a seus olhos, e falar-lhe-á deles com a familiaridade de um amor recuperado. Sou obrigado a admitir que não encontrei ninguém assim nesta cidade. Seus habitantes não a enxergavam mais, tendo ficado incapazes de perceber sua grandeza e seu preço – como aqueles maridos que têm uma mulher maravilhosa e vão se deitar com outras. Um descontentamento surdo se manifestava aqui contra todo o desenvolvimento passado e aquilo que ele produzira, um ressentimento sistemático que levava a preferir o "novo", fosse ele irrisório ou mesmo inexistente, ao "antigo", carregado de todos os pecados. As cenas a que assistíamos pareciam inacreditáveis. Quando um desequilibrado quebrou a mão de uma das mais belas estátuas do Domo, um grupo de pintores de vanguarda, distinguível pela forma de suas barbas, pelo tamanho e pela desordem de suas cabeleiras, celebrou esse crime como "o primeiro ato revolucionário sério realizado em Aliahova". Numerosas personalidades – e não as menores – deram opiniões sobre essas declarações, multiplicando as petições que pretendiam obter a libertação do suposto culpado. Mais extraordinário ainda, a justiça aquiesceu. Ao fim de uma sessão tensa e agitada, o próprio procurador-geral reconheceu que os fatos haviam sido mal estabelecidos (o louco tinha agido durante uma cerimônia religiosa, diante de várias dezenas de testemunhas, das quais um certo número, é verdade, não compareceu à audiência), e que "de todo modo, suas faculdades estavam prejudicadas".

Quase na mesma hora aconteceu uma exposição de esculturas cujo tema era o "excremento humano", que provocou um entusiasmo como nunca visto. Os resultados, proclamados em meio à alegria geral, atribuíam o prêmio a Colovieso, um tagarela que até então tinha ganhado fama assinando manifestos provocantes, repletos das elucubrações mais tolas. Mas dessa vez ele teve um golpe de gênio, para repetir a expressão da seriíssima *Gazeta de Aliahova*, no que diz respeito a excrementos, ao trazer os seus, ao natural, "sem nenhum tipo de deformação ideológica", e do modo, enfim, como ele tinha acabado de produzi-los. Acrescentando a isso duas observações, a primeira era que sua atitude nada tinha de irreverente em relação ao passado, uma vez que ele tão somente retomava aquele grande ensinamento dos Antigos, deixar a natureza falar; e a segunda, que de todo modo faltara a audácia em sua vontade de inovação, e pedia que desculpassem sua timidez, advinda de seu desejo de não chocar absolutamente seus concidadãos. Porque ele não devia, é claro, ter executado sua obra daquela maneira, como um artista pretensioso isolado do povo, e sim diretamente no local, em meio a todos, porque assim todos, dispostos em um vasto círculo, poderiam ter se unido a seu gesto criador e realizá-lo com ele, sem que, na obra comum, fosse possível distinguir qual parte era de quem. Afinal, a partir de agora a arte deveria ser uma atividade coletiva, e ela o seria desde que pudesse dispensar todo tecnicismo supérfluo, todo saber acadêmico, para voltar à simples imediatez material, àquilo que somos inevitavelmente. E Colovieso recordava, com ternas inflexões na voz, a cena memorável em que, na clareira primitiva, em torno da grande fogueira, os adolescentes rivalizavam numa disputa fraterna, para ver quem mijaria mais longe, para apagar aquelas chamas à sua frente, cobrindo o maior espaço possível, enquanto eram olhados com admiração por meninas de longos cabelos.

E eis por que – ao me contar as propostas de Colovieso, Denis não conseguia ficar sem morrer de rir –, eis por que foi confiada às mulheres a guarda do fogo, porque a elas faltava essa pequenina coisa que teria permitido que elas o apagassem! Ao mesmo tempo, infelizmente, a elas foi dada a nostalgia do que não têm, deixando-as perigosamente traumatizadas!

Novamente gargalhamos.

Naturalmente, prosseguiu Denis quando voltou a falar sério, isso tudo não passa de Duerf, cada palavra. Nosso Laureado não passa de um papagaio. O que dava força e unidade a suas proclamações era, ademais, o agarrar-se ao pouco que sabia!

Ainda revejo o rosto de Denis enquanto ele me explicava, durante o cair das tardes, os estranhos acontecimentos que testemunhara desde sua chegada a Aliahova, dois anos antes de mim. Sua figura loura ainda se animava e se coloria a ponto de enrubescer, enquanto rugas de alegria corriam por sua grande testa e a mobilidade de seus traços refletia a mobilidade de sua inteligência. Isso se passava geralmente em uma das tavernas do Transvedro que, ao pé do Tinto, demarcam o limite entre os dois bairros, ou, devo dizer, dos dois mundos. As pessoas distintas iam ali esperar a noite cair, no momento em que o frescor tomava a velha cidade, misturar-se ao povo e degustar com ele seus espetos e seus camarões grelhados. Aquilo que levava a mim e a Denis a juntar-nos àquela multidão insaciável era o vinho de lava servido naqueles albergues de simplicidade afetada, um vinho quase negro, rude, que recobria a língua e corria pela garganta como uma torrente de fogo e de sangue. Bebíamos, acho, um pouco demais, mas Denis sempre dava um jeito de dar a esse defeito a aparência de um comportamento científico, a nobreza de uma demonstração; afinal, dizia ele, só um vinho absolutamente natural, absolutamente saudável, poderia ser absorvido em quantidades consideráveis sem subir à cabeça nem obscurecer a inteligência. O fato é que, quando as calorias desses alegres festins tornavam nossas discussões mais exuberantes – a tal ponto que a nossa volta às vezes faziam silêncio, como se nossos vizinhos de uma noite quisessem participar de nossa tão óbvia diversão –, a lucidez de meu companheiro me deixava estupefato. Não se tratava somente da maneira infinitamente cômica como ele narrava os últimos incidentes de que a vida cotidiana de Aliahova à época era tão pródiga; por trás do prisma de seu humor sempre à espreita, havia um julgamento, que nada devia à nossa particularíssima situação, um julgamento político, implacável, diante de cuja clareza era forçoso ceder, estava baseado nos acontecimentos, e o que ele deixava entrever de seu encaminhamento não tinha nada de engraçado.

Por muito tempo, é verdade, a mera presença de meu amigo, sua alegria contagiante, o acerto de suas avaliações, que mantinha essa agitação toda como que à distância quando não lhe conferia um caráter pueril ou simplesmente bobo, nos tinha protegido na euforia de nossa condição de espectadores entretidos. Mas como esquecer as palavras de Judith e a inequívoca advertência que continham? Ao dissecar o acontecido, ele parecia escapar-nos. Eis, porém, que o acontecido me punha em questão e, enquanto eu subia quatro a quatro os degraus da escada balançante que levava à sua morada, eu ia perguntar a Denis de que maneira a comédia que então se desenrolava ainda nos permitiria que a representássemos.

Quando cheguei ao balcão que servia de entrada ao quarto, uma emoção me esperava: as persianas estavam levantadas e vi pela primeira vez sua pintura verde descamada pelo sol, com uma palidez desolada. Não era só a ausência de Denis que me surpreendia — ainda que, desde o início de nossa amizade, eu sempre o tenha encontrado a essa hora, fumando um último cachimbo, tendo concluído "agora mesmo", como ele me fazia crer com sua encantadora cortesia, seu trabalho do dia, já de pé, colocando a roupa e prestes a me acompanhar em nossos passeios noturnos pela cidade de nossos sonhos. Não sei que impressão de abandono emanava daquela porta fechada, daquele silêncio inabitual. Por um instante tive o sentimento – absurdo, eu sei, mas irrecusável no momento em que experimentei sua chegada em mim e em que, atravessando todo o meu ser, comprimia-me –, a certeza, sim, de que jamais veria Denis de novo. Titubeei, batendo contra a mureta. Fiz um esforço para respirar fundo. Por fim abri os olhos. O espetáculo que eu tinha tantas vezes contemplado se escancarava diante de mim, as ondas da folhagem rebentavam contra o mar, as linhas dos ciprestes e dos grandes pinheiros cruzavam um espaço com reflexos dourados, balançando no poente.

Desci de volta lentamente e, após ter vagado pelo parque, dirigi-me para a porta principal da vivenda. Foi só então que reparei que ela estava fechada, também ela, como também estavam as portadas da janela. Bati, chamei, dei a volta na vasta casa, e só minha voz parecia perturbar o silêncio. Que Denis tivesse se ausentado por alguns dias, sem ter tido tempo de me avisar, vá lá; mas que o proprietário, um dos mais célebres médicos de Aliahova, que tinha escolhido recolher-se nesse retiro verdejante, e, por isso mesmo, não saísse dali, também tivesse partido, assim como os diversos empregados que o serviam, isso é que era surpreendente. Muitas vezes, quando passava ali a noite, o velho me chamava e trocávamos algumas palavras, enquanto sua companheira, cujo rosto exprimia a graça dos seres que não tinham outra preocupação além da prontidão para servir, trazia-me, numa cestinha coberta por um pano branco, frutas do jardim, ou, no inverno, doces que ela mesma havia feito. De tudo aquilo nada restava, e eu descobria estupefato os lugares que a vida acabava de abandonar. Fui ainda até a propriedade ao lado e toquei furiosamente a campainha que, como um pássaro velho, deixava ouvir sua voz fatigada. Mas, ali também, ninguém respondeu ao meu chamado.

Foi como num sonho que, pelas alamedas agora repletas das sombras da noite, voltei à cidade baixa. Tomando uma bifurcação para o norte, dirigi-me, não sei por quê, para o bairro onde Nerezo morava. Será que àquela altura eu tinha necessidade do conforto de uma presença, qualquer que fosse? Ou simplesmente de colocar de novo os pés no chão e, falando com alguém de bom senso inconteste, perceber a situação sob uma luz um pouco mais tranquilizadora? A rápida sucessão de todos esses fatos imprevistos sem dúvida não se devia senão ao acaso: para cada um deles existia uma explicação, e Nerezo me ajudaria a encontrá-la. Eu não o visitava havia algum tempo, é verdade, e talvez ele estivesse ofendido por isso. Convinha, porém, contar-lhe sobre a visita de Judith e sobretudo perguntar o que ele achava do curioso encontro que ela havia marcado comigo. Mas Denis, como eu, fazia parte do Departamento de Linguística, do qual Nerezo era diretor, e por isso era normal que ele se preocupasse com a sorte de cada um de nós. Subitamente percebi que tinha um motivo para a visita e, deixando de lado toda hesitação, acelerando o passo, logo estava diante da estreita casa de dois andares que um pequeno jardim separava da rua. Passando a cerca, segurei a aldraba e bati na porta com força.

E foi então que o inacreditável aconteceu. Eu tinha batido diversas vezes em vão e já me preparava para partir quando ouvi passos que se aproximavam com cuidado e, após uma interrupção que me pareceu não ter fim, a porta se entreabriu.

Na silhueta rechonchuda que se destacava sobre o fundo escuro do corredor reconheci Nerezo, com aquele ar de camponês prudente e teimoso que ele tinha. Com dificuldade, também reparei no quanto ele tinha envelhecido – os pelos brancos misturavam-se em abundância a seu bigode amarronzado e seus cabelos também me pareciam ser os de um velho – porque seu comportamento tomava toda a minha atenção e fazia aumentar minha perplexidade. Movimentos primeiro incertos, depois cada vez mais intensos e bruscos, percorriam seu ser, enquanto suas mãos incapazes, depois de agitarem-se também sem razão aparente, vinham esboçar um gesto de negação. E como se todo esse esforço desordenado, essas tensões múltiplas nascidas de todos os lados do corpo enfim se unissem num resultado coerente, a boca se abriu, ou melhor, se deformou, num ricto estúpido, e uma voz rouca, surda e forte, ao mesmo tempo suplicante e imperativa, retiniu de maneira insólita:

– Vá embora, vá embora imediatamente e – ele recobrou o fôlego, como se estivesse sufocando – nunca mais volte aqui!

E a porta se fechou.

Quanto tempo fiquei imóvel diante da casa que sumia na noite cujas janelas me olhavam como olhos mortos? A primeira hipótese que me veio à mente – que eu tivesse cometido alguma falta em relação a Nerezo, que tivesse desrespeitado algum dos costumes que eu julgava conhecer – não resistia a um exame. Primeiro porque não encontrei nada em minha atitude que pudesse ter-lhe provocado suspeitas. Depois – e isso veio como uma prova que a mim se impunha com uma força infelizmente irresistível – porque não tinha sido eu que tinha motivado sua conduta inverossímil, ou que podia estar sendo visado por ela. Muito antes que ele soubesse que era eu quem batia, desde o instante em que as batidas soaram e em que ele decidiu não responder, não ouvir, e depois quando, sem poder agir de modo diferente, ele veio até o visitante desconhecido que naquele momento eu era para ele, com aquela lentidão, aquela hesitação que eu percebera através do batente que ainda nos separava, desde aquele instante, sim, o medo, um medo em todo o seu ser e em todo o corpo, o medo cujo esgar eu perceberia em seu rosto, já o tinha tomado. E não era eu – eu já tinha certeza – que ele via diante de si, enquanto se portava como um idiota na soleira, e enquanto gestos de pânico agitavam-no como um fantoche, era para além de mim, muito além, que se dirigia seu olhar, para qualquer coisa assustadora que o deixava sem palavras, e da qual eu só percebia uma pálida imagem em seus traços desfigurados. Voltei-me bruscamente: atrás de mim a rua estava vazia.

Caminhei rapidamente na escuridão. No primeiro cruzamento, tomei uma rua transversal e assegurei-me de que ninguém estava me seguindo. Diversas vezes repeti a manobra. Naquela noite, evitei as vias mais cheias, em que é possível ser observado sem perceber. Às vezes eu dava a volta em um quarteirão de casas para me esconder sob um pórtico. Quando tive certeza de que estava sozinho, entrei em casa. Subi a escada em silêncio e, após colar o ouvido na porta do meu quarto, abri-a de um golpe só. Com a ajuda de uma lamparina, vasculhei cuidadosamente as minhas coisas. Bloqueei a porta com um móvel cheio de livros e, tateando o forro do meu cofre, peguei o pequeno punhal que, na minha terra, é usado para a defesa contra os animais ferozes e às vezes contra os homens. Eu o tinha trazido comigo sem saber muito bem por quê. Coloquei-o no chão, ao lado da minha cama, ao alcance da mão.

*

A leste do porto, depois dos entrepostos e dos armazéns onde antigamente se acumulavam as mercadorias vindas do mundo todo, dentre os quais apenas alguns ainda funcionam – dos outros restam apenas as carcaças vazias, com paredes desbotadas ou rasgadas pelos saqueadores –, a cidade subitamente acaba. Diante do observador estende-se a planície de areia que ao longe se encontra com o marulhar das dunas. Raros filetes de vegetação tentam fixá-las, mas, àquela hora do dia, em que o sol bombardeia seus raios de fogo, você não os perceberia. Para dizer a verdade, ao nível do chão você não veria nada além daquele tremor do ar superaquecido, como um véu de luz em que a substância das coisas se espalha, em que todas as formas são abolidas. E você passaria por ele como por um nevoeiro, tateando, perscrutando o chão que desliza embaixo dos seus pés, e como se você também fosse dissolver-se naquele encantamento branco. Enquanto isso, as solas de tecido das minhas sandálias não me defendiam mais do cascalho ardente, eu procurava o mar e o adivinhava, além da palidez cinza da praia, como uma imensa vaga leitosa, semelhante ao céu. Tendo desamarrado as sandálias, caminhei até o limite da orla, e leves ondas vinham banhar meus pés. Também apreciei o fato de que, como as dunas à minha esquerda haviam aparecido, a visibilidade estava melhor ali, e me protegia de qualquer surpresa. Involuntariamente, diversas vezes passei a mão por minha roupa, para assegurar-me de que minha arma estava no lugar.

É frequente, em Aliahova, a brisa soprar desde o começo da tarde. Ela já tinha dissipado a névoa que eu acabava de atravessar e, ali onde a costa começa a dobrar-se para o ponto do Tenabro e para o oceano, vi destacar-se uma massa escura. Situada ao longo da praia, feita de largos blocos de uma pedra enegrecida (a menos que aquela cor fosse resultado de um incêndio), rompendo a perfeita curva da rebentação em fuga para o infinito, único ponto de referência numa paisagem fluida e que, como o mar, não tem começo nem fim, ponto de mira do caminhante ou do navegador e famosa exatamente por isso (mais que pelas histórias duvidosas que espalhávamos a seu respeito), tendo perdido as janelas, a porta e aparentemente uma parte do telhado, a casa da Ercola erguia diante de mim sua insólita silhueta, dando aos lugares à sua volta, não importando a violência da clareza do dia, nem a alegria do barulho da água na margem tão próxima, um ar sinistro. Mas eu tinha outros motivos para evitá-la. Tentei contorná-la por terra e, enfiando-me pelas dunas, comecei a descrever a longa curva que me levaria aonde eu queria. Avancei prudentemente, evitando as passagens demasiado estreitas entre os montículos, sempre à espreita. À minha frente, uma elevação impedia o caminho. Escalei-a lentamente, enquanto as fendas de areia desabavam debaixo dos meus pés. Eu tinha chegado ao topo, onde se agitava, numa vegetação mais cerrada, um capim cujas pontas esfolavam-me as pernas. A meus pés desenvolvia-se uma depressão circular, cuja regularidade eu ia admirando enquanto afundava nela, brincando de apagar os imperceptíveis encrespamentos que o vento soprava sobre a superfície imaculada. E logo, como um barco no vazio da onda, eu voltava a subir, levado pela ondulação seguinte, para o desgrenhamento dos capins, até que, naquele universo de brancura em que a luz me cegava, uma forma ainda mais branca pareceu mover-se, estender-se, exibir-se, até enfim ficar imóvel perto de mim: era uma moça, inteiramente nua, de pé sobre o topo da duna, que me contemplava, voltando para mim um rosto sem expressão.

Fiquei perturbado, alheio ao sentimento que deveria ter suscitado em mim a presença daquele corpo tão próximo e que aparentemente nada recusava à ação do desejo. Mas era como se a mão que eu lhe dirigia só tivesse encontrado, como num museu, o frio do mármore, e explorado nele o contorno insensível de seus volumes privados de vida. E logo depois a consciência aguda, a consciência dolorida de minha situação, fez subir meu sangue às faces. Levantei os olhos para a desconhecida, procurando seu olhar, esperando um sinal, quando ouvi atrás de mim risadas contidas. Refiz meus passos lentamente e novamente me encontrei no fundo da concavidade quando apareceu, na saliência em frente àquela que eu acabara de deixar, outra forma, mais móvel, e era dela que vinha aquela risada que eu teria reconhecido entre milhares: muito distante para conseguir discernir seus traços, eu já sabia que era Judith.

Assim como a fonte da praça do Mouro, quando vem a noite e o dispositivo inteligente de suas tubulações ocultas começa a funcionar, deixando sair da boca dos riachos, dos gigantes, dos sátiros e dos tritões que povoam o quadrifólio de seu lago, não um, mas os múltiplos traços luminosos de seus jatos entrecruzados, ali também, naquele lugar que eu julgava deserto, naquela hora, a mais silenciosa do dia, eu via agora, surgindo do solo virgem, duas novas aparições, duas outras mulheres, também elas nuas, uma diante da outra, sobre duas saliências simétricas. E eu era como o personagem principal de uma alegoria cujo sentido não decifrava, enquanto, plantado em meio ao pequeno circo, rodando lentamente, examinei uma após a outra cada uma das quatro estátuas que compunham o quadrilátero imaginário cujo centro eu ocupava.

Da mais bela não vi o rosto, que ela mantinha desviado de mim, e sua imensa cabeleira negra, que escorria seguindo a curva suntuosa de suas ondas sucessivas, e vinha morrer na cintura, também parecia querer esconder aquilo que fingia exibir. Mas toda a sua atitude, isto é, a maneira como ela se portava em seu montículo, traía esse propósito. Porque, enquanto suas companheiras olhavam-me de frente, complacentemente expondo tudo de seu corpo que um homem poderia desejar ver, de modo que pude saber, por exemplo, se alguma delas tingia os cabelos, comparando seu tom ao do original, era de perfil, ao contrário, e como que para me ocultar o mais íntimo do seu ser, que se apresentava para mim aquela em quem eu agora concentrava minha atenção e meu interesse perturbados. E eu admirava fascinado sua figura irretocável, suas cores nacaradas, seu desenho sinuoso cuja perfeição era como a de uma recusa oposta à sensualidade.

Pela chanfradura que prolongava por entre as dunas a depressão onde eu me encontrava, avistei o mar. Ele se deixava encovar pela brisa da tarde. De todos os pontos do horizonte vinham os inumeráveis cumes das ondas. Abandonando ao vento seus cabelos de espuma, elas inchavam, erguiam-se, dispondo suas massas móveis segundo imensas paralelas que guardavam suas distâncias, até que se aproximavam ameaçadoras. Da linha do céu àquela traçada ao longo da praia pela ruína fosforescente das colônias de águas-vivas, tudo avançava ao mesmo tempo, tudo vinha em minha direção. Era como se, no fundo do oceano, uma força sem limites deixasse brotar de si a torrente ininterrupta daquelas regiões de cor e de sombra que, uma após a outra, vinham bater na orla e ali morrer. Mas, atrás delas, sem fim, outras se levantavam, avançavam, e mais outras, de tal modo que aquilo que ali estava não eram as formas sem fim que se desfaziam e se refaziam sem parar, nem seus efêmeros contornos, mas o movimento de sua vinda incansável, era essa mesma força que exibia seus anéis e que acenava para mim.

Fui até a grande saliência líquida, deixando atrás de mim, para seu entretenimento ou para sua decepção, quatro imagens mudas e o peso onírico de meu mal-estar. Chegando à margem, tirei minhas roupas e entrei na água. Quem já teve a chance de um dia ver o mar de Aliahova e de mergulhar nele compreende por que, desde sempre, esse ato foi considerado sagrado por aqueles que o realizaram. Quem mergulha ali não apenas se despede do mundo e dos múltiplos objetos entre os quais seu olhar se dispersa; quando ele fecha os olhos e se entrega à força imensa que o sustenta, o elemento novo se faz sentir em cada ponto do corpo, não há parte nenhuma de seu ser que não o experimente e que não seja tocada por ele, sendo inteiramente envolvido pela plenitude a que se entrega. Eu flutuava entre duas águas, meneado ao bel-prazer das correntes que vinham do fundo. Um luar glauco me cercava, e eu o percebi confusamente assim que entreabri as pálpebras. Às vezes eu também me deixava levar até a superfície para respirar em meio ao tumulto e à agitação das ondas brancas que rebentavam sobre mim e me inundavam o rosto. Quando enfim foi necessário que me retirasse da opressão do elemento marinho e quando, tendo tocado o fundo com os pés, avancei para a praia, a água escorria de todas as partes do meu rosto. Eu estava absolutamente enlevado, repleto do contato com aquela presença nua em que não há nem lacuna nem alguma espécie de limitação, e compreendi aqueles que, outrora, após deixá--la, não puderam mais do que fugir para o deserto.

Por muito tempo fiquei deitado sobre a areia. Quando o ar mais fresco me anunciou o declínio do sol, abri os olhos. Um voo de flamingos rosados atravessava o céu pálido. Segui-os com o olhar: eles sumiram acima da Ercola, de onde se elevava – ergui-me para ver melhor – a espiral preguiçosa de uma fumaça branca. Julguei ver diversas silhuetas agitando-se sobre o edifício. Imediatamente me levantei e, tomando cuidado para evitar qualquer novo encontro, voltei à cidade.

★

Não dormi por um instante sequer aquela noite. A imagem de Cataldo ocupava meus pensamentos. Tratava-se de um dos professores de maior prestígio entre os efetivos, e tinha sido o primeiro a receber-me quando, assim que cheguei, comecei a longa e aborrecida série de visitas protocolares devidas aos dignitários da universidade. Confesso que ele me causou excelente impressão então, pela elegância de seu porte, pela fluência de sua conversação, escondendo sob a simplicidade e a naturalidade de uma atitude constantemente benevolente uma espécie de distinção altaneira e sofisticada. Consigo rever a luz de seu olhar enquanto ele se dirigia a mim como a um igual e a um amigo, fazendo-me perguntas com interesse renovado sobre meu país e minha pessoa, maravilhando-se com as minhas respostas, fingindo descobrir comigo diversas coisas com as quais ele até então nem teria sonhado. E, como eu o reverenciava, o prazer que ele sentia em reencontrar-me tornava-se palpável, evidente, e habitava seu sorriso e se comunicava comigo por um aperto de mão ao mesmo tempo gentil e forte.

Nerezo falava de Cataldo em termos não muito lisonjeiros. Dizia que ele era arrivista e demagogo, que o que ele queria era nada menos do que tomar o lugar do Grande Chanceler. Sua amabilidade não tinha outra razão, e suas ideias eram sempre as mesmas do interlocutor do momento. Esse julgamento um pouco sumário me parecia ditado pela inveja, porque aquilo que não se podia negar a Cataldo, qualquer que fosse o negrume dos desígnios que se lhe atribuísse, era um brilho, uma classe da qual Nerezo era infelizmente desprovido.

Contudo, quando aconteceu a memorável assembleia geral dos professores da universidade... Naquele dia, Denis e eu, um de cada lado de Nerezo, como mandava o figurino, subimos a monumental escada exterior da Villa Caprara. Uma multidão considerável se espremia contra a imponente construção e nós compreendemos, ao vê-la tão densa, que algo diferente ia acontecer. Quando, não sem dificuldade, penetramos no grande anfiteatro, já o encontramos invadido por rapazes e moças, alguns dos quais, Nerezo me disse ao pé do ouvido, nem sequer eram alunos. A grande reforma da universidade a que estamos sendo convidados, acrescentou, vai ser ditada por esses cretininhos. Troquei com Denis um olhar inquietado pela inconveniência daquelas palavras. Mas aqueles que tinham ficado apertados contra nós durante a caminhada, até que finalmente encontrássemos um lugar para sentar, não nos deram a menor atenção. De perto eles me pareciam ainda mais jovens, eram adolescentes, quase crianças. Olhavam diante de si o lugar em que, no centro do salão, havia sido edificada, juntando mesas, uma espécie de estrado. Uma longa espera teve início, e surpreendi-me com a paciência demonstrada por aquela imensa plateia. Correndo os olhos à minha volta, examinei-a mais à vontade: os professores literalmente desapareciam na torrente de alunos universitários e do ensino básico. Era possível reconhecê-los pela postura ereta, porque só eles a mantinham assim. Era mais difícil de identificar os assistentes, tão cabeludos e barbudos quanto seus alunos. Esses, pensei, correm atrás de sua juventude. Não muito longe de nós vi Pacino: de camisa aberta, lenço vermelho, maxilar crispado, parecia estar se preparando para um combate. E de fato foi a um combate que nós assistimos.

Cataldo tinha acabado de subir, em meio ao silêncio e à atenção geral, no estrado improvisado, e logo irrompeu a primeira interrupção. Farioli, líder do grupo dos conservadores e um dos juristas mais conhecidos da cidade, levantou-se:

– Se estou entendendo bem, senhor Cataldo, o senhor tem a intenção de presidir esta reunião; e com que direito? O presidente não é escolhido no começo de cada sessão por votação secreta, sob a responsabilidade do professor mais antigo?

– Percebo – respondeu Cataldo – que os grandes acontecimentos que vivemos não fazem o senhor perder a noção dos detalhes.

Uma gargalhada saudou as primeiras palavras daquele que parecia ser o senhor da ocasião.

– Mas fique tranquilo, senhor Farioli – continuou Cataldo –, estou inteiramente de acordo. – E mais uma vez o público riu. – Penso, como o senhor, que cabe a esta assembleia designar seu presidente, e era isso que eu ia propor agora, se o senhor tivesse me dado tempo de dizer qualquer coisa. Subi a esta tribuna não para impor meu ponto de vista ou para tirar alguma vantagem mesquinha de uma situação verdadeiramente grave, mas porque... e o senhor sabe disso muito bem... diversas vozes, sobretudo as das organizações mais representativas, assim me pediram. Procuro apenas fazer com que as coisas caminhem e, para voltar a essa questão, bastante secundária, da presidência, se o senhor considerar que outra pessoa seria mais útil do que eu nessa posição, cedo-a de bom grado.

Cataldo fez cara de quem ia descer, mas logo seu nome foi repetido, escandido, urrado por mil pulmões. Como uma barragem que se rompe e solta de uma vez a força formidável das águas acumuladas, a multidão reunida sob as altas abóbadas da Villa Caprara pela primeira vez deixava escapar a força colossal nela contida, e todos nós fomos tomados, assustados por essa força incontrolável que nos dominava e que bruscamente fazia sentir sua presença.

Mas Farioli era corajoso (naquele momento, ele ainda tinha permissão para isso).

– Como – continuou ele, dirigindo-se a Cataldo – é apenas o amor pelo bem público que move o senhor a essa presidência, não vou disputá-la. Mas presidência de quê? De uma multidão?

Os rumores aumentaram, mas Farioli levantou o tom:

– Que é necessário mudar a natureza e as formas de nosso ensino, estou tão ciente disso quanto qualquer pessoa, e já disse isso antes do senhor, senhor Cataldo!

Novamente os risos brotaram, e Farioli agora gritava para tentar ser ouvido:

– Só que, para ser eficaz, durável e útil, essa modificação não pode obedecer a um arrebatamento momentâneo nem a uma pressão qualquer, ela tem de ser refletida e livre, livre, senhor Cataldo! Ela também tem de ser legítima, isto é, tem de conformar-se com a constituição de nossa universidade. Aliás, nossos estatutos preveem exatamente a possibilidade de uma transformação como essa, ou de sua própria transformação. O Conselho de Professores tem o direito de modificar tudo que quiser na constituição, com uma maioria de três quintos dos membros, em sessão fechada. Se, então, é mudança que o senhor quer... e que eu quero também... eu peço, senhor presidente, que ordene que deixem a sala aqueles que agora a ocupam, excetuando os professores efetivos!

A peroração de Farioli foi recebida com vaias, insultos e chacotas. O tumulto durou bastante tempo. Enquanto isso, Cataldo ficou o tempo todo de pé sobre o estrado, com a cabeça ligeiramente inclinada, com um sorriso iluminando-lhe o rosto. Quando a calma retornou, todos os olhares se voltaram para ele, a maioria do auditório visivelmente aguardando uma réplica àquela "provocação", segundo a palavra que circulava à nossa volta. Mas Cataldo, como se conhecesse de antemão o efeito de suas palavras, a menos que aquilo não fosse para deixar a atenção e o silêncio aumentarem, aguardava. Enfim, quando a atenção chegou ao extremo, ele começou a falar com uma voz quase baixa, e sempre benevolente:

– Meu Deus! Meu Deus! Senhor Farioli, na Universidade de Aliahova há centenas e, em breve, milhares de estudantes, e ver hoje aqui reunidos à nossa volta um grande número deles não me choca, como choca ao senhor, muito pelo contrário. Eu me alegro com sua presença e, em vez de pedir com tão pouca delicadeza que eles saiam, eu queria antes agradecer por eles terem vindo e convidá-los a participar, integralmente, de nossos debates. Porque é assunto de interesse deles, no fim das contas, e essa instituição é feita, creio eu, deles. Quanto à questão da legitimidade, que o senhor levantou com tanta justeza, senhor Farioli, temo que seja de maneira deveras ilegítima que os trinta membros do conselho continuam a decidir sozinhos a sorte de centenas e de milhares de pessoas. As medidas relacionadas à vida dos estudantes serão legítimas quando forem tomadas por eles e por nós. Todos juntos, vamos...

Agora o palavrório de Cataldo prosseguia como um feliz ronronar, sustentado e conduzido pelas aclamações, pelo entusiasmo, pela euforia de uma plateia que, por estar ouvindo aquilo que tinha vontade de ouvir, parecia ir perdendo pouco a pouco sua agressividade. No fundo, pensava eu então, Cataldo é muito mais inteligente do que suas habilidades táticas sugerem. E eu já começava a ver as grandes tensões que perpassavam Aliahova e que perigosamente ameaçavam sua existência dissolverem-se diante da magia de sua brilhante retórica. Mas a realidade não se deixa esquecer com facilidade, e é só falar dela que logo ela assume a aparência de uma casca de banana. No curso perfeitamente azeitado dos acontecimentos, que parecia levar a uma conclusão premeditada, houve de repente uma escorregadela imprevista, como um encadeamento cego que escapou a todos e até ao próprio Cataldo.

Tratou-se, em primeiro lugar, da obstinação de Farioli em defender com cada vez mais força o terreno que devia abandonar. Suas interrupções constantes, sua minuciosa exegese de textos, de códigos e de artigos que não interessavam mais a ninguém reavivavam as oposições, os rancores, a combatividade difusa naquele público heteróclito, que corria o risco de perder a qualquer momento sua frágil alegria. Uma maioria esmagadora tinha acabado de admitir que todos os membros da universidade, tanto alunos e assistentes quanto professores, deveriam tomar parte em sua gestão, e a discussão já tinha passado ao número de representantes de cada faculdade na assembleia que iria tomar o lugar do antigo conselho, quando Farioli, dando um passo atrás, contestou a validade da votação.

– Ainda é preciso determinar – disse – se os representantes dos alunos e dos assistentes teriam voz deliberativa ou consultiva. Essa voz, é claro, só pode ser consultiva.

– Acabamos de afirmar exatamente o contrário – Cataldo interrompeu-o com força.

– De todo modo, esse escrutínio não tem valor algum – teimava Farioli. – O senhor considerou o voto dos estudantes e dos assistentes, e é exatamente isso que está em questão.

– A assembleia decidiu que era constituinte, senhor Farioli, além de soberana; não existe nada anterior às suas decisões.

– O senhor não apenas permitiu que os alunos e os assistentes votassem mas também os secundaristas, que, como vejo, estão em grande número aqui no salão. Por que não os alunos do maternal e os idosos dos asilos, senhor Cataldo?

Creio que Farioli teria sido perdoado como um inimigo vencido. Essas suas últimas palavras, aliás, não provocaram risos em ninguém, à exceção, infelizmente, de Zaquias. Tirado de seus devaneios sem dúvida por alguma insólita associação de ideias, ele subitamente ficou de pé e, apesar de sua estatura mínima, vimo-lo agitar-se, cabelos e mãos no ar.

– Concordo com Farioli – clamou, com sua voz em falsete. – Por que não os velhos e as crianças? E irei ainda mais longe: por que não os loucos? Por que eles também seriam excluídos?

Nesse momento o anfiteatro ouviu com muita atenção, porque a polêmica tinha ficado clara. Todos os olhares se voltaram para Glimbra, cujo Elogio dos Loucos, que causara grande repercussão ao apresentar uma crítica implacável da sociedade que era sua contrapartida e talvez sua causa secreta, representava um dos cavalos de batalha da vanguarda revolucionária.

– Por que não os loucos? – repetia Zaquias como num sonho. E depois gargalhou: – Eu me pergunto se uma reunião como esta realmente tem sentido. É nesse ponto que discordo de Farioli. Ele julga que uma mudança é necessária. Será mesmo? Trata-se, no fundo, de dar o direito não apenas de falar mas também de ensinar, aos marginais desta sociedade, os quais, por não terem sido minimamente corrompidos por ela, são os únicos capazes de denunciar suas taras. E enfim, nós, professores, não vivemos numa torre de marfim equivalente a uma verdadeira internação? Não estamos sempre buscando na abstração mais completa quimeras que não têm relação nenhuma com o mundo real? Nós não fugimos dele? Não o recusamos? Não somos como loucos? Não somos loucos? Não cabe então a nós, e somente a nós, ensinar?

Zaquias ria o tempo todo, em meio a um silêncio glacial.

E foi então, talvez, que o destino de Aliahova balançou à beira do abismo. Ou será que aquilo que sucedeu teria acontecido de qualquer jeito, e a intervenção pueril de Zaquias apenas lhe serviu de ocasião? No anfiteatro estupefato, percorrido por um fluido mágico que nos tocava a todos no coração, deixando-nos de garganta seca, de respiração curta, houve como que uma aceleração da história. Tudo aquilo que tinha acabado de passar diante de nossos olhos, aquelas discussões sábias ou sutis, aquelas referências a regulamentos que deveriam ser talvez modificados, mas apenas para trocá-los por regulamentos melhores, aquelas alusões pérfidas mas de bom tom, aquela discussão acalorada mas regida pelas regras da decência, aquele respeito, enfim, pelas pessoas, aquele ideal democrático que o levava até suas últimas consequências, dando a cada um o direito de exprimir suas opiniões, obrigando-o apenas a submeter-se à decisão geral, tudo isso foi destruído de um só golpe, desaparecendo como que no alçapão de um mágico. E o futuro já não se preocupava com o decoro. Negligenciando as análises dos políticos e de seus estrategistas, os cômputos e os cálculos, todos aqueles caminhos que os homens haviam esboçado em sua direção, e que ele é convidado a sabiamente seguir, para que chegue aonde o esperamos, e da maneira como nos convém, aquele futuro, decididamente zombando das nossas previsões, avançou imediatamente contra nós, por um itinerário mais direto do que havíamos sonhado, com a velocidade de um corcel a galope.

Zaquias parou de rir. Cataldo, em cima de seu estrado, era apenas o ator sem voz de um espetáculo encerrado. Dez, vinte, depois quarenta e depois duzentas pessoas se levantaram, quase ao mesmo tempo. E vimos desenhar-se, nos dois lados do salão, como que as duas alas de um cortejo que começa a andar com dificuldade, em meio à afluência compacta. Tendo chegado ao fundo do anfiteatro, as duas correntes se reuniram para formar um só fluxo. Então, dando meia-volta pelo vão central, dispostos em quatro fileiras, aqueles que obedeciam a alguma ordem misteriosa lenta e calmamente avançavam, com algo de solene em sua atitude, como que acompanhando uma marcha fúnebre. À frente vinham os líderes dos movimentos extremistas e, entre eles, Choquet, enorme, com o rosto aureolado por cabelos louros e por uma barba encaracolada, seus olhos acesos. Todos se dirigiam para Zaquias, que, sem fazer um só movimento e sem nada compreender, mirava a estranha procissão que se aproximava. Ela enfim ficou imóvel. Separando-se dela, Choquet percorreu a pequena distância que o separava de Zaquias e o esbofeteou duas vezes. E aquilo que se seguiu foi ainda mais extraordinário. Ninguém falou nem fez absolutamente nada. Não houve nenhum protesto, nenhuma manifestação, nenhuma intervenção de espécie alguma, nem os rostos exprimiam o que quer que fosse. Era como se ninguém tivesse visto nem ouvido nada, como se aquilo não tivesse acontecido. Zaquias, ainda de pé, imóvel, petrificado, não esboçou gesto algum. Em cima de seu estrado, Cataldo balbuciou algumas palavras. Tive a impressão de ouvir que todos precisávamos de um tempo para refletir e que a sessão estava suspensa! Choquet juntou-se novamente a seu bando, que marchou na direção da saída, dando o sinal de partida. Pouco a pouco o anfiteatro se esvaziou. A multidão saiu numa espécie de torpor. Havia tanta gente no átrio que quase sufocamos, mas o silêncio imperou o tempo inteiro e era com dificuldade que se ouviam os passos surdos da multidão ou uma porta que batia contra a parede.

Porém, quando chegamos ao patamar, onde, antes de convergir uma para a outra e de reencontrar-se no plano, as duas alas da gigantesca escada se afastavam, uma surpresa ainda me aguardava. Não era mais possível caminhar para a esquerda porque, naquela barafunda, a maioria seguiu por aquele lado para acompanhar o passo dos líderes. Uma parte dos professores, algumas dezenas de jovens que cercavam Farioli, Nerezo, Denis e eu, que o escoltamos o tempo inteiro, descemos pela direita. Tendo chegado ao plano, ficamos no mesmo nível em que os revolucionários, e caminhamos lado a lado, sem que ninguém se olhasse. E a estranha sincronia se produziu de novo quando, depois de termos descido as escadas de baixo, chegamos ao pé da colina, antes de nos perdermos pelas ruelas da antiga cidade.

Foi a partir desse dia que qualquer atividade ordenada tornou-se praticamente impossível na Universidade de Aliahova. A antiga e venerável instituição não tinha meios de se defender contra os insidiosos ataques de que era objeto. Logo ficou claro que grupelhos haviam decidido impedir o curso normal das aulas. Os procedimentos a que eles recorriam mostravam-se infalíveis. Bandos irrompiam em uma sala, cercando a cadeira do professor, convidando-o sem cerimônia a calar-se e a ir embora, não hesitando em molestá-lo caso resistisse. Quando parecia que este poderia falar, os perturbadores, misturados ao público, interrompiam-no sem parar com perguntas idiotas ou com canções obscenas. Ou então cada frase do orador era pontuada por um retumbante "porra nenhuma", expressão muito em voga e que, em Aliahova, quase sempre designava não apenas o mundo misterioso do amor mas simplesmente qualquer coisa.

Quando uma aula transcorria de modo normal, havia a certeza de se estar assistindo a um golpe preparado com cuidado. Assim, Trinqua, degenerado que costumava andar na companhia de Choquet, especializou-se em subir de repente na mesa e, virado para a cadeira do professor, começar a urinar, alegando uma incontinência que não conseguia segurar. Após algumas semanas desse regime, a universidade ficou vazia. Cansados de perder tempo, os alunos sérios não iam mais. Os outros haviam ganhado o jogo.

Porém, às vezes o velho estabelecimento recuperava por algumas horas a animação de antes, com idas e vindas a despertar antigos ecos pelos corredores. Qual era a misteriosa convocação que reunia, nessas ocasiões, em torno de um conferencista improvisado, um auditório díspar, cujos membros no entanto pareciam conhecer-se? Depois a Villa Caprara tornava a mergulhar em seu sono de morte, e o silêncio voltava a imperar, perturbado apenas pela vinda ocasional de algum professor indo apressado para seu escritório, cuja furtiva passagem instava os ratos assustados a fugir. Somente continuavam, em intervalos cada vez mais espaçados, os cursos "autorizados", aqueles cujos professores haviam dado garantias o suficiente – e o de Farioli também, cuja assistência era constituída por seus guarda-costas. Um dos últimos a ter direito à palavra foi Cataldo, que, em seu desejo de estar sempre à frente, fazia cada vez mais concessões e promessas. Seu último recurso foi a luta pela liberação sexual. Ele atacava em seus seminários os tabus que "alienam" a juventude – até o dia em que, na primeira fila, duas moças começaram a tirar a roupa e, deitando-se sobre uma mesa, começaram a fazer amor. Cataldo saiu. Um mês depois, morreu.

A fraude de que fui vítima naquela tarde na praia não deixava de ter semelhanças com a armadilha em que o velho outrora fora colocado. Teriam sido Judith e suas amigas que causaram sua morte? De todo modo, não parecia indispensável chegar àqueles extremos pelo corpo branco de uma mulher. O ar frio da aurora entrava em meu quarto. Fui até a janela. O sol nascente nimbava de ouro as arquiteturas da cidade. Abri as portadas antes de me afundar na cama.

★

Acordei tarde, com a cabeça pesada. Apesar do calor do meio-dia, decidi retornar imediatamente ao Tinto. Suas aleias desertas, seus muros vermelhos e as grandes árvores traçando no céu sinais de vida despertavam em mim uma emoção indizível. Eu lutava contra a insana esperança que me fazia correr. Quando distingui, debaixo das folhagens, o ático da vivenda, diminuí o passo, aproximei-me com cuidado e, tendo me esgueirado pelo portão entreaberto, dei outra vez a volta pela residência. Nada havia mudado desde o dia anterior, e meus chamados foram em vão. As propriedades vizinhas, que examinei sistematicamente, pareciam inabitadas detrás de seus portões fechados. Eu voltava para a cidade quando, do outro lado das grades de um grande parque coberto pela sombra das árvores, percebi um velho sentado. Dirigi-me a ele com uma voz cada vez mais forte, quase com raiva. Após muitas tentativas de puxar conversa, percebi que ele era surdo. Mas ele me pediu que esperasse e lentamente se afastou na direção de prédios que eu não conseguia enxergar. Acompanhei a cena com ansiedade, como se o ruído daqueles passos hesitantes sobre o saibro de um jardim deserto fosse o único elo que ainda me ligasse a Denis, e minha última chance de encontrá-lo. Inspirei profundamente o odor seco dos pinheiros no calor. Enfim o velho voltou, escoltado por uma mulher ainda jovem, com uma expressão gentil e inteligente, que afirmou ser governanta dele. Ela me ouviu com paciência e pareceu muitíssimo surpresa com tudo aquilo que contei. Eles não viram, como ela me contou, nem ouviram ninguém, e ignoravam tudo que havia acontecido. Em suma, ela não pôde responder a nenhuma das minhas perguntas, e me convidou a voltar caso ficasse aborrecido.

O encontro com aquelas criaturas silenciosas e benevolentes derramou um pouco de bálsamo em meu coração. A tristeza que eu sentia ao chegar à parte de baixo do Tinto, o trecho de nossos passeios favoritos, não estava isenta de uma certa doçura. Enquanto o mundo desabava à minha volta, e os fios que me uniam a ele rompiam-se um após o outro, parecia-me reconhecer no fundo de mim mesmo, tão indiferente aos acontecimentos que me atingiam quanto ao esmorecimento da minha coragem, a mesma força sem nome que me empurrava adiante para alguma coisa que eu ignorava e que sem dúvida era tão somente a embriaguez de seu aperto. Não, a força da vida não me desamparava; talvez me coubesse primeiro amá-la e compreendê-la melhor ao vê-la brilhar no rosto de meus amigos. Talvez um dia, numa taberna, todos nos reencontrássemos, Denis e eu, irmão Otto, o frágil curador do Eridano, o velho médico e sua esposa, o velho surdo e sua companheira. O Grande Chanceler lançará para nós seu olhar, em que reluz o brilho da verdadeira bondade. Ossip e Nadejda se juntarão a nós, e também o *chantre* Manolis. E tu, de tuas mãos leves roçando a toalha branca, tu me darás a taça em que saciaremos nossa sede, ó, tu, ó, tu, Deborah!

Eu vagava ao acaso pela cidade. Por instinto, meus passos me levavam a meus lugares e monumentos favoritos. Contudo eu passava sem enxergá-los, incapaz de fixar neles minha atenção, insensível à alegria trazida por sua contemplação renovada. No fundo de mim mesmo operava algo misterioso, que viria a me tomar completamente. E finalmente compreendi o que me levava por aqueles lugares pavimentados de mármore, a vagar por aquelas ruelas, a passar diante dos palácios cuja austera grandiosidade me era avassaladora: eu procurava um caminho que me levasse a Denis. E foi pensar em Denis que veio me ajudar e me indicar a pista. Como eu me encontrava na Praça das Quatro Fontes, sentado numa daquelas pedras diante da igreja, de onde é possível admirar a incrível fachada de Gortyne, que não teve medo de transformar uma superfície de pedra na louca curva de uma onda, outra vez ouvi, a meia-voz, uma daquelas discussões intermináveis que tivéramos com Denis, naquele lugar e a respeito dele.

– Dar vida a uma fachada – dizia ele –, fazer surgir do chão poderosas forças ascensionais e depois esmagá-las sob o peso de uma cornija pendente, suscitar por toda parte tensões que se acrescentam ou que se contrapõem, a fim de que, juntando-se ao gesto da pedra e repetindo nele os ímpetos das colunas e das pilastras, o corpo do espectador desperte-se para si próprio, e, colocando em movimento, ao menos de maneira imaginária, suas próprias forças, abandone-se a seu jogo e fique inteiramente vivo, isso é arquitetura, isso é Praxedes! Mas para fazer isso – e com um aceno provocante ele apontava o gesto de minha admiração – é preciso ser completamente louco. E isso Gortyne era. Morto ele não está!

– Isto é – retruquei –, Gortyne colocou uma palma de sua mão em cada lado da igreja, apoiando-a, a parede encovou-se para trás, no centro uma segunda ondulação formou-se para a frente, e é ela que projeta a porta de entrada para o espectador, ao mesmo tempo que a fachada some dos lados antes de retornar para a praça num movimento que envolve as laterais. Praxedes arrancou suas forças da terra para exibi-las naquela tela a que chamamos frontão da igreja, uma fonte, uma estátua, para fazer outra coisa, Denis, porque o mundo para ele já não era suficiente. Porque ele sabia que aquilo que está no fundo não é o elemento fixo, mas a água! Porque a vida definharia ao mesmo tempo que as coisas se não desse esse salto para o lado, esse passo para o abismo de sua embriaguez! Gortyne é a diferença, é a salvação!

Denis conseguia imitar o grugulejar do peru, e foi isso que ele fez imediatamente, para a total diversão de duas transeuntes que passavam à nossa frente. Elas levavam debaixo do braço largas cestas rasas que aumentavam ainda mais suas silhuetas, cuja sombra movente sobre a calçada brilhante eu admirava. Parando um instante, elas nos olharam rindo, como se quisessem falar conosco.

— Que Gortyne, de qualquer jeito, não nos impeça de receber nosso dinheiro, que temos exatamente o tempo de ir até a Casa da Moeda antes que ela feche. Aliás, talvez seja possível — acrescentou Denis — que logo não tenhamos mais de fazer essa peregrinação mensal e que sejamos pagos diretamente na universidade.

Sim, foi isso que ele falou, e essa observação incidental agora me vinha do fundo da memória, abrindo um caminho difícil para o grande dia deserto em que vaguei sem destino; foi ela que, como alguém que, ao dormir, vira e revira na cama antes de acordar, impacientou-se em mim, que se agitou até que enfim lhe dei atenção e entendi o apelo que me dirigia.

— Calma — objetei —, nunca vão fazer operações com dinheiro na Villa. Os extremistas logo colocariam as mãos nele.

— Nunca se sabe! Nunca se sabe!

E vi, como as vagas de um mar feliz, correrem pelo rosto de meu companheiro mil rugas anunciadoras de algum pensamento espirituoso que ele logo compartilharia comigo.

— Parece que um embrião de secretaria funciona no quarto andar, porque nossos revolucionários economizam suas forças e não conseguem subir até lá! Nerezo já teve a ideia de dar suas aulas naquela altitude e, além disso, às seis da manhã, mas foram seus próprios alunos que não conseguiram acompanhar esse projeto fantástico e ele ficou sozinho lá em cima, ao nascer do sol!

Em vez de continuar meu caminho na direção do Fórum, onde pretendia ir ficar à sombra dos gigantescos cedros do príncipe Comageno, a fim de refletir sobre isso num lugar calmo, dei bruscamente meia-volta e, passando pela cidade ainda meio adormecida, apressadamente fui para Caprara. Pensei que eu também nunca havia tido a curiosidade de visitar aquele último andar, e que só uma vez havia ido até o alto da famosa escada para admirar integralmente o desenvolvimento de sua espiral e examinar mais de perto o teto do irmão Anemas. Mas dessa vez eu não tinha nenhum interesse por aquelas maravilhas e, realizando imediatamente a minha inspeção, constatei com surpresa que, ao contrário das partes inferiores em que as grandes salas haviam guardado seu aspecto original, estendendo-se segundo o ritmo suntuoso que Verzone lhes quis dar, o andar que eu agora percorria era dividido em inúmeros pequenos cômodos, com corredores estreitos, e isso pelo efeito de um jogo de finas divisórias, cobertas de papel branco, cuja colocação parecia recente e tornava irreconhecível a disposição inicial do edifício. A possibilidade mesma de achar um caminho através daquela rede complexa e desorientadora apresentava um problema. A maior parte das portas cuja tranca eu tentava abrir estava fechada, e só algumas me davam passagem. Após várias tentativas efetuadas em diversas direções e que toda vez me davam a impressão de estar extraviado, compreendi que me encontrava dentro de um verdadeiro labirinto, e assim decidi proceder metodicamente. Voltando não sem dificuldade a meu ponto de partida, tentei explorar todas as vias possíveis. Empurrei todas as portas, usando um lápis de cor para marcar com uma cruz aquelas que se abriam e que davam acesso a um cômodo ou a um corredor, onde eu tentava novamente forçar todas as saídas. Os trajetos infrutíferos eram então bloqueados – eu colocava um quadrado em volta da cruz – e, procedendo pela eliminação sistemática de todos os caminhos inúteis, eu ia progredindo sem pressa, mas de maneira segura, no sentido do objetivo de minha busca, na medida em que ela precisava ter algum. Mas a dificuldade mesma daquele estranho itinerário me pareceu um sinal favorável. Ninguém teria tido tanto trabalho para apagar seus rastros se eles não existissem. Era por isso que, apesar das minúcias das sucessivas operações que eu realizava com extrema preocupação – a mais mínima omissão poderia comprometer tudo –, apesar do incômodo de ter de percorrer diversas vezes e em sentido oposto os mesmos corredores, só para voltar, após longas buscas, ao mesmo ponto, eu sabia que na realidade não era no mesmo lugar que eu estava, porque já havia descartado muitas pistas falsas, e o tempo, ainda que não o espaço, que me separava do fim de meus esforços também ia igualmente diminuindo; ao menos eu mantinha as esperanças. Vez por outra também minhas peregrinações me levavam para perto de uma janela que dava para o pátio interno e, tomando como ponto de referência a majestosa porta que ficava ao lado das costas da fachada da Villa, tive a sensação de estar realmente progredindo.

Quanto tempo terei ficado prisioneiro do labirinto e de suas armadilhas? Enfim uma porta, a última, se abriu para uma vasta sala que havia sido deixada em suas proporções de antigamente. Por duas aberturas laterais, emolduradas por elegantes colunas aos pés das quais estavam dispostos dois bancos de repouso, o sol poente de leve passava seus raios de ouro, iluminando um antigo lajeado. Além daquele espaço de luz ofuscante, vi, na penumbra, no outro extremo da sala, uma prancha de madeira sustentada por dois cavaletes, e, debruçada sobre ela, uma mulher cujo rosto eu não enxergava, mas somente sua imensa cabeleira negra que caía em grandes ondulações sobre a superfície daquela escrivaninha improvisada. Aproximei-me lentamente, mas ela devia estar absorta demais em seu trabalho para me ouvir chegar, ou para achar útil notar minha presença. Finalmente, assim como no palco de um teatro a cortina se abre para que o espetáculo comece, ela, de quem eu agora estava tão próximo, jogou a cabeça para trás, a onda de seus cabelos negros fez-se em duas, e, no espaço liberado, assim como uma sombra branca e luminosa, vi pela primeira vez o rosto de Deborah.

O espetáculo da beleza que se encarna em um ser vivo é infinitamente mais emocionante do que o da obra mais grandiosa. Não porque, ligada a um corpo, essa beleza parecesse mais frágil e, como ele, prometida à morte. As obras de arte também são passageiras e, aqui em Aliahova, onde não é somente a usura do tempo mas o desespero de um povo que as ameaçavam, essa precariedade dos edifícios e da cidade inteira fazia pairar sobre ela uma angústia intolerável. Mas quando a beleza pertence a uma pessoa, ela não se esgota mais no esplendor das formas ou dos coloridos, nem na harmonia de uma composição, não sendo mais possível defini-la por essas características, como fazem tantos tratados eruditos, e aliás deveras dignos de nota, que tive a oportunidade de ler desde que cheguei a Aliahova. A beleza é a beleza da vida, é um aspecto dela, que faz surgir em nós o desejo invencível de passar através dela, de ir a ela, de agarrar, por baixo da brancura da carne, o pulsar do coração. Enquanto, voltado para o rosto de Deborah, eu seguia fascinado as linhas perfeitas de seus traços, a incrível delicadeza do nariz, o arco puro das sobrancelhas, a extensão dos olhos, o imperceptível fremir da boca, eram aqueles olhos, era aquela boca que eu espreitava, como se, ao se entreabrir, como fissuras talhadas na plenitude carnal na jovem mulher, eles fossem me conduzir para o fundo dela mesma, e até o abismo onde eu queria me perder. Fiquei sem dizer uma palavra. Dois olhos imensos se levantaram na minha direção. Pelo fugidio afastamento das pálpebras, vi luzir na penumbra o grande rio negro da vida. Como eu não dissesse nada, veio a pergunta, imagino, sobre a razão de minha chegada.

 Um dia descobri como era magnífica a voz humana. Cheguei a Aliahova e, não tendo conseguido cumprir as formalidades necessárias nem encontrar moradia, passei a primeira noite em um albergue do Transvedro que me tinha sido recomendado por seus preços módicos. Cansado da viagem, deixando para o dia seguinte a visita da cidade que a escuridão acabara de subtrair à minha admiração, logo me instalei num pequeno cômodo de paredes caiadas e de mobília modesta. Em seguida me abandonei ao repouso, feliz com o silêncio daquele lugar distanciado, até que, pela divisória excessivamente fina, ouvi entrarem os hóspedes do quarto vizinho. Ao fim de algum tempo, ocupado apenas pelo ruído dos passos que iam e vinham, das bagagens desfeitas, da água derramada, teve início uma conversa entre um homem e uma mulher, e foi então que, sem ver absolutamente nada do rosto deles, sem distinguir as palavras, percebendo apenas as vozes, fui tomado pelo esplendor daquela erupção áspera e doce, daquele murmúrio inimitável da vida, vindo das fontes mais profundas, vibrações que se estendiam pelo espaço preenchendo-o com um sopro animado, camadas sonoras que guardavam de sua origem invisível qualquer coisa de opaco, aquela inflexão surda e tenebrosa que se ocultava à inteligibilidade do sentido. E depois as vozes se calaram, os corpos reviraram-se na cama, se agitaram, ouvi as respirações cada vez mais ofegantes, o arquejo de prazer da mulher. Vesti-me e saí. Então, em uma de suas ruelas, descobri o céu de Aliahova: acima das imensas muralhas de pedra, no estreito intervalo que elas deixavam, e que ainda era limitado pelas cornijas inclinadas sobre os telhados, vistos à linha inflexível das arquiteturas e da projeção das fachadas, os grandes rastilhos de cor da noite jogavam no rosto a violência de seu puro índigo, o rigor de suas formas incisivas.

A voz de Deborah levantou-se novamente. Na torrente de seu jato, vogais e consoantes, sílabas e silêncios destacavam-se com perfeita clareza, organizando o sombrio fluxo que passava por eles com a força e com a gravidade de um canto sagrado.

Comecei a falar com dificuldade, procurando as palavras. Enfim, a lembrança de Denis veio me recordar do objetivo de minha visita. Relatei os fatos, sem nada ocultar de minha inquietude. Quando pronunciei o nome de meu amigo, Deborah afirmou não conhecê-lo. Perguntei o que poderia ser feito de imediato para procurá-lo e ter certeza do que lhe havia acontecido, e nada obtive como resposta além de um gesto vago. Seria conveniente fazer um boletim policial? Entendi então que os serviços do Estado estavam desorganizados. Não apenas greves incessantes, fomentadas pelos agitadores, paralisavam sua atividade, deixando os processos se acumular sem serem examinados e sem que a eles fosse dado qualquer prosseguimento – isso quando não eram vendidos por peso aos trapeiros. Mas havia algo de ainda mais grave: elementos duvidosos haviam se infiltrado entre os funcionários encarregados das missões mais confidenciais, de modo que qualquer intervenção perante eles corria o risco de voltar-se contra si mesma, levando às consequências mais imprevistas e mais desagradáveis.

– Restavam – disse eu – as autoridades universitárias. – Não cabia a elas instruir o processo aberto pela inexplicável aventura de meu colega?

Um sorriso tristemente irônico foi a única resposta.

– Mas, enfim – disse eu elevando o tom –, fomos contratados por cartas, em conformidade com todas as leis e regulamentos, vindas da Chancelaria. É a ela que devíamos prestar conta de nossas atividades... mas seria ela também a responsável por nossa presença aqui, e antes de tudo por nossa segurança. É ao Grande Chanceler em pessoa que eu gostaria de relatar o caso de meu amigo. Eu vim – disse – solicitar uma audiência. A natureza desse desaparecimento justifica o meu procedimento e, mais do que isso, o exige.

A jovem me ouvia com os olhos baixos, mas, como pronunciei o nome do Grande Chanceler, uma luz brilhou pela fenda das pálpebras entreabertas. Um olhar implacável se fixou por um instante sobre mim, como se eu escondesse algum desígnio obscuro ou monstruoso. Mas repeti com força que não tinha a intenção de abandonar meu amigo à própria sorte e que, não importando o que acontecesse, eu continuaria minha investigação. Fixei eu mesmo o olhar na jovem, e, dessa vez, ela não tentou escapar-lhe.

– Onde ele morava? – indagou ela agora com uma voz mais gentil, sem nenhuma hostilidade.

Minha resposta fez uma sombra passar pelo belo rosto, e outra vez senti-me oprimido pela inquietude. O sol tinha se posto. Na escuridão, a sala parecia mais vazia.

– O Grande Chanceler não está. Mas sua requisição lhe será transmitida, e também um relatório sobre aquilo que lhe preocupa.

– E quando terei resposta?

– Em uma semana... Aqui, à mesma hora.

Expliquei então o quanto esse prazo me parecia longo. Permanecer inativo era inconcebível, além de intolerável. Se quisessem me manter informado, eu poderia oferecer minha ajuda a essa empreitada urgente.

– De qualquer jeito – disse eu –, voltarei amanhã.

– Mas amanhã você corre o risco de não encontrar mais ninguém.

– Que importa! Que outra coisa eu tenho para fazer?

Será que minha perturbação e meu esforço falariam em meu favor? Ou será que minha interlocutora já sabia o que pensar a meu respeito? Como eu estivesse de saída, ela me acompanhou pelo emaranhado de corredores e, no momento em que me deixou, me deu o código do misterioso labirinto.

★

Por toda a tarde, e durante boa parte da noite, pensei em Deborah. Não era somente a emoção suscitada pelo encontro imprevisto que me mantinha acordado. Como eu me esforçasse para afastar de minha mente a imagem indizivelmente bela que a ocupava inteira, a novidade dos elementos de que eu dispunha me apareceu claramente. Sem dúvida muitas coisas permaneciam enigmáticas, para não dizer inquietantes, em primeiro lugar a pessoa mesma da jovem mulher. Mas como não pressentir a importância do papel que ela tinha naquilo tudo? Não seriam as incertezas, a impotência e a ignorância em que ela envolvia suas respostas máscaras destinadas a dissimular seu jogo perante um desconhecido como eu? As poucas indicações cuidadosamente calculadas que me foram fornecidas teriam algum outro propósito além de desnudar os interesses daquele que havia surgido bruscamente num lugar de cujo caráter clandestino, para não dizer secreto, dificilmente se poderia duvidar? E minha interlocutora, não seria ela muito mais próxima do Grande Chanceler do que gostaria de dar a entender? Era preciso acompanhá-la para poder imaginar a mera possibilidade de um encontro com ele, conhecer suas proezas para decidir as modalidades do encontro. E quem tomaria uma decisão quanto à resposta a dar a minha petição, quem, afinal, iria recebê-la ou ignorá-la, senão a própria jovem?

O caminho que levava ao Soberano da cidade passava necessariamente por ela, manipulá-la era o único meio de atingir meu objetivo, isto é, de chegar àquele ponto de onde eu poderia enxergar cada coisa não do exterior, sem compreendê-la, mas a partir do princípio que a organizava e que a explicava. Afinal, não era mais possível continuar a viver como antes, sofrendo os acontecimentos sem apreender seu sentido, recebendo os golpes sem conseguir prevê-los nem preparar-me para eles. A desordem mesma a que Aliahova estava entregue deveria ter alguma razão, existia alguma lei a reger sua decomposição e deveria ser possível conhecê-la. Havia sobre a cidade um olhar que enxergasse tudo desde o interior e que compreendesse o que se passava e o que se preparava, a questão era adentrar sua luz. Como o sono enfim me vencesse, experimentei uma certa vergonha ao pensar que, no fim das contas, eu iria me servir de Deborah, mas essa ideia mesma não deixava de ter sua doçura.

*

A ideia de que meu dever coincidia com aquilo que eu realmente desejava me dava uma força extraordinária enquanto, no calor mais intenso, eu subia outra vez as intermináveis escadarias da Villa Caprara. Munido do código, passei com facilidade pelos meandros do labirinto. E no momento em que, com o coração na boca, bati na última porta, reconheci a voz que me convidava a entrar.

– Como imaginávamos – ouvi –, o Grande Chanceler só poderá recebê-lo daqui a dez dias, isso na melhor das hipóteses.

Creia que compartilhamos a sua preocupação de encontrar seu amigo e que diversos procedimentos já foram iniciados nesse sentido. Assim que estivermos na posse das informações pedidas, entraremos em contato.

E em seguida o tom do discurso mudou insensivelmente.

– Temo que o senhor precise ser paciente. Os incidentes como esse em que o senhor Keen está envolvido tornaram-se cada vez mais frequentes, a tal ponto que hoje é impossível exigir um inquérito sobre cada um deles. Diante do número e da importância desses casos, a polícia se declara incapaz e não faz nada. Assim, é preciso recorrer a investigações privadas... por vias paralelas, e obrigatoriamente mais compridas. Novamente, nós entraremos em contato.

A jovem me olhava como se já tivesse dito tudo, como se a conversa tivesse terminado.

– Não estou entendendo direito – falei. – A senhora está dizendo que acontecimentos semelhantes a esse de que Denis Keen foi vítima se multiplicaram. Mas não se sabe do que se trata. O que acontece nesses casos? – perguntei, com o coração apertado.

Outra vez, através das pálpebras semicerradas, um olhar passou, procurando medir minha ingenuidade ou minha astúcia.

– Não se esqueça de que sou estrangeiro. Desde o fechamento da universidade vivo num isolamento quase completo, e não encontrava quase ninguém além do senhor Keen. Mas misturei-me à multidão, escutei o que diziam as pessoas. E nunca ouvi falar de nada que se parecesse com o desaparecimento do meu amigo.

Minha interlocutora parecia pensativa.

– É verdade – continuou ela – que aparentemente nada mudou. O que caracteriza a situação é justamente essa tentativa de fazer crer que tudo está normal, que as coisas aliás vão muito bem. Não apenas os habitantes cuidam da vida como se nada tivesse acontecido, como ainda o fazem com um sorriso, com uma leveza e com uma despreocupação pelas quais é possível se deixar levar. Não há infelizmente heroísmo algum nessa igualdade de humor com que se enfrenta a escalada da inquietação. As pessoas querem simplesmente salvar a própria pele. Deixar transparecer a própria angústia seria reconhecer que aquilo que acontece é inconveniente, que o movimento irresistível que a cada dia derruba algum privilégio pode vir a atingir você, que você teme por si e por seus bens... em suma, que você está com medo. E é esse medo que se deve esconder a qualquer preço, se você não quer que ele faça de você uma vítima. A cidade está cheia de espiões. Aquele que ler nos seus olhos sua pouca segurança ou sua falta de entusiasmo pelos cortejos de gritadores que andam pelas ruas logo vai prendê-lo e levá-lo ao comissariado mais próximo. E lá você teria de responder. Responder por que o silêncio, por que as reservas, por que desvia o olhar. Por que não está conosco, camarada? Vamos, pode falar livremente. O que é que você lamenta do passado, de toda aquela podridão nauseabunda? Ou será que você está se sentindo incomodado? Fizeram alguma coisa com você? A sua adega cheia de vinhos antigos foi pilhada? Você tem algum terreno de trezentos hectares que vai ser compartilhado com os infelizes? Ou uma casa de oito cômodos que você ocupa sozinho?

Pela primeira vez, ouvi o riso de Deborah.

— Mas não, você não tem nada disso. Você não passa de um homem simples, de um trabalhador, você concorda com as ideias novas, você quer a justiça e se alegra por enfim vê-la chegando! E é por isso que você se mistura feliz à multidão, relaxado, afável e zeloso. E é por isso que todo mundo parece tão feliz em Aliahova! Se você é acordado de noite pelos gritos daqueles que são arrancados da cama para serem despejados das próprias casas, você vai agir como se não tivesse ouvido nada, e no dia seguinte todos o encontrarão alegre e disposto. Se você ouve falar do desaparecimento de um vizinho, de um amigo ou de um parente, você vai fingir surpresa, ou melhor, dúvida. Quem fala dessas coisas deve ser considerado eminentemente suspeito, só pode ser mentiroso, um provocador. Melhor virar-lhe as costas. Mas você não vai precisar fazer isso, ninguém vai sugerir nada assim. Todo mundo fecha os olhos e cala a boca. E no momento em que a verdade te der uma cotovelada, então vai ser o seu vizinho, o seu amigo ou o seu irmão que não vai responder ao seu chamado, e você não vai ver nada e vai continuar a sorrir.

— Não é esse o meu caso — ressaltei.

A jovem mulher pareceu acordar de um sonho. Ela fixou seu olhar em mim e empalideceu.

— A senhora acha — acrescentei — que Denis Keen foi vítima de sua escolha de moradia? Um bairro residencial deve ter sido o alvo favorito dos excessos de que a senhora fala.

— Na última vez que o senhor foi visitá-lo, não reparou em nada? Será que não havia nenhuma... nenhuma cruz na porta da vivenda?

– Uma cruz?
– ...pintada de vermelho.
– Não vi nada disso. O que quer dizer esse sinal?
– Isso demoraria muito a explicar – disse ela enfastiada.

Notei o dossiê sobre a prateleira de madeira e me levantei.

– Eu gostaria de conversar sobre tudo isso com a senhora, sem perturbar o seu trabalho. A senhora aceitaria jantar comigo esta noite?

Minha voz tremia. Todas as razões que eu tinha para conversar com minha convidada não eram mais do que um pretexto e deslizaram lentamente, vagando à deriva sobre um rio imenso que começou a correr em mim com uma força invencível, preenchendo com seu tumulto o silêncio da sala.

A jovem permaneceu impassível.

– Isso não será possível – enfim disse ela. – Estarei ocupada a tarde toda, e a noite toda também.

E logo em seguida, logo em seguida ela acrescentou – e essas palavras ainda estão em minha memória:

– Voltarei tarde, passando pela Praça da Senhoria... por volta da meia-noite. Se o senhor estiver por ali, fique perto da fonte. Mas tome cuidado, e esconda-se numa ruela se alguém aparecer.

*

O sol ainda estava alto. Fui em casa pegar minha arma e voltei ao Tinto. Os grandes muros de tijolo, a vegetação pesada, a transparência do ar imóvel, a harmonia inefável daquele universo petrificado, tudo aquilo parecia inatingível, banhando-se numa luz de eternidade. E eu tinha dificuldade de acreditar que os ódios dos indivíduos e que as vicissitudes de seus conflitos tivessem vindo perturbar o esplendor do espetáculo que outra vez se oferecia a mim, e que o eco de confrontos assassinos tenha soado naquelas aleias desertas. Com prudência ainda maior do que aquela que tive em minhas visitas anteriores, atento aos barulhos, esgueirando-me pelas paredes, iniciei uma nova inspeção. Vendo a vivenda e seu parque no mesmo exato estado em que eu os havia deixado, sob o mesmo azul do céu, na luz cadente da tarde, que dava às pedras o mesmo brilho dourado, às longas sombras das árvores sobre a grama a mesma profundidade sombria, e a meu coração o mesmo desassossego, eu era como um adormecido que tem de novo um sonho antigo e que reencontra, fora do tempo, o mesmo mundo inalterado, o mesmo instante, tão afastado daqueles em que se perde o curso dos nossos dias quanto agora estaria o rosto de Deborah de todas as percepções que eu poderia ter. Deitado sobre os galhos baixos de um cedro, eu via novamente a imagem de minha antiga felicidade, e a angústia que eu sentia se misturava à doçura de pensar na jovem. Eu contemplava longamente, olhando as árvores uma após a outra, examinando o voo dos pássaros. Eu ouvia o formidável silêncio que sobe da terra. Saindo então de meu esconderijo, fui direto até a fachada e parei estupefato. Na porta havia sido traçada uma imensa cruz vermelha.

Era impossível que eu não a tivesse notado na véspera ou nos dias anteriores, uma vez que eu tinha passado diversas vezes pelo exato lugar onde eu estava. E eu tinha batido diversas vezes naquela porta. Aproximando-me, passei a mão sobre a madeira, e uma pintura ainda fresca deixou em meu dedo sua marca sangrenta e indelével.

*

A Praça da Senhoria é a mais bela de Aliahova, ou pelo menos é a minha favorita. Em nenhum lugar mais do que aqui é possível sentir de maneira física, por assim dizer, a força criadora, a sensibilidade plástica dos construtores desta cidade. O fato mesmo de que se chega aqui por vielas sinuosas, e da maneira mais adequada por uma dessas ruas estreitas e pavimentadas sem calçada, que são o charme do bairro medieval, de modo que, ao sair de um longo corredor de pedra, o espaço subitamente se abra diante de você e se desenvolva com tanto mais liberdade quanto mais severamente ficou restrito, e por mais tempo, a limites rigorosos e por fim intoleráveis, essa feliz alternância entre aquilo que remete você a si mesmo ou que abre você ao mundo, esses fechamentos e depois essa extensão, essa respiração, sim, era isso que fazia de Aliahova um ser vivo, o maravilhoso companheiro da sua própria vida.

Mas havia mais: aquele não era um lugar qualquer para se ficar esperando. A Praça da Senhoria tem a forma de uma imensa vieira, e se, como fiz naquela noite, você chegasse pela Rua dos Irmãos, que na verdade virara a dos antiquários – a maior parte dos quais havia fechado as portas e escondido seus tesouros em algum outro lugar –, se, portanto, você acessasse o maravilhoso conjunto por sua parte superior e pelo centro, o imenso leque abriria a seus pés seus vincos de mármore, a disposição irradiante do pavimento, cujas nervuras são marcadas por uma pedra colorida, conduzindo o olhar até os principais filamentos que a circundam, e então é todo o seu ser que se expande e que se dilata como a própria concha, ao mesmo tempo que as prestigiosas construções que a rodeiam reproduzem e repetem na terra como no céu sua curva harmoniosa.

A lua cheia se erguia a leste, acima do palácio dos Pregadores, cuja fachada à contraluz vibrava na sombra de sua majestosa severidade. Uma escada exterior, conduzindo a uma pequena cadeira de mármore rosa, de onde os Pregadores antigamente discursavam à multidão congregada, temperava um pouquinho a austeridade daquela superfície nua. Segurando com as garras as correntes arrancadas de uma cidade rival cujas portas outrora fecharam, uma águia e um leão, orgulhosamente instalados acima de um portal quadrado cuja modéstia se aliava, segundo a lei de uma afinidade clandestina, à simplicidade grandiosa e à circunspecção de todo o edifício.

Mais austero ainda, mais sóbrio, se é que isso é possível, com algo de militar e não mais de religioso, ergue-se o palácio antigo diante dele, que aliás originalmente era apenas uma fortaleza. Clareada na frente pela lua, sua massa formidável – e contudo rigorosamente equilibrada – nada perdia de sua força selvagem, e as enormes muralhas, os caminhos das rondas, as ameias acima delas que se destacavam no céu da noite recordavam uma época guerreira ainda recente – o que é um século ou dois diante da história? – uma época de insegurança, de violência, de lutas e de intrigas, certamente, mas em que as forças da vida ainda não tinham desertado Aliahova, em que, no furor de sua alegre ebulição, múltiplas energias corriam em suas veias e em suas vielas, uma época que, no fim das contas, assistiu à construção desses edifícios não ao acaso, numa espécie de acumulação cega, como se diz apressadamente, mas segundo um ordenamento que não era apenas o da razão, que era uma exigência de amor, uma embriaguez da imaginação – por si, o desenho da praça dava testemunho disso.

Na primeira vez em que ouvi falar da Senhoria, eu disse a mim mesmo: dar a um trecho residencial o aspecto de uma concha, mas que ideia engenhosa! Que povo inventivo! Porém as crianças que brincam numa praia fazem seus montinhos de areia inspiradas na imagem daquilo que veem à sua volta, e é somente sua ingênua capacidade de reproduzi-la com mais ou menos exatidão ou destreza que é admirada. Aquele que, como Denis e eu tantas vezes fazíamos, viesse sentar-se no meio da praça, e que ali permanecesse por um bom tempo, e, às vezes, por dias inteiros, pouco a pouco se daria conta de que estaria no meio de um dispositivo de concepção mais sutil, cujos elementos foram cuidadosamente calculados. É impossível, em primeiro lugar, não prestar atenção nos jogos de luz que nunca param de variar, não apenas acompanhando as horas do dia, mas num mesmo instante, de um lugar a outro da praça, de uma a outra das muralhas que a circundam. Inúmeras nuances, infinitas transições, uma continuidade maravilhosa da clareza que passa de um objeto a outro e que se modaliza sem cessar, de tal maneira que cada volume só parece existir naquela parte de luz que retém e que se condensa nele, assim é o espetáculo de que o olhar não consegue mais se abstrair.

E, como se as mais belas obras quisessem também nos fazer ouvir o princípio de seu ser, a lei interior de sua constituição, a razão daquela festa óptica se revela diante de você. Você entende, sim, que aquela continuidade de superfícies e de planos, cujo brilho se modifica segundo os graus de uma intensidade maior ou menor, resulta da disposição dos lados sucessivos das fachadas, cada uma das quais se apresenta à incidência dos raios sob um ângulo diferente – você compreende que a curva daquela modulação progressiva é simplesmente a curva da praça. A disposição em concha não é, como você teria pensado inicialmente, uma fantasia espirituosa ou uma alegre criancice, ela desenha as linhas ao longo das quais sua luz se espalha, atribuindo a cada elemento seu posto e conferindo-lhe seu ser. Toda a realidade procede do Um, suas diferenciações mesmas e suas particularidades provêm dele, resultando de modos de sua difusão e de sua refração, e as formas são esses modos.

Eis por que, como soube mais tarde, Ossip tanto admirava a arquitetura, por que, no dia em que fomos juntos pela última vez ao Tinto, ele passou um bom tempo, apesar da inquietude que sentíamos, maravilhando-se diante de uma pinha, contrapondo a força persuasiva de sua rigorosa geometria à incoerência de uma conversa ou à louca marcha do cavalo sobre o tabuleiro de xadrez. Ele pressentia, nas formas naturais, em seu gesto imperativo, a origem da arquitetura. Não que ela se limite a imitá-las. Mas ela existe, num lugar em que as coisas ainda não nasceram, atrás do mundo, um ponto do qual ele procede, onde os modelos são elaborados, onde a luz escolhe os caminhos de sua fulguração. Os artistas do Renascimento de Aliahova não tiveram mais do que outros a força de retornar àquele ponto original da criação, mas aproximaram-se dele apaixonadamente, perscrutando a natureza e suas profundezas, realçando seus traços misteriosos, o sistema nervoso das tempestades, dos pássaros e dos homens, o desenho interior de cada fenômeno e as linhas de força de sua produção.

E se então você ficasse no belo centro da Senhoria na ebulição do pleno meio-dia, enquanto, à semelhança de um líquido fervendo no oco da panela, a luz que escorre de um desnível a outro do pavimento projetasse mil gotas, cujo brilho o cegaria, e, sob as pesadas cornijas, a violência das sombras também se tornaria intolerável. Se, avassalado pelo excesso daquela vibração, e correndo o risco de dissolver-se nela, você fechasse os olhos, seria a mesma força que você encontraria em si mesmo, e de dentro do seu ser jorraria o ímpeto que se diversificaria através de você e – como um rio que, para apaziguar sua força, se ramifica infinitamente – aqui se desenvolveria um braço, ali uma perna, um olho, perdendo-se na curvatura da fala, engendrando a estrutura do seu corpo para abrir caminho rugindo por ele. Aquilo que enxergamos experimentamos primeiro em nós mesmos, e eu compreendia a profusão das folhagens e por que a pulsão, sem nunca manter sua direção primeira e única, compunha pela irradiação de sua energia e, seguindo o oblíquo das nervuras divergentes da borda, o jogo sem fim das figuras que admiramos.

Sob a difusa claridade da lua, os poderes da Senhoria pareciam dormir. Seguindo o conselho que me fora dado, certifiquei-me de que a praça estava vazia. Se, durante o dia, as pessoas ocupavam-se de seus trabalhos com a mesma energia de antes, e, como dizia Deborah, com aparente despreocupação, era preciso constatar que, chegada a noite, elas se entocavam. Em poucos meses, que mudança! Aliahova era célebre por sua vida noturna, e principalmente por aquele momento febril em que, após o trabalho, as ruas subitamente ficavam cheias de um povo falante, que andava por todos os lados, percorrendo incansavelmente os mesmos trajetos. Os grupos se formavam e se desfaziam sem cessar, as pessoas iam de um grupo a outro, os velhos olhavam os jovens, os rapazes encaravam as moças, as filhas gritavam e corriam como loucas, entrando nas confeitarias famosas por seus iogurtes de leite de cabra e por seus bolos de mel. Grandes pórticos iluminados, repletos de legumes e de frutas, resplendiam com a alegre cor de seus cachos de uvas e de suas melancias. A vida parecia não querer terminar, e realmente não fazia nenhum sentido ir dormir quando tantas coisas maravilhosas podiam acontecer a cada instante. Nas ruelas do antigo porto, atendendo ao chamado de orquestras improvisadas, homens e mulheres que não se conheciam começavam a dançar. Em lugares vizinhos, bandos de garotos brincavam com um novelo que fazia as vezes de bola. Em poucas semanas, sim, em poucos dias, tudo isso se calou, o centro da cidade se esvaziou, e também os outros bairros, e, chegando à Senhoria aquela noite, não encontrei ninguém, o que era inacreditável.

Desci lentamente os degraus inclinados dos grandes blocos de mármore do pavimento, dirigindo-me para o centro da praça, em que, acima da bacia retangular da fonte de Arsinoé, erguem-se os três lados escavados com nichos em que Simonide colocou, para simbolizar as virtudes, admiráveis corpos femininos cujas torções, último eco do impulso místico de séculos passados, imobilizam-se numa espécie de equilíbrio intemporal. No grande silêncio noturno, nada se ouvia além do hesitante ruído de uma água sutil. Sentei-me à sombra de uma parede exterior para não ser visto. Diversas vezes fui dar uma olhada à minha volta, mas, durante o tempo todo de minha espera, não distingui vivalma. Aquela solidão inabitual nos lugares que foram o coração palpitante de uma vasta cidade tinha algo de incompreensível, e eu poderia acreditar que era prisioneiro de um sonho se não tivesse sentido em mim o aperto cada vez mais forte da angústia. A meia-noite já havia soado fazia muito tempo. Uma última vez me levantei, percorrendo com o olhar a imensidão deserta da praça abandonada. Deborah estava ao meu lado.

Será que eu havia cedido ao sono? Perguntei à jovem como ela chegara tão silenciosamente, mas ela se limitou a sorrir. Pude observar em seguida, enquanto andávamos pelas vielas cobertas de luar, que ela caminhava sem fazer o menor barulho. Suspeitei de sapatos escolhidos para esse propósito, ao mesmo tempo em que o caráter particularíssimo das atividades de minha companheira começava a ficar mais claro para mim. Mas eu tinha outra coisa em mente. Eu tentava expor a Deborah minhas ideias sobre os princípios que haviam presidido à organização daquele lugar, à disposição dos edifícios, eu desenvolvia minha teoria da luz afirmando que ela não valia somente para as famosas pinturas do irmão Cyprien, mas também, e de maneira evidente, para aquele lugar; que a arquitetura, por conseguinte, e não apenas a pintura, encontrava seus princípios em si mesma, nas cores ou no material de que era feita, mas numa lei absolutamente geral, saída das profundezas do próprio ser, e que portanto era necessário conhecer amplamente o lugar em que estávamos para poder compreendê-lo. Eu tirava minhas demonstrações de considerações mais ou menos fantasistas, destinadas a provocar alguma reação naquela que me ouvia e que permanecia em silêncio.

– Você acha que essas concepções fazem sentido?

– Fazem todo o sentido – disse ela.

– Era isso que pensavam os construtores, os mestres de obra e seus ajudantes?

– Vá perguntar a eles!

– Mas eles já morreram – respondi.

Diante dessas palavras, fui invadido por uma tristeza incompreensível, como se uma palavra dita ao acaso tivesse o poder de acabar com a felicidade daquela falação insaciável. Sob a luz fantasmagórica do clarão da lua, em volta do grande espaço desolado, as arquiteturas compunham nada mais do que um cenário teatral, e nas altas fachadas nuas, em cujas janelas nenhuma luz brilhava, não havia mais ninguém. Os palácios, os templos, as catedrais sempre morrem duas vezes: quando seus muros desabam, quando a vegetação se incrusta no interstício das pedras deslocadas e quando os pássaros fazem seus ninhos nas vigas vacilantes de um telhado desmoronado, a vida desertou desses edifícios severos ou dessas deliciosas obras-primas há muito tempo – desde que as pessoas deixaram de os visitar, que as palavras escritas no frontão perderam o sentido, que os caracteres que eles traçavam com suas vigorosas silhuetas no céu da cidade não despertaram mais no coração dos habitantes nem amor, nem desejo, nem alegria. A história sagrada que eles contavam não era uma série de acontecimentos inacreditáveis, mas a soma daquilo que pode ser reproduzido, vivido novamente por uma humanidade engrandecida. O que sucederia quando os homens não pudessem mais repetir nem compreender aquilo que traz a marca da eternidade?

– Muito simples – disse Deborah. – O nome disso é barbárie.

Mas eu notava que ela estava inquieta, e ela já não me escutava. Ela se levantou num pulo.

– Venha – disse ela –, siga-me. Temos de ir rápido.

Com uma ligeireza impressionante, ela subiu o vasto plano inclinado. Eu a seguia com dificuldade. Entramos numa viela tão estreita que a luz do céu não conseguia entrar nela. Apoiada na pedra angular, Deborah, cuja respiração apressada pouco a pouco recuperava seu ritmo normal, observava os lugares que tínhamos acabado de deixar precipitadamente. Somente agora eu percebia ao longe algo como um rumor. O ruído mais distinto tornava-se o de um hino selvagem. Reflexos corriam sobre as lajes. Um cortejo subitamente adentrou a praça. Pessoas com tochas envolviam a coluna humana que se movia rapidamente. Todos corriam e gritavam. As entoações entrecortadas, as palavras mais urradas do que cantadas alternavam-se com palavras de ordem ou com *slogans*. E ficava evidente que o fluxo dos baderneiros que percorria a praça avançava diretamente para nós. Tivemos de recuar para a viela e, na primeira varanda que encontramos, ficar colados contra o batente. Deborah virou-se para mim, muito pálida, e tentou dissimular seu temor.

– Se eles vierem por aqui, eles não podem me reconhecer, está entendendo? Vou esconder meu rosto em você e nós vamos fingir que somos um casal.

O cortejo agora estava bastante próximo. Os portadores das tochas que vinham na frente apareceram no prolongamento da ruela. À violência das luzes, os rostos resplandeciam, os olhos acesos com um brilho inquietante, as carnes avermelhadas, loucas manchas que pulavam no chão. Por mais que eu me dissesse que o caráter fantástico daquele espetáculo saído de um universo de pesadelo, daquela turba ensandecida vomitada pelas bocas do inferno se devia apenas ao aspecto, ao tremular das chamas ora aumentadas, ora abaixadas ao vento da marcha, cujo movimento lançava alternadamente sobre aqueles corpos desarticulados, sobre aqueles rostos gargalhantes um excesso de claridade e um excesso de sombra, eu não conseguia esquecer as vozes discordantes e furiosas, tão semelhantes à embriaguez daquela coorte desordenada, que pareciam jorrar de toda parte e que pareciam só conseguir se unir no ódio. E enquanto apareciam, uma a uma, as faces grotescas daquele carnaval surgido da noite dos tempos, consegui distinguir as terríveis palavras que serviam de refrão àquilo que sem dúvida pretendia ser um canto: "E a morte, e a morte, não se detém diante de uma porta!".

E depois, as últimas sombras desfilaram à nossa frente, os clamores se distanciaram, os reflexos das tochas fuliginosas se fundiram no chão à luz da lua e, por uma ruela paralela àquela em que havíamos encontrado refúgio, o sinistro cortejo se distanciou.

– Mas que pena – sussurrei no ouvido daquela jovem – que esses imbecis não tenham vindo por aqui.

E me inclinei para seu rosto para procurar nele algum sinal. Mas ela virou a cabeça, deixando perto de mim apenas o escorrer de sua imensa cabeleira. Logo ela se soltou da parede e se dirigiu para a praça, quando, virando-me não sei por quê, vi nas trevas a irradiação silenciosa da cruz vermelha. Sufoquei um grito e mostrei a marca inscrita na porta mesma contra a qual estivéramos apoiados.

– Você vai ver mais de uma.

– De fato – disse eu, e como, saindo da ruela, entrássemos no espaço da imensa concha, mostrei, em sua luz, meu dedo avermelhado.

– Voltei ao Tinto esta tarde – confessei com hesitação.

Um banco de pedra corria na escuridão ao longo do palácio dos Pregadores. Fomos nos sentar ali, achando prudente não ficarmos mais a descoberto. O silêncio se refez em volta do frágil ruído da fonte e novamente a Senhoria estendeu sobre nós seu charme mágico, tornando mais incongruente, mais irreal, o desfile fantasmagórico a que tínhamos acabado de assistir.

– Aqueles que fazem as cruzes são exatamente os mesmos que você acabou de ver passar – disse Deborah.

Ela me explicou que existia em Aliahova um tribunal revolucionário cujo objetivo inicial tinha sido castigar os inimigos do povo, todos aqueles, ricos ou poderosos, a que se devesse censurar alguma falta, a menos que essa falta não fosse a sua existência mesma. Só que, como esse tribunal era secreto, assim como a organização de que era o centro, as detenções ignoravam qualquer medida, não havia nem multa nem prisão, era tudo ou nada, a absolvição ou a morte, e mais frequentemente esta. A cruz significava o sangue, aqueles cuja morada havia sido marcada não tinham outro recurso além de fugir, e era isso que eles faziam por falta de opção. Percebia-se então que o dito tribunal de fato operava de duas maneiras diferentes. No caso de uma condenação à morte, a execução – que outros chamariam de assassinato – vinha primeiro, e a vítima era golpeada de imprevisto, morta às pressas de modo certeiro, e só depois, na noite seguinte, o crime era assinalado. Quando, pelo contrário, a cruz sinistra aparecia antes do homicídio, o condenado tinha, de algum jeito, algum recurso, e estava intimado a abandonar todos os seus bens e, naquele mesmo dia, deixar a cidade. Essa distinção era engenhosa. Ao levar uma aparência de nuance e de objetividade a algo inteiramente desprovido dessas qualidades, fazia-se crer que se tratava de um julgamento verdadeiro, com uma estimativa de prós e de contras, levando em conta as situações particulares e, eventualmente, as circunstâncias atenuantes. Procurava-se dissuadir as futuras vítimas – os membros das grandes famílias – de empreender uma verdadeira ação defensiva, que só faria precipitar sua ruína, ao passo que o reconhecimento de seus erros, ou ao menos uma atitude passiva, teria como consequência manter sua pele intacta.

Esses cálculos maquiavélicos tiveram, desde que foram postos em prática, um efeito que sem dúvida ia muito além das expectativas de seus autores. Em poucas semanas, a nobreza de Aliahova foi dizimada, dispersa, impedida de dar qualquer resposta. Mas, como ela tinha em mãos grande parte do poder, e como seus membros, dos quais vários eram homens muito eminentes, ocupavam os cargos mais importantes do governo, da administração, das forças armadas ou do clero, foi o edifício inteiro do Estado que se viu abalado de um só golpe. E foi assim que a empreitada deixou transparecer seu caráter subversivo. Sob a aparência de uma preocupação com pessoas, com privilégios, com algumas opções chocantes, era na verdade ao regime inteiro que se visava, era este que se queria destruir.

– O que surpreende – disse eu – é que a realização desse projeto não tenha enfrentado nenhuma resistência organizada ou mesmo individual.

– Isso porque cada um tinha os olhos fixos no cargo deixado vago pela eliminação de seu superior, porque cada um, desde que não fizesse parte de alguma família muito conhecida, secretamente aguardava o momento em que aquele que estava diante dele fosse cair! Mal sabia ele que, atrás de si, havia outro par de olhos fixos nele, com um olhar que lhe faria gelar a espinha! Afinal, os investigadores de toda essa comoção tinham outro objetivo, e não trocar um duque ou um conde por um mercador de panos ou pelo presidente da corporação dos curtidores! Na base da pirâmide, o filho de um sapateiro, ou o filho de um camponês, jovens que nada tinham a perder e tudo a ganhar, estavam todos pensando: "Não sou ninguém, mas eu devia ser tudo". Os técnicos, os ideólogos e os demagogos, os bolsistas e os seminaristas, que odeiam o mundo inteiro, já haviam suspendido a ordem de eliminar todos aqueles que possuíam alguma coisa, que eram mais do que eles, que se interpunham entre o poder e eles. A era das sucessivas expulsões começava, e como num tabuleiro, surgindo de modo imprevisto, a peça mestra suprime fileiras inteiras dos peões que sobrepuja; as cabeças iriam cair, em Aliahova, em série, e em número maior do que as telhas na hora da tempestade.

Deborah disse tudo isso muito rápido, movida por uma espécie de paixão, e eu adivinhava pelo escuro a animação de seu rosto. Ela se calou de repente, interrompendo-se talvez por algum medo, e me observou com uma estranha fixidez.

– Para voltar às cruzes – tornou ela a falar lentamente –, elas proliferam há algum tempo. Sabe por quê?

– É um jeito de arrumar um quarto mais barato?

Eu tinha acabado de me lembrar de uma brincadeira de Denis sobre o preço de uma lata de tinta, que havia triplicado em uma semana. Ele tinha esse costume de apreender por uma pista os acontecimentos mais consideráveis e a ocorrência dos transtornos sociais que acabavam de se produzir, para sua infelicidade, em Aliahova. O horror ao trabalho manual, dizia ele, a recusa de uma existência modesta, a difusão das ideias subversivas, que eram causa ou consequência disso, tinham levado os jovens a fugir das áreas rurais, mas não para ter na cidade um trabalho que haviam recusado fazer junto de seus pais. Viam-se bandos de desempregados cuja timidez inicial logo virava agressividade e reivindicações de todo tipo. E foi então que surgiu a questão da moradia. A população da cidade havia dobrado em alguns anos, e isso no momento mesmo em que ninguém queria fazer mais nada, em que era impossível arrumar um pedreiro, para nem falar de um simples operário. Aliahova se encontrava então numa situação inversa à que havia conhecido dois séculos antes, quando a grande peste havia dizimado seus habitantes. Datava dessa época a criação dos oficiais de Torre, cuja missão era recensear as moradias desocupadas e atribuí-las aos sobreviventes. Mas como lhes era imposto restaurá-las segundo normas precisas, essa medida teve como efeito o embelezamento da cidade inteira. Os imóveis mais vetustos e os trechos insalubres foram derrubados, liberando espaços que foram transformados em lugares harmoniosos. As principais artérias foram retraçadas, e a cidade inteira foi reestruturada à luz de teorias arquitetônicas rigorosas. E foi então que Aliahova se tornou essa coisa maravilhosa que tanto admiramos. E depois...

    E depois tudo mudou. Com uma espécie de fúria triunfante, Denis desmontou o mecanismo inflexível do processo que iria tudo corromper. A partir do momento em que, explicava ele avançando as mãos para seu interlocutor ao mesmo tempo em que sua imensa testa se coloria um pouco mais, a partir do momento em que se consegue persuadir os operários e mais particularmente os jovens de que o trabalho é sinônimo de exploração e que, se fizerem o menor esforço, serão o otário de alguém, a produção começará a cair, a construção vai cessar. O fluxo contínuo daqueles que chegavam do campo preenchia pouco a pouco todas as habitações da cidade. No começo as coisas se passaram relativamente bem, porque ainda havia lugar, porque os recém-chegados tinham pais, amigos, conheciam pessoas, instituições capazes de abrigá-los, ao menos provisoriamente. Pode-se até dizer que aquele foi um período feliz, que Denis e eu havíamos testemunhado no momento em que chegamos. Nunca as ruas estiveram tão animadas, as lojas tão cheias ao mesmo tempo de mercadorias e de compradores. Os restaurantes também estavam abarrotados. Nas tavernas, os lugares eram tomados de assalto. Diante da perspectiva de bons negócios, eram montados novos empreendimentos comerciais. As transações iam bem. Havia filas nos cartórios. Os locais disponíveis, as últimas casas à venda eram compradas por somas exorbitantes. Nas ruas, homens de cabelos brancos tomavam-se pelo braço, cochichando confidências, piscando os olhos, antes de ir beber juntos. Aquele que saía de manhã nunca sabia a que horas voltaria de noite, a cada quarteirão, a cada passo, um amigo, um conhecido vinha-lhe dar um tapinha nas costas, pedindo sua ajuda, propondo-lhe uma participação em alguma empreitada duvidosa.

 De fato, que fazer quando não se faz mais nada, senão especular? As mesmas coisas eram vendidas e compradas diversas vezes no mesmo dia, os preços subiam a alturas vertiginosas e, quando não havia mais nada a vender, vendia-se a si próprio. Mulheres em trajes provocantes apareceram em todos os bairros da cidade, em todos os meios da sociedade. Elas eram encontradas por toda parte, nos lugares de prazer, em torno das mesas de jogos, que se multiplicavam. Em lugares mal frequentados, mercadores de flores vendiam drogas. No raiar do dia, grupos de pessoas de rosto lívido se dispersavam, e aqueles que não tinham mais nada se aglutinavam em torno daquele que ao menos possuía um quarto, as meninas voltavam-lhe o rosto da morte antes de desaparecer, batendo os saltos dos sapatos, numa viela.

– No fundo – disse eu a Deborah –, é uma população desenraizada, apartada de suas crenças e de seus sacerdotes, subitamente entregue à ociosidade, à dúvida, a todas as propagandas, que se perde. É o fundamento mesmo da civilização de Aliahova, quero dizer, a ideia de que nada de imediato tem valor, mas somente aquilo que resulta de uma lenta elaboração, que se confunde com a história da cidade, e que cada qual deve reproduzir por conta própria, que vacilou. Quando basta tirar a roupa ou tomar uma pílula para logo achar-se em presença do extraordinário, todas as sutilezas e o trabalho que elas dão parecem um tanto inúteis. É sem dúvida por essa razão que, nas escolas, aluno nenhum quer mais dar ouvidos aos professores. Absolutamente apatetados, eles atribuem aos métodos em uso sua falta de sucesso, e a pedagogia está na moda. Como os adolescentes não querem mais que a verdade lhes seja imposta, é preciso fazer com que eles a descubram sozinhos, suprimindo as aulas e deixando-os falar. Ainda não entenderam que é essa verdade que eles não querem mais, porque a verdade, veja bem, eles já a encontraram na noite anterior, com seus amiguinhos, e não precisam mais participar de todo esse *nonsense*.

Contei a Deborah sobre o espetáculo a que havíamos assistido ali mesmo, na Praça da Senhoria, Denis e eu, não fazia tanto tempo – e, ao lembrar dele, outra vez fui tomado de frio. Era o estupro seguido do assassinato de uma mulher por um bando de vadios, diante dos olhos de seu marido amarrado. O que mais impressionava era o sucesso inacreditável daquele ato, as discussões apaixonadas que ele havia suscitado. Aos reacionários e aos recalcados que pretenderam proibi-lo, as mentes avançadas respondiam que fatos como aqueles existiam, e que portanto não era escandaloso representá-los. O eco mesmo que essas práticas encontram não mostra com toda a evidência que elas ocultam em si não apenas uma perversão singular mas uma aspiração universal, uma verdade, e a recusa de qualquer limitação? Afinal, também o amor, diziam eles, deveria deixar de ser uma questão privada, e as mulheres deveriam pertencer a todo mundo.

Deborah me interrompeu:

– Isso é só o que aparece no palco!

Nas coxias, dizia ela, um olhar ávido media os rápidos progressos do processo que parecia conduzir inelutavelmente a sociedade à sua ruína. O lento apodrecimento e depois a acelerada decomposição do antigo estado de coisas eram os sinais da chegada do novo mundo. Todos aqueles que tinham a intenção de fazer carreira nele esfregavam as mãos e agiam nas sombras, fomentando desordens, incitando os trabalhadores à revolta e a juventude ao vício. As publicações licenciosas se multiplicavam, e no porto todos os dias eram achadas quantidades cada vez maiores de ópio. Quanto às pessoas decentes, elas eram convidadas a manter a calma, e isso por diversos procedimentos, dos quais o mais eficaz era o terror. Agremiações de todo tipo, comitês revolucionários que se constituíam a princípio espontaneamente, mas que eram na verdade fomentados por organizações secretas, por toda parte se substituíam às autoridades legalmente constituídas, pretendendo agir em seu nome e em seu lugar. Via-se aparecer em cada bairro um comissário do povo que, escoltado por um bando semelhante àquele que tínhamos acabado de ver passar, ia de porta em porta averiguar as necessidades da população e avaliar os meios adequados para satisfazê-las.

– Imagine – disse Deborah – o terror de quem está em casa e ouve chegar aquela multidão aos urros. Quantas pessoas moram aqui? Quantos cômodos tem nesta casa? Quantas garrafas na sua adega? Quanta lenha você tem guardada? Por favor, camarada, abra esse baú, destranque essa copeira. Mas o "recenseamento geral de recursos" ordenado pelo comitê revolucionário central acontecia principalmente à noite, de maneira a produzir no espírito das vítimas um efeito mais fantástico, tornando impossível a menor resistência. Encolhidas na cama, prendendo a respiração, tremendo de medo, as pessoas escutavam com o coração na mão a chegada daquelas terríveis brigadas, antes de poder, após sua passagem e quando, por sorte, elas não tinham parado diante de suas portas, confiar ao sono a prorrogação que acabara de lhes ser concedida.

– Não é mais apenas o sadismo – continuou ela – que hoje motiva essas buscas, esses controles cada vez mais frequentes. Para cooptar os jovens que querem doutrinar, as organizações revolucionárias precisam dar-lhes atenção e antes de tudo dar-lhes guarida. Por isso já há algum tempo que assistimos à formação de grupos descontrolados que pretendem regular-se a si próprios e tomam sem nenhuma cerimônia tudo aquilo de que precisam.

– O tribunal e os comitês revolucionários toleram então que outros usurpem suas prerrogativas, se é que ouso falar assim, e que ajam em seu lugar?

– Nesse ponto a atitude deles parece ambígua. Como para eles é impossível controlar verdadeiramente a situação, preferem deixar a anarquia se desenvolver, para assim provocar um movimento reverso. As pessoas começam a não aguentar mais as noites em claro, as ameaças cotidianas, o desconhecido. Não é raro ver gente que acaba de descobrir o sinal maldito na porta se jogar nos braços do comissário do povo mais próximo, a fim de saber se a condenação vem dele. As pessoas apertam a mão dele, alegam inocência, afirmam sua boa vontade e solicitam sua arbitragem. E eis nosso homem, cercado de alguns acólitos, que vai à casa inteirar-se. Diante do chefe de família petrificado, a cruz vermelha é apagada com tinta branca, e o resto do bando vai se dedicar a outras tarefas. A subversão vira lei, o objeto do medo vira a força à sombra da qual se vai buscar refúgio.

– Mas, se surge um apetite pela ordem, são só os esquadrões da contestação que vêm atendê-lo? As autoridades existentes permanecem sem iniciativa e sem poder? Ou será que elas pura e simplesmente desapareceram?

— Nada disso. Ao lado das repartições onde ficam os comitês revolucionários e seus líderes, funcionam ainda os antigos comissariados de bairro, com todo o seu pessoal. Depois de ter passado um tempo na discrição, ele reapareceu e, como você constatou, voltou a usar o uniforme. A polícia chega até a fazer prisões, e a cadeia, se é que ouso falar assim, reabriu suas portas. Só tem um detalhe: o comissário de polícia janta toda noite com seu colega, o comissário do povo. Vendo os dois bebendo juntos, temos o sentimento de que o tempo de suas disputas já era. Aqueles que desejam o poder já perceberam como obtê-lo...

— E o governo — respondi com raiva — não dispõe de nenhuma força além dessa política corrupta? E o exército?

— Um exército que não guerreia há tanto tempo, você sabe... Não passa de uma milícia de cidadãos. Todo domingo de manhã ela faz manobras na esplanada do castelo. Vá lá ver.

Enquanto Deborah falava, e o duro tom de sua voz se misturava misteriosamente ao esplendor do palácio, ao ritmo das fachadas, eu ia ficando cada vez mais maravilhado ao ver como batiam as explicações que acabava de ouvir com aquelas que Denis e eu tínhamos formulado nós mesmos. E enquanto eu observava, com renovada surpresa, para além das ondulações sonoras que lentamente vinham até mim, como sua crista de luminosa espuma, um sentido que não parava de luzir e de renascer, eu me perguntava como uma mulher tão bonita compreendia com tanta sagacidade assuntos habitualmente reservados aos políticos. E certamente eu às vezes fiquei tentado a imaginar, para além das análises que me eram apresentadas, e como sua fonte clandestina, alguma assembleia de homens sérios reunidos para tentar salvar a cidade. Outra vez eu me interrogava sobre o papel de minha companheira, pressentindo nela mais do que uma mera executora. Afinal, cada uma das perguntas que fiz teve uma resposta tão elaborada, tão pertinente, tão adequada às circunstâncias, que era impossível achar que ela tivesse nascido naquele momento, que não fosse fruto da reflexão pessoal daquela que estava a meu lado. E eu deveria ter-me alegrado por experimentar ainda outra vez a proximidade daquela inteligência que, ainda que talvez não captasse o destino de Aliahova, penetrava-o com seu olhar implacável que tudo enxergava, e por perceber que era essa inteligência onisciente e lucidíssima que me falava por aquela boca que eu quisera pressionar contra a minha, pelas escansões daquela voz cujo negro timbre me inebriava. Mas também, ao mesmo tempo em que as palavras emergiam do seio daquela melodia e que, vencendo seu encanto, eu seguia o discurso inflexível que elas compunham, e cujos resultados me eram comunicados com uma espécie de evidência que os deixava ainda mais avassaladores, a razão mesma que eu tinha para ouvi-los se esvaía, e a presença caríssima cujo ombro às vezes eu sentia contra o meu, cujo perfume eu sentia misturado aos eflúvios da noite, não me trazia mais esperanças, e sim aquela espécie de resignação que sem dúvida já tinha tomado os últimos defensores da cidade.

Abri os olhos. As construções orgulhosas da Senhoria pareciam acenar para mim através dos tempos. Minha incapacidade de responder a seu chamado silencioso, eu a senti como um sofrimento intolerável. Minha prostração era tão enorme que acabei exprimindo-a involuntariamente:
— Denis está morto — falei sem pensar.
Deborah estremeceu.
— Como assim?
— Você mesma disse: os habitantes da vivenda sumiram antes que a marca aparecesse.
— Você me entendeu mal. Tudo aquilo valia para algumas semanas, alguns meses atrás. Hoje a confusão é tamanha que não é possível inferir nada.
— De todo modo, se Denis estivesse vivo nós o teríamos visto.
— Talvez ele tenha precisado ir embora daqui precipitadamente. Houve quem fizesse isso.

Seguindo seu longo trajeto no céu da noite, a lua estava agora acima do Antigo Palácio, e o banco sobre o qual estávamos sentados entrou no campo de sua claridade. Ao meu lado o rosto de Deborah tinha a palidez e a impassibilidade das pedras. A jovem tinha baixado as pálpebras. Como eu admirasse a fragilidade de seus pulsos, a finura e o comprimento dos dedos, semelhantes àqueles que descobrimos nas antigas pinturas religiosas de Aliahova, vi que ela estava torcendo as franjas de seu xale.

E logo em seguida ela se levantou bruscamente, tocando-me o braço com a mão.
— Venha — disse ela —, que está frio aqui.

Novamente mergulhamos nos entrelaçamentos das ruelas e fui docilmente seguindo a minha guia, maravilhando-me com a segurança de seu caminhar silencioso pelo labirinto da antiga cidade e, mais ainda, com a energia e com a coragem que faziam inclinar-se levemente para a frente, na direção de algum novo objetivo que eu não conseguia distinguir, a silhueta irreal que deslizava ao meu lado. Enquanto passávamos ao longo das altas muralhas banhadas de sombra, e eu estava entregue à perturbação, à angústia intolerável que a ideia obsessiva de Denis gerava em mim, estranhos movimentos agitavam meu espírito, e meu próprio sofrimento se modificava imperceptivelmente, transformando-se pouco a pouco em seu contrário, numa espécie de exaltação e de alegria. Um ardor novo me penetrava, percorrendo todo o meu corpo, igualmente impelindo-o adiante, insensível ao esforço, inacessível a qualquer força hostil e ao peso do mundo. Diversas vezes percebi através da escuridão o olhar de Deborah voltado para mim, olhar que eu via, que eu imaginava semelhante ao de um gato, cujo dilatado orbe da pupila penetrava a noite e adivinhava os segredos da minha alma. Como eu também tentava ler em mim e no inebriamento que me invadia o motivo capaz de suscitá-lo, subitamente compreendi, interrogando-me sobre o desígnio que levara Deborah a falar-me tão longamente e a revelar-me tantas coisas quando elas já não serviam de nada e quando tudo estava perdido, que na verdade ele não era outro senão talvez precisamente o de falar-me, de estar ao meu lado, e meu coração começou a bater loucamente. Eis o mistério do coração humano, apesar dos progressos da ciência!

Ainda que a imagem de meu amigo morto abrisse em meu peito um rasgo incandescente, aquela dor como que se afogava em seu próprio excesso, revelava-me o fundo de meu próprio ser, uma beatitude sem reservas me tomava por inteiro, e eu me abandonava à doçura inefável de seu amplexo. Podia tudo desabar à nossa volta, que eu me dizia que havia uma realidade mais forte do que aquelas que operam na natureza e na história, que nada poderia abatê-la e que um dia ela venceria. Sempre haverá mulheres, pensava eu, e tudo vai recomeçar.

Estávamos na Praça dos Inocentes. Talvez por causa das emanações do grande cintilar noturno ou das de minha companheira, cuja gentileza e cujos sorrisos transportavam todo o meu ser, aqueles lugares a que eu tinha ido tantas vezes nunca me haviam parecido tão próximos, nem sua mensagem parecia tão evidente. De cada esquina da superfície quadrangular que limita em suas extremidades a fachada de uma igreja corria, inteligível como um plano, o mezanino de um hospital, e os arcos de sua abóbada repetiam ao infinito o assentimento de sua curva perfeita. Sob a palidez do clarão da lua, o austero despojamento daquelas formas transcendia-se, graças à simplicidade rítmica, num canto de alegria. Aquela era a alegria ainda pronunciada pela sábia alternância entre o reboco das paredes e o prumo de escuro arenito, a canelura das colunas e das pilastras, as finas molduras das frisas e dos caixilhos, os medalhões circulares inscritos como múltiplos da beleza nas pedras angulares das arcadas.

Passando pelo portal situado no centro do mezanino, penetramos no pátio interior, que reproduzia diante de nossos olhos deslumbrados o lugar de que tínhamos acabado de sair.

As mesmas arcadas mostravam seu rigoroso ordenamento em torno do mesmo retângulo, as mesmas sombras estruturavam o mesmo volume e com a mesma clareza. Tomando a mão da jovem, levei-a pela floresta de colunas e, voltando-me para ela, senti prazer em vê-la surgir da escuridão daquelas abóbadas, oferecendo-se por um instante aos raios celestes, antes de outra vez desaparecer sob o mezanino. Mas, como ela tinha fechado os olhos desde que entramos no resplandecente espaço do pátio, e só iria abri-los ao abrigo dos arcos, eu corria atrás de uma presença imperceptível, sem jamais tocar-lhe, como o fundo de areia que se vê pela transparência do riacho. Eu censurava Deborah por esconder-se, por tentar fugir de mim, mas ela ria. Enfim nos sentamos sobre uma laje, reclinados na mesma pilastra, admirando sobre o chão a imagem negra daquele edifício de luz.

– E tudo isso – dizia Deborah – para as criaturas mais despossuídas, mais abandonadas... quanto amor!

E logo depois as sombras desapareceram, acima dos telhados o veludo da noite cedeu seu lugar ao pálido céu da manhã, a brisa do mar chegou até nós. Deborah já tinha se levantado e eu seguia seu rápido caminhar pelas vielas que se iluminavam. Separamo-nos num lugar pequeno, não distante da Senhoria. A jovem tinha de ausentar-se por vários dias e combinamos o próximo encontro. Com uma insistência reconfortante, ela me pediu para não voltar mais ao Tinto. Uma última vez, li em seus olhos a certeza que tinha de ser. Ela outra vez acenou, e desapareceu.

*

A proposta de Deborah ficou na minha cabeça, e me levantei cedo naquele domingo, a fim de avaliar as últimas forças de que Aliahova ainda dispunha para salvar-se. A brisa estava suave, as nuances e os odores tinham uma sutil delicadeza; eu sentia, como às vezes acontece, aquela extraordinária alegria que se associa às ações mais simples, que está presente, por exemplo, no caminhar. Eu tinha esquecido que a morte não tem rosto, que ela não é nada, que ela habita o vazio, a clareza da manhã, e também as aleias desertas onde crescem as sombras da tarde.

As ruas que levam ao bairro norte da cidade sobem os primeiros declives do monte Éritro, os vestígios da era gótica são mais numerosos ali do que em outros lugares, as habitações são mais modestas. Algumas delas ainda trazem aquelas escadarias e apoios que permitem chegar, graças à inclinação, a um espaço habitável. Eu adorava a pobreza daquelas fachadas que deixavam adivinhar do lado de fora algo da intimidade da vida timorata que abrigavam. Há um elemento caloroso, benevolente, nessa arquitetura sem pesquisa que quer que a proximidade das criaturas não seja dissociável de seu pudor.

Contudo, como eu subisse com facilidade as escadas que reuniam os terraços superpostos da cidade medieval, um estranho espaço surgiu à minha volta, tudo parecia manter-se a distância, os raros transeuntes por quem eu passava não me viam, as altas muralhas ao longo das quais eu andava emergiam lentamente de um sonho. Acima delas, e abaixo de uma galeria de madeira, vi destacar-se, contra o céu sem cor, o formidável retângulo de pedra da basílica da

Periblepta. Aquela era, acho eu, a torre mais alta de Aliahova, e sua silhueta sinistra e severa ainda parecia carregada das energias ferozes que tinham criado e defendido a cidade. Na época do último sítio, os inimigos mortos foram tantos que tinham amontoado seus cadáveres naquele imenso edifício, e cobriram-nos de sal para evitar que apodrecessem e para afastar qualquer risco de epidemia. Eu tinha ouvido dizer que a igreja, ou, melhor dizendo, a fortaleza, agora servia de arsenal, e era essa a razão de eu me dirigir para ele, ainda que as chances de poder entrar fossem praticamente nulas. Qual não foi minha surpresa, após ter tentado sem convicção fazer funcionar o dispositivo enferrujado da única porta da vertiginosa parede, ao sentir o espesso batente ceder à minha pressão! Verificando que ninguém estava me vendo, entrei rapidamente. Uma única sala de aparência monumental ocupava toda a base da construção, mas, em termos de armas e de máquinas de guerra, ela não continha nada, exceto meia dúzia de balas que estavam em cima de uma camada de palha seca. A altura do teto, sustentado por enormes vigas incrustadas na parede, era impressionante. Uma escada de madeira levava ao primeiro andar, também ele constituído de um só cômodo, no qual também não havia nada. Explorei também a antiga galeria de madeira que coroava o mirante. Por toda parte as formas arquitetônicas se ofereciam a mim no esplendor de sua nudez. O gigantesco edifício estava vazio.

 Escadas sinuosas e úmidas com degraus afundados conduziam da igreja fortificada ao castelo ao lado. Fui dar perto de uma vasta esplanada inteiramente coberta por tropas cujos uniformes de cores vivas exibiam-se com solenidade infantil contra o fundo acinzentado da bruma da manhã. Permaneci confuso diante daquela iluminura digna de figurar num dos livros de Horas conservados no Palácio Civil que devem ter pertencido a algum marechal-conde a quem Aliahova deve alguma parte de sua glória. E logo depois, lembrando-me do objeto de minha preocupação, coloquei-me ao abrigo de um velho canhão, a fim de considerar com mais tranquilidade o encaminhamento das operações. Quantos eram os homens armados silenciosamente enfileirados no imenso terrapleno? Com certeza, muitas centenas. Eu distinguia dois tipos deles: uns revestidos de casaca branca com as costas em roxo. Suas armas eram uma espada e uma lança de ponta marchetada franjada de prata. Os outros traziam uniforme de pano azul, agaloado de ouro e de prata, e o forro, os adornos, o paletó, as calças e as meias eram vermelhos. Além da espada embainhada na cintura, eles tinham um mosquete na mão.

 A manobra a que assisti consistia no seguinte: após ter dado um quarto de volta ordenadamente, os guardas armados de mosquetes, que acabo de mencionar e que se achavam na linha de frente, fizeram para a direita um movimento que os levava a ocupar as últimas fileiras, deixadas no mesmo momento por seus colegas vestidos de branco e portadores das lanças, os quais pela esquerda ocuparam o lugar desocupado pelos primeiros. Essa troca de posições se repetiu diversas vezes, e um tambor ao lado do qual permanecia um capitão de uniforme extravagante dava a cada vez o sinal de partida. E em seguida ainda havia um rolamento prolongado, e compreendi, num instante, que aquilo indicava o fim do exercício. Os alinhamentos perfeitos dos corpos de guarda se desfizeram, mas os homens permaneceram ali, abordando-se uns aos outros, acendendo cachimbos, formando pequenos grupos para bater papo. Aquilo que tornava tão curiosa a representação que eu tinha acabado de testemunhar era que ela tinha acontecido na ausência de espectadores. Havia, porém, algumas pessoas dispersas em torno da esplanada e, quando a cerimônia terminou, elas adentraram o terreno reservado para a manobra para estar com algum conhecido ou com algum pai. Eu acompanhava seus passos. Se de longe a guarda fazia figura, era preciso admitir que, de perto, seus valentes guerreiros já não pareciam tão jovens. Debaixo dos cabelos cuidadosamente presos e dos bigodes orgulhosamente enrolados, viam-se de perto um rosto cansado, as rugas e os vincos da pele esbranquiçada e mole, as bochechas murchas, as papadas – isso para não dizer nada da barriga saltada que mais evocava longos banquetes do que o ardor guerreiro que força as vitórias. E além disso aqueles homens maduros – e quanto! – eram os pais daqueles que queriam destruir tudo e mudar tudo. Não apenas poder-se-ia perguntar se eles aceitariam lutar contra seus próprios filhos como havia algo mais grave. Será que eles não tinham sido atingidos no fundo de si mesmos, igualmente doutrinados? Ouvindo constantemente seus filhos zombarem de tudo aquilo em que eles vagamente acreditavam, ou a que eles de qualquer jeito estavam habituados, será que eles não passaram a interrogar-se sobre a legitimidade de um estado de coisas ou das convicções que todos à sua volta declaravam pernicioso, obsoleto ou absurdo?

Ossip me contou um dia a história de um camponês a quem seus filhos, que frequentavam a escola, explicaram que não havia nada no céu, que eles haviam subido ao cume do monte Éritro e não tinham visto Deus. O homem simples chamou-os de imbecis, mas não parou de ruminar suas palavras. E quando, ao ir no dia seguinte a seus campos, cruzou com o padre, não o cumprimentou, lançou-lhe um olhar desconfiado. Para dizer a verdade, mesmo os melhores de Aliahova viviam na dúvida, e vi isso bem num daqueles acontecimentos insignificantes, imperceptíveis, em que se lê o destino do mundo. Como, desencorajado, eu me preparasse para ir embora, um grupo de jovens que havia se misturado aos guardas se aproximou de um deles, que ficara afastado, e, dispondo-se em círculo em torno dele, tratou-o de maneira irônica, para não dizer insolente. Compreendi que eles se perguntavam, um ao outro, mas de modo que fossem ouvidos, qual era o significado daquela fantasia – sim, foi essa a palavra utilizada. O guarda, um senhor idoso de rosto triste, de aparência fatigada – percebi quando ele passou perto de mim –, se afastou lentamente.

Já que, como percebi um pouco tarde, tantas coisas da situação real de Aliahova me escapavam, tantas coisas que iam determinar o futuro imediato, decidi aproveitar a liberdade que me era oferecida por aquele dia deserto e continuar minha investigação. Fui à Loja da Gente do Mar. Com uma frivolidade muito significativa das preocupações que eu tinha, até aquele momento eu só lhe dera uma atenção, ouso dizer, arquitetônica, admirando a elegância de suas três arcadas cujo jogo rítmico era contido por duas pilastras nos cantos e pela pesada frisa decorada com os emblemas heráldicos da cidade. Mas eram sobretudo as preciosas estátuas que ela abrigava que a haviam tornado célebre, até a época recente em que a política fez dela sua morada e o centro da vida da cidade. Sobre a imensa parede do fundo estavam os famosos cartazes que eram mudados, ao que parece, a cada dia, e que consistiam numa série de proclamações, de reivindicações e de, deve-se dizer, denúncias abaixo das quais em geral havia assinaturas cuja lista às vezes era bem longa. Como eu tivesse chegado à Praça do Domo, vi que, apesar da hora ainda matinal e do caráter dominical daquele dia, uma numerosa plateia já se aglomerava ali; era particularmente densa sob o mezanino para o qual eu me dirigia. Documentos de todo tipo e de toda cor, inúmeros panfletos, declarações sem fim efetivamente cobriam os painéis da vasta construção, e eu tentava me orientar naquela multidão de garatujas. A maior parte daqueles textos tinha por conteúdo o convite urgente para que os cidadãos o assinassem, e pensei de novo em uma das conversas que tive, num tempo que já me parecia distante, com Nerezo.

Aqui, dizia ele, na universidade, neste lugar que se definia pela liberdade do pensamento e pelo respeito às convicções pessoais, todo dia nos pedem para colocar o nome numa lista de apoio a algum candidato, a algum programa ou a alguma manifestação, todos, é claro, revolucionários. Ou você assina, e se torna um pião nas mãos daqueles que o manipulam de longe e que não vão largá-lo, ou você não assina, e fica marcado. Essa comédia se desenrola mesmo durante as eleições, de modo que a cabine de votação e o voto secreto, assim como, de maneira geral, as regras democráticas que garantem o livre--exame de cada um, são constantemente violados por aqueles mesmos que só fazem falar de democracia. Você é publicamente obrigado a tomar partido. É o reino da intimidação.

Um cartaz mais chamativo do que os outros se destacava em letras cor de sangue sobre o fundo branco. Aproximei-me para lê-lo, e meu pé se chocou contra um bloco de pedra. Era um fragmento de busto e, como, ao me abaixar, eu constatasse, pasmo, a finura da veste que deixava entrever a anatomia de um corpo de força extraordinária, tive um súbito aperto no coração. Eu tinha acabado de reconhecer o Pregador de Corvara, que se erguia precisamente ali, no centro da galeria. Então percebi que todas as estátuas que estavam a seu lado também haviam desaparecido – ou, na verdade, não desaparecido: seus restos estavam espalhados pelo chão, e a multidão que caminhava diante daquela parede da delação já tinha adquirido o hábito de dar a volta neles e de ignorá-los.

Estupefato, passei para o espaço livre da praça, a fim de dissimular minha comoção. Eu respirava lentamente. Colovieso e os seus, pensei, haviam passado por ali. Ou talvez tivesse sido algum outro daqueles bandos noturnos que, em sua embriaguez, em sua inconsciência, cometeu aqueles atos irreparáveis. Pensei em perguntar a Deborah o que ela sabia a respeito daquilo, mas o que é que ela poderia me dizer além do que eu via com meus próprios olhos? Uma surda cólera me animava. Obriguei-me a voltar à galeria. Uma nova emoção me aguardava. O cartaz que, por algum fluido misterioso, havia chamado minha atenção pedia a condenação à morte do

Grande Chanceler. Golpeemos a cabeça, dizia a lenga-lenga que eu lia assombrado, esmaguemos as forças reacionárias e a revolução vencerá!

O tempo é um animal taciturno que fica à espreita, vigiando por dias, meses, anos. Ou então, se ele se move, é com um passo regular e como que adormecido, e é com dificuldade que o percebemos, na medida em que seu ritmo, sempre o mesmo, se mistura a nosso respirar, à monotonia de nossas vidas e de nossos trabalhos. Mas seus despertares são terríveis, e eis que ele salta e o atormenta e lhe dá tantos golpes que você não consegue nem apará-los nem acompanhar o frenético encadeamento dos acontecimentos subitamente ensandecidos.

Tive dificuldade para tirar os olhos do apelo assassino, e formei em minha mente a imagem ainda desconhecida daquele a quem Deborah iria me levar, quando um riso a meu lado me provocou um sobressalto.

– Não costumamos ver o seu nome nesses cartazes – me disse Judith, que, a julgar pela expressão de seu rosto, parecia estar se divertindo enormemente.

Eu mesmo comecei a rir.

– De fato – respondi. – Imagine que esta é a primeira vez que venho aqui. Aliás, admito que vale a pena vir aqui para ver o espetáculo. Só que não entendo direito esses discursos: parece que eles vêm de formações diferentes, e que nem todos têm a mesma opinião, a julgar pelos gentis insultos em que se comprazem.

– A vida é assim! Não é maravilhoso vê-la refletida fielmente nessa tela de pedra? Afinal, aqui embaixo não há lugar para sentimentalismos. O mundo é composto de uma multidão de forças que se enfrentam, e é a mais forte, a mais nobre, que vence.

– E qual dessas todas que encontram nessa parede uma representação tão estética vai vencer?

– É isso que é impossível de prever. Afinal, o pensamento não consegue medir uma força. É por isso que a vida é tão interessante. Nunca se sabe de antemão quem vai morrer e quem vai matar.

– Não tem muito amor no seu universo, não é mesmo?

– Amor! Só o que existe é o desejo, isto é, uma força, precisamente. O amor não passa de uma coisa ridícula que os fracos inventaram para se salvar, para que essa força renuncie a si mesma em vez de esmagá-los.

– Mas que invenção mais extraordinária! Imaginar uma coisa como o amor quando ninguém tem dele a menor ideia, quando ele nem existia! E, como se não bastasse, fazer exatamente com que ele exista, com que as pessoas comecem a experimentá-lo!

Judith me olhava com um ar inquisidor, dividido entre o prazer da disputa e a irritação que lhe causava o ceticismo que eu demonstrava diante de suas teorias.

– Como você está com disposição de raciocinar, senhor professor, quer vir comigo até a Khora?

Fiz uma careta. A Grande Khora era um claustro que os extremistas tomaram para ali fundar a "Antiuniversidade" destinada a tomar o lugar de Caprara. O embrutecimento ideológico burguês dispensado por esta seria substituído pelos ensinamentos teóricos e práticos de um instituto revolucionário cuja finalidade era derrubar o regime e a sociedade.

– Pelo menos você conhece a Khora? – Judith perguntou.

– Nem ela – respondi com calculada desenvoltura.

– Como é possível? Mas tudo que importa, tudo que é novo vem de lá.

– Mesmo? E eu que achava que aquilo de que falamos aqui já tem uns bons cem anos.

– Você afeta independência, mas ignora tudo "que se fala por lá". Vá se inteirar no próprio local.

– De todo modo – disse eu –, hoje é domingo, e a espelunca certamente está fechada.

Judith exultou:

– É claro que você não sabe nada da Khora. Fique sabendo que ela é uma universidade popular, feita para os trabalhadores e aberta precisamente no domingo, para que eles também possam ir lá e frequentá-la!

– Os pobres! Após uma semana de trabalho, ter de enfrentar aquela logomaquia! Pelo menos, espero, ela também é gratuita?

– Já acabou?

E depois o tom mudou, o rosto endureceu, assim como o olhar inflexível que se plantou em meus olhos.

– Você vem?

Demorei a responder.

– Deus do céu, por que não? Você promete que vai ser divertido?

Judith sorriu de maneira indefinível e, quando saímos da praça, vi que três jovens nos acompanhavam. Eram amigos de Judith, que os tratava com intimidade. De qualquer jeito, eles pertenciam à mesma organização, ou ao mesmo grupelho. Todos tinham cabelos compridos encaracolados, a barba perfeitamente cuidada, e fiquei surpreso com a doçura de sua fisionomia, com seu olhar sonhador, e também com sua gentileza, que singularmente contrastava com o julgamento que faziam sobre o mundo. Tudo nele parecia-lhes maligno, hipócrita, depravado. Tudo é explicado, diziam, pelo lucro. Eles falavam sem maldade, com uma espécie de tristeza, mas também com uma convicção total, uma certeza sem nuances, e quase assustadora. Eu fazia o papel de estrangeiro curioso e de boa vontade, e apresentava, sob o olhar sarcástico de Judith, questões ingênuas sobre tudo aquilo que víamos pelo caminho. Como passássemos debaixo das colunas do palácio de Ireneia, fiz observações elogiosas que dessa vez não encontraram nenhum eco. Nada daquilo que eu tanto admirava em Aliahova tinha algum interesse aos olhos deles, aquilo simplesmente não existia.

Eu tinha mentido. Fingi que não conhecia a Grande Khora. Numa época em que a finalidade primitiva da velha abadia ainda não lhe tinha sido arrancada, fomos lá com Denis para admirar os extraordinários afrescos de Cipriano. Eu me perguntava com angústia qual teria sido seu destino. A respeito disso circulavam os rumores mais inquietantes, e também sobre a maneira como o convento havia se transformado em Antiuniversidade. Como sempre em Aliahova, era difícil saber a verdade. Segundo uns, milícias ligadas a grupos anarquistas tinham selvagemente expulsado os monges. Foram usadas ameaças e até a força contra os recalcitrantes, entre os quais alguns, indo até o fim em sua recusa e em sua fé, teriam sido torturados. Outros relatos, posteriores, é verdade, afirmavam que nada disso tinha acontecido, simplesmente porque os edifícios estavam vazios no momento em que os jovens pensaram em se estabelecer ali para organizar um ensino mais sintonizado com as necessidades do nosso tempo. Os monges é que tinham ido embora, uns para misturar-se ao povo, arrumar uma profissão, outros para casar-se; alguns até tinham entrado nas organizações revolucionárias, nas quais se tornaram militantes particularmente ativos.

Contudo era possível duvidar de que eles tivessem acabado com as obras cuja profunda importância religiosa ou ao menos estética eles conheciam. Mas e os afrescos, tinham sido realmente destruídos? Na verdade, era para verificar isso que eu tinha aceitado o convite de Judith, e era nisso que eu pensava enquanto conversava com meus companheiros daquele dia. Será que eles também ocultavam pensamentos alheios a nossas palavras descontraídas? Dei uma olhada em Judith: ela estava justamente me observando.

A Grande Khora revelou-se a nós após um desvio de um caminho cuidadosamente calcetado e ladeado de árvores magníficas. Reconheci com emoção aqueles lugares de deliberada sobriedade, que, contudo, deixavam-me exaltado só em vê-los. Acima dos muros do convento, de imaculada brancura, emergiam os finos ciprestes do claustro. À esquerda, a torrezinha do campanário deixava ver o céu através de seu vão de mármore claro, cujas aberturas ficavam mais elegantes graças a um jogo de semicolunas jônicas incrustadas nos cantos. Por toda parte, sobre os valores elementares de grandes superfícies pálidas, destacava-se o cromatismo das pedras acinzentadas, dos telhados vermelhos, da madeira e das árvores. Era fácil reconhecer naquele despojamento a influência de Arquipo, mas Tecles, seu aluno, havia-lhe acrescentado a doçura extrema de um purismo quase místico.

Como eu me detivesse diante da abadia, meus companheiros me puxaram para os prédios, porque, antes da esperadíssima intervenção de Glimbra (para a qual, fiquei sabendo no caminho, eles foram naquele dia à Grande Khora), eles queriam pegar um pedaço do curso de "nova pedagogia fundamental", sobre o qual ninguém me falou mais nada. E como eu me surpreendesse – "Ainda há cursos?" –, a única resposta que obtive foram sorrisos zombeteiros.

Adentramos o antigo refeitório, onde se aglomerava uma plateia imensa e atentíssima, a julgar por seu silêncio. Numa extremidade do vasto salão abobadado, sobre um estrado, ia e vinha um homem que não dizia nada, e que parecia querer exprimir alguma coisa usando apenas gestos. No começo achei que fosse uma apresentação de mímica, mas aquele a quem todos os olhares se dirigiam subitamente parou e, deixando de gesticular, começou a falar, aliás com dificuldade extraordinária. As palavras pareciam coladas em seu palato, e ele as extraía uma após a outra tão lentamente que era tentador atribuir a isso o caráter confuso de seu discurso. Porém, após algum tempo, percebia-se que ele contava uma história, a história de si mesmo. Eram incidentes sem relação uns com os outros, mas que demonstravam todos uma mesma dificuldade, uma espécie de hostilidade geral do mundo diante dele, a qual se manifestava não diretamente, mas antes por uma série de armadilhas que constantemente eram colocadas em seu caminho e nas quais ele sempre acabava caindo. Primeiro foi seu empregador que lhe deu tarefas impossíveis, como colocar um quadro na parede sem usar um prego, ou ainda pregar o prego sem fazer barulho. Devo dizer aqui que interpreto aceitavelmente o magma sonoro que ele parecia expelir da boca ao custo de contorcer todo o rosto e todo o corpo. As mãos começavam a agitar-se quando a fala não conseguia dizer a palavra adequada. Ele voltava a andar de um lado para outro e, depois, simulando os gestos e a atitude da concentração mental, retomava seus balbucios de hemiplégico.

Mesmo assim, uma sequência destacou-se contra esse fundo de bruma, e de todo modo foi possível reconstituí-la porque ela era feita de acontecimentos que todos compreendem. Foi em sua aldeia, numa pobre choupana, pela janela de um sótão que lhe servia de quarto; ele olhava as meninas que passavam na rua. Ele ia ali o tempo todo, a tal ponto que era possível perguntar-se se não eram as mesmas que davam a volta na casa para passar de novo diante dele. Quando uma delas estava sozinha, e a menina sempre fazia questão de ter certeza disso, e precisamente quando ela estava diante dos seus olhos, então, com uma rapidez desconcertante, ela abria a blusa e mostrava os seios nus, segurando cada um com uma mão.

Ou então ela se abaixava subitamente, levantava a saia e mostrava-se a ele tal como a natureza a havia feito. Assim que aparecesse qualquer pessoa, a menina se recompunha num piscar de olhos e continuava seu caminho com um ar despreocupado. A menos que, ainda mais malandra, ela alertasse os passantes, apontando com o dedo a janela em que ele ficava, acusando de olhar para ela com impudícia. E ele só tinha o tempo certinho de se deitar embaixo da abertura, enquanto a multidão batia na porta da choupana com tanta força que a sacudia inteira.

E depois a mesma história se reproduziu, só que dessa vez ele não teve tempo de se esconder. Foi numa noite de verão, ele estava voltando do trabalho, sem pensar em nada, feliz por tê-lo concluído, quando uma menina, uma daquelas que passavam com mais frequência na frente da choupana, abordou-o e, tomando sua mão, colocou-a dentro do vestido, contra seu peito, já muito desenvolvido para a idade. Ela o levou para os campos e tirou toda a roupa. E ele, pois é, também... Foi então que um grupo irrompeu na pradaria em que eles tinham acabado de se deitar. A menina começou a urrar, a gritar por socorro, a acusá-lo de querer violá-la. Chegou um policial e levou-o. Ele foi posto num lugar ainda mais desagradável do que a choupana. No começo, todo dia vinha alguém atormentá-lo e interrogá-lo. Ele era acusado de ter impedido a menina de respirar enquanto ela estava embaixo dele. Ela estava com marcas em volta do pescoço e foi preciso enterrá-la. Os pais não paravam de lamentar-se. Felizmente o senhor que estava lá acabou indo procurá-lo, e ele foi posto em outra casa onde a comida era bem melhor e onde ele era mais bem tratado – sem nem por isso deixar de estar atento. Afinal, as meninas da sua cidade tinham chegado, elas usavam blusa branca e faziam cara de indiferença, mas ele não teve dificuldade para reconhecê-las. Um dia, aliás, uma delas se jogou contra ele, mordendo-lhe a boca, antes de lhe dar um tapa formidável, porque chegou um médico. Mas esse não foi bobo, e ao menos uma vez nada lhe aconteceu.

E agora ele estava diante de nós, de pernas vergadas, braços a baloiçar, por seu próprio esforço, olhando aqueles que o olhavam. Era um olhar singular, penetrante e velado ao mesmo tempo, o olhar de um ator que terminou seu número e tenta avaliar o efeito que produziu, surpreendendo-se. Afinal, ninguém se levanta e ninguém aplaude. Ninguém vai até ele e lhe dá as mãos. E ninguém agradece. Os sérios senhores que o ouvem, e também os jovens, e as mulheres que não parecem mulheres, todos permanecem sentados e calados, como se não houvesse diferença entre o momento em que ele lhes falava, comunicando-lhes o imenso saber que traz em si, e aquele momento no presente, em que, sem conseguir ir adiante, ele se interrompe e não diz mais nada. Agora ele vai até a frente do estrado e se inclina para eles. Ele nota o psiquiatra satisfeito que o escutava com as mãos cruzadas na barriga, às vezes balançando a cabeça, e cujos clientes se suicidaram um após o outro, e sua vizinha de traços duros, que propôs sucessivamente cinco teorias da frigidez feminina e que trata de depressões nervosas – exceto da sua –, o estudante barbudo que vem para ser igual a todo mundo, o jornalista de vanguarda movido pela mesma razão, a socialite entediada, e enfim a jovem moça cujo pescoço ele torceu e que reencontra com estupor diante de si naquele salão; ele os reconhece a todos, e odeia-os com o mesmo ódio implacável, porque, além dos rostos que riem dele, há em todas aquelas pessoas, e na maneira como elas ousam encará-lo, alguma coisa que ele não consegue nem suportar, nem compreender – e que ele quer destruir.

Ao nosso lado, o psiquiatra olhou seu relógio e levantou-se, sua assistente fez o mesmo, e também Judith, que estava entre mim e eles. Todos os imitaram: era hora de ir ouvir Glimbra. Como déssemos passos curtos no meio da multidão que lentamente escorria na direção do pátio do claustro, ficamos uns ao lado dos outros, e Judith, que aparentemente conhecia todo mundo, me apresentou a alguém que aparentemente era uma das sumidades da medicina e do pensamento de Aliahova. Tratava-se de um homem de média estatura, bastante corpulento, muito cioso de si mesmo, com uma grande capa negra, o rosto redondo e regular, os cabelos para trás, o olhar vivo, um sorriso errante perpetuamente nos lábios.

– Você viu – disse-me ele. – Extraordinário! Absolutamente extraordinário! Tenho de confessar que ele é meu melhor aluno. E talvez – acrescentou voltando-se para Judith – ele tenha sido particularmente brilhante esta manhã. Que lógica, que transparência, que lucidez incrível naquilo que é chamado de demência! Estava tudo ali, tudo foi dito. Se não prestarmos atenção nos esquizofrênicos, se continuarmos a nos recusar a ouvir sua linguagem, o mundo estará perdido. É preciso derrubar urgentemente todos os tabus, ou continuaremos a fabricar criminosos, quer dizer, esses heróis que se encarregam de agir em nosso lugar. Foi comovente, não foi?

Enquanto ele falava, Judith mantinha-se com desenvoltura sobre um pé só, apoiando-se em mim para manter o equilíbrio, e a assistente bebia as palavras do Mestre, que sem dúvida as ouvira cem vezes antes de reutilizá-las na primeira oportunidade. Eu tinha a impressão de estar no meio de um grupo importante, aqueles que passavam nos davam aquela rápida olhada reservada às celebridades. E então alguém tocou o ombro do psiquiatra, que virou antes de ser absorvido por um novo fluxo humano, ao qual ele falava em voz alta e com autoridade, sua assistente foi levada por um grupo de moças elegantes de olhar intrépido. Enfim Judith me puxou na direção da biblioteca onde aconteceria a intervenção de Glimbra.

– Vamos logo, ou não vamos mais conseguir entrar.

De fato, a imensa escadaria que leva ao primeiro andar estava bloqueada por uma verdadeira barreira humana e só conseguimos passar graças à audácia de Judith, que declarou ser colaboradora de Glimbra. Composta de três naves separadas por duas linhas de colunas jônicas, a maravilhosa biblioteca de Tecles estava irreconhecível. Da densíssima multidão que a ocupava subia um zum-zum insuportável. A intensa claridade daquele imenso recipiente branco em que a luz circulava por toda parte, modelando as formas puras das pilastras e dos arcos, era obscurecida por uma fumaça cinza que subia dos grupos de jovens largados nos ladrilhos. Nas paredes laterais, uma parte das abóbadas foi coberta de pichações obscenas. Acima de nós, sobre a coluna contra a qual Judith e eu acabamos nos apoiando – não era possível sentar no chão –, li: "Consciência: ciência da cona".

Não longe de nós, também apoiado numa pilastra, um homem jovem e calvo, com o rosto um pouco indolente, os lábios sensuais, vestido com grande elegância, começou a falar com uma voz desleixada. Era difícil saber se era algo natural ou extremamente afetado. Sem querer entrar em detalhes, nem tentar fazer verdadeiras análises, ele queria simplesmente repassar de maneira geral, ou simplesmente recordar, a desastrosa história que nos havia levado aonde havíamos chegado. A catástrofe inicial, certamente, tinha sido a verticalização. Sem dúvida após algumas modificações climáticas terem provocado uma profunda perturbação na fauna e na flora e permitido, por consequência, uma alimentação mais rica em proteínas – enfim, aquele ou antes aquilo que assim chamamos e que, de qualquer jeito, naquela época certamente não era nada disso –, aquilo então se levantou e, jogando o tronco para trás, pretendeu ficar de pé, colocando-se só sobre duas patas, deixando pender ao lado do corpo seus membros anteriores, que agora não eram mais usados. É preciso antes de tudo dar-se conta do ridículo dessa postura, de seu caráter abstrato, irracional – mas sim, continuou Glimbra, irracional, absurdo, em uma palavra. E como o hábito hoje nos impede de perceber claramente a idiotice desse comportamento que nos parece existir por si mesmo quando na verdade a sociedade e sua moral no-lo impõem todos os dias, bastará aqui, para tomar consciência desse condicionamento ideológico, imaginar um cachorro cujo dono tentasse fazer ficar sobre as patas de trás oferecendo-lhe um pedaço de açúcar, ou o mesmo espetáculo que nos é apresentado, dessa vez com cavalos, elefantes ou tigres, nos circos. Ó, homem, pobre animal de pé, arrancado à tua condição primeira, à plenitude da vida horizontal!

Glimbra calou-se, fechou os olhos, com a mão direita apertou a pedra como que para guardá-la bem, como se aquilo que ele tinha acabado de perceber fosse assustador, e capaz de amedrontar um pensador que no entanto estava acostumado às mais terríveis revelações. O silêncio era absoluto, durante alguns instantes a espiritualidade daqueles lugares reservados à meditação pareceu reviver, novamente estendendo sobre nós sua força pacificante.

– Sobretudo não creiam, amigos – continuou Glimbra com uma voz fraca e hesitante –, que compreendemos verdadeiramente aquilo que agora só conseguimos pressentir. Será alguma coisa aparentemente mais simples do que a verticalização? Um animal anda, come, mija em quatro patas, e depois ei-lo de pé. Representamos as duas posições sucessivas no espaço, no mesmo espaço, quando na verdade trata-se de dois espaços fundamentalmente diferentes. Quando o homem não era mais do que um bípede, sua percepção do mundo e, por conseguinte, também esse mundo mesmo mudaram completamente. Enquanto nos arrastávamos perto do chão, nosso campo de visão era muito reduzido, limitado pelos arbustos, pelos menores desníveis, por obstáculos de todo tipo. Quase não era possível confiar na visão, fosse para encontrar o caminho, procurar os semelhantes, ou fugir dos perigos. Mas a atrofia de um sentido anda junto com o hiperdesenvolvimento de outro. Se nossos ancestrais mal enxergavam, por outro lado dispunham de um olfato de uma potência, de uma riqueza, de um refinamento extraordinário. E mesmo aqui é preciso entender o que isso significa. Não era só o meio de conhecimento que era diferente, era seu objeto. Assim, é preciso dizer que as coisas eram cheiradas em vez de ser vistas; as coisas não eram as mesmas, elas se confundiam inicialmente com as ricas camadas de cheiros suspensas por toda parte e às quais nós mesmos nos misturávamos, elas não eram diferentes de nós, nós não éramos diferentes delas. E é por isso que eu disse que o indivíduo não existia, porque nada de separado existia, nada vinha romper a unidade original de homem e terra. Era nessa unidade que vivíamos, era ela que nos guiava, ela era a cada momento a pergunta e a resposta, não existia problema. Quando o vento do norte varria a planície e nós, com as quatro patas plantadas na terra seca, o enfrentávamos, com as narinas abertas, sem nada farejar, então sabíamos com um saber mais certo do que aquele de nossos sábios e de nossos meteorologistas de hoje em dia, que nada iria acontecer, que aquele dia seria morto, e íamos num rápido galope nos deitar sob uma moita, num daqueles emaranhados de lianas onde os javalis fazem seu leito. Mas o ar da terra é o que com mais frequência está carregado de odores, o forte odor dos pinheiros que, em pleno meio-dia, nos indica o caminho da sombra, o odor mais sutil e infinitamente variado dos excrementos que nos coloca na pista de nossos semelhantes, que nos permite saber quem tem a ver conosco, quem ocupou aqueles lugares, e há quanto tempo... o odor voluptuoso da urina seca que flutua ao longo dos caminhos, ao longo das raízes retorcidas das árvores, cujo aroma, de intricadas gradações, é para o esteta um festim. E quando se levanta a brisa da primavera, levando até nós os ricos eflúvios das fêmeas em fogo, então alegremente saltamos atrás de nossas irmãs, e essa alegria é absoluta, dúvida nenhuma a habita, não há nenhuma incerteza quanto ao consentimento da parceira, o cheiro está ali, ele não mente, aquela emanação quente e forte que sobe das partes sexuais e que nos faz fungar de prazer antes mesmo do acasalamento.

Outra vez Glimbra marcou uma pausa e ficou em silêncio, com a cabeça jogada para trás, os olhos semicerrados.

– E eis – continuou ele com lassidão –, eis tudo aquilo que foi perdido de uma só vez no momento em que o homem meteu na cabeça a ideia de andar como um pato ou como um pinguim. A posição vertical marca o começo daquilo que é chamado de civilização. Esta deve ser compreendida a partir de uma posição corporal precisa. Erguido sobre os membros posteriores, com o olhar em altura razoável, o homem enxergava muito mais longe, mas tudo também se afastou dele, as coisas ficaram a distância; esvaziadas de sua substância, de seu gosto, de seu sabor, elas passaram a não ser mais do que objetos, do que representações de coisas, como imagens mudas pintadas sobre um quadro, na melhor das hipóteses signos, e logo conceitos, ideias... cópias no lugar do original. O mundo exangue de espírito havia nascido. Não sem dificuldades. Aquele que rolou voluptuosamente na morna grama das pradarias, que inalou todos os perfumes da terra úmida, e antes de tudo aquele que o sucede, ou que sucede a fêmea apaixonada, que lambeu deliciosamente as origens de sua exalação, esse não vai se contentar facilmente com o futuro, que consistirá em olhar. E, no entanto, é isso que será exigido dele. Afinal, é preciso manter a qualquer preço a nova fase do desenvolvimento, essa posição vertical ainda tão frágil. Não que o homem, malposto sobre suas duas pernas, corra o risco de cair. Mas porque, com toda a força de seus instintos, que não se deixam aniquilar assim tão facilmente, ele deseja reencontrar o universo bento das excitações olfativas imediatamente seguidas de efeito. A civilização não é nada além dessa repressão do olfativo pelo visual, o conjunto dos interditos que deve nos proteger contra o retorno da suavidade primitiva. Assim se explica, como Duerf tão bem notou, o tabu da menstruação, cuja irradiação orgânica suscitava imediatamente o acasalamento, as preocupações incontáveis por meio das quais, desde a mais tenra idade, a criança é desviada do vivíssimo interesse que manifesta por suas fezes e, de maneira geral, por seu corpo e por tudo que dele provém. Afinal, a eliminação sistemática do olfativo é, de maneira idêntica, a eliminação da sexualidade em todas as suas formas, oral, anal e genital. E como essa eliminação é, rigorosamente falando, impossível, é notável a maneira como nos esforçamos para minimizar, para apagar esses fenômenos elementares, antes de, num segundo momento, inverter seu sentido.

– Apagar: trata-se de lavar-se o dia inteiro, de fazer desaparecer todos os odores ligados às axilas, ao sexo, ao ânus, aos excrementos, os quais não aguentamos nem ver. Inverter: como, apesar disso tudo, os odores e os excrementos subsistem, ambos são submetidos à inversão total de valores, e aquilo que provocava excitação e prazer torna-se objeto de nojo e de repugnância, devendo ser repudiado. Uma depreciação como essa seria impossível se não fosse deliberada, se o ser tirado da terra não continuasse assombrado pela força do reino de onde veio e ao qual ele sonha retornar, como sua manhã primeira.

Glimbra fez uma última pausa:

– O mal-estar da civilização, esse mal-estar que, como vocês veem, não nasceu nela mas com ela, com esse projeto louco de reprimir tudo aquilo que amamos, de nos desviar de nossa condição original, enxergo um sinal particularmente notável dele na maneira como nos comportamos em relação a nossos animais domésticos... uma voz me sopra: em relação a nós mesmos... e particularmente ao cachorro. Antes de tudo, é curioso o número de cachorros que vemos em nossas casas. Cães de guarda, dirão. Até parece! Não é o cachorro o animal olfativo por excelência, aquele que segue as pistas que não vemos, que não teme seus excrementos, antes comprazendo-se em cheirá-los, que não tem vergonha de suas partes nem de suas funções sexuais? E eis por que o nome desse amigo tão fiel, e que nos fascina, é ao mesmo tempo um insulto, porque é o nome do erótico anal, de tudo que a civilização negou, interditou, desprezou.

– Não nos enganemos. Ao afastar-se perigosamente de seus instintos mais primitivos e de seus prazeres, o homem percorreu um caminho pelo qual será difícil retornar. E isso porque no exato momento em que ele se tornou o animal menos feliz, mais doentio, mais incapaz de encontrar sua satisfação em si mesmo, o ardiloso bípede teve a astúcia de fazer todas as suas deficiências passarem por provas de sua pretensa superioridade sobre os outros animais. Ele não era realmente superior a eles, para dizer a verdade, ele era de outra natureza, de natureza divina, se quiserem, e sua essência era espiritual! Bem sabemos que isso tudo não passa de invencionices, que tudo que se entende hoje sobre o homem não vai além daquilo que se pode compreender dele enquanto máquina, que sua pretensa liberdade não é mais do que o resultado de inúmeras solicitações que se entrechocam ou que se completam, que, longe de ser o sinal de uma superioridade, a acessão à consciência e à inteligência é o sintoma de uma decadência, de uma imperfeição do organismo incapaz de simplesmente agir, como o tigre que dá seu salto, sendo obrigado a usar artifícios, a tatear, a refletir. Esse desgaste inútil de força nervosa, essa maneira retardada de agir, após múltiplas hesitações, aquilo que não se consegue mais fazer por instinto, com o fulgurante domínio da inconsciência, isso é a inteligência, essa marca de impotência, essa pura tolice!

Não vamos nos livrar dela facilmente, bem sei. Talvez, provavelmente, nunca! O otimismo não é nosso forte, enfim. Após séculos de civilização, ainda guardaremos as taras por muito tempo. Mas, se é impossível para nós escapar ao universo do pensamento, se nos dedicamos a representar as coisas em vez de nos perdermos nelas, nem por isso vamos esquecer aquela terra natal onde vivemos e que talvez um dia possamos redescobrir.

Glimbra recuperou o fôlego e depois articulou com solenidade:

– É verdade que a inteligência pensa, mas só o cu caga!

Aquilo que manifestamente constituía uma peroração produziu seu efeito, sendo seguido de um longo silêncio. Modelando minha atitude na de meus vizinhos, que pareciam mergulhados num abismo de reflexão, e na do próprio Glimbra, cujo olhar estava perdido ao longe, esquecendo-se até do lugar onde se encontrava, prosseguindo sozinho sua meditação, tentei, permanecendo completamente imóvel, dar-me conta daquilo que se passava à minha volta. O que me chocava, antes de tudo, era a seriedade da plateia, na qual eu não via nenhum sorriso, a ideia de que aquilo poderia ser brincadeira obviamente só passava pela minha cabeça. Também notei quantos jovens havia entre os ouvintes de Glimbra, ao contrário dos ouvintes do maluco ou do psiquiatra de logo antes. Vestidos de maneira desleixada com uma calça de tecido grosseiro e uma casaca disforme, com os cabelos mal penteados, não lavados – isso me impressionava e me chocava sobretudo nas meninas –, todos aqueles adolescentes deitados no chão, apoiados uns contra os outros, já tinham colocado em prática os conselhos que acabavam de ouvir, comportando-se como animais, mas sem a mesma graça. Mas não se podia negar que de suas pessoas emanava como que uma satisfação – e nisso também era preciso dar razão a Glimbra –, o bem-estar quase físico que brotava daqueles rostos indolentes, como se a felicidade fosse obtida sem esforço, apenas abandonando-se àquilo que há em nós de orgânico e de automático.

Contudo eu conhecia muito pouco a psicologia dos períodos e dos grupos revolucionários. Quando nenhuma força espiritual impõe a lei de sua continuidade aos atos de um indivíduo ou de uma sociedade, todos os sobressaltos são possíveis, a calma é só aparente e, como na natureza, a tempestade aparece de súbito. Mal tive tempo de me deixar levar pela sonolenta euforia dos grupos recurvados no chão quando uma voz soprou em meus ouvidos:

– Diga lá, Glimbra, você está gozando da nossa cara?

Tive um sobressalto. Todos os olhares se voltaram em nossa direção, quer dizer, para Judith e para mim, ainda apoiados, ombro a ombro, na mesma coluna. Considerando o teto, indiferente aos movimentos tão próximos da plateia, fingindo não ter sido vagamente surpreendido por aquela intervenção inopinada, esforcei-me para parecer natural, enquanto Judith continuava, imperturbavelmente:

– Vamos então continuar ouvindo os mesmos discursos sem que nada mude nem um pouco? Isso que acaba de se passar aqui me faz pensar irresistivelmente no que aconteceu na escola do Velabro. Todo mundo conhece essa história?

Judith não obteve nenhuma resposta além da surpresa.

– E você, Glimbra, conhece?

Glimbra fez um gesto indicando que não.

– É extraordinário – disse Judith. – Como é que vocês querem fazer a revolução se nem conhecem os acontecimentos mais importantes e mais sintomáticos, quando, além de tudo, eles se passam debaixo do seu nariz? A escola de Velabro fica só a meia hora daqui.

Na extremidade oposta da biblioteca, num lugar parcialmente tapado pela fileira de colunas, houve como que um princípio de agitação, pareceu-me ver alguém levantar a mão enquanto seus vizinhos pediam silêncio. Mas os jovens sempre têm alguma dificuldade para superar sua timidez. Aquele que tomou a palavra expressou-se com uma voz débil e insegura, e suas frases inábeis, hesitantes, o tempo todo pontuadas por "então" ou interrompidas por cansativos silêncios, eram as de uma criança a quem é preciso arrancar as palavras uma por uma. Enfim entendemos que se tratava de um aluno da escola de que Judith falara, sem saber mais claramente se ele próprio estava envolvido no caso citado ou se só falava como testemunha. Tudo aquilo era tão confuso e tão incômodo que Judith decidiu assumir o comando. Contornando as pencas de ouvintes, saltando por sobre os corpos, ela tentou ir para junto daqueles que tinham acabado de manifestar tão canhestramente sua presença. Começou um diálogo, e Judith não tardou a fazer as perguntas e a dar as respostas, e foi ela quem narrou toda a história.

Assim ficamos sabendo que, naquela escola, no meio de uma aula, um professor surpreendeu dois alunos, sentados na última fileira, tocando-se um ao outro. Imediatamente ele os botou porta afora, fazendo um relato detalhado ao diretor. Reunido em caráter de urgência, o conselho disciplinar – inacreditável, explodiu Judith, inacreditável e mesmo assim verdadeiro: ainda existe um conselho disciplinar! –, o conselho disciplinar então defendeu a expulsão definitiva dos culpados. Esses, no entanto, após alguns dias de ausência, se reapresentaram às portas do estabelecimento, a fim de retomar os estudos a que, no fim das contas, tinham direito. E foi então que se assistiu ao escandaloso espetáculo: todos os professores do estabelecimento – vejam bem: todos, todos aqueles que durante meses, anos, gerações ensinaram que o homem é um ser natural, que suas necessidades são necessidades naturais, simples processos físicos que devem ocorrer segundo sua necessidade própria, que aliás essa era a única coisa que existia e que portanto era absurdo pretender opor-lhes o que quer que fosse, todos aqueles que queriam limpar a inteligência de toda a escória que a recobre, libertá-la das superstições e dos tabus, do conjunto de constrangimentos seculares com os quais ela foi amordaçada, todos aqueles que pretendiam libertar o homem e portanto aniquilar as instituições que são os veículos dessas crenças e desses interditos, os agentes desse adestramento que nos ensinam, como Glimbra tão bem explicou, a nos comportar bem, a ficar de pé, todos aqueles e todos os outros que naquele dia estavam junto deles diante da entrada da escola, os representantes dos pais, das organizações políticas e sindicais, os nivelistas, os paranivelistas, os hipernivelistas, os regeneradores, os liberais e os ultraliberais, os darwinistas, os amigos da natureza e, ó, que paradoxo, os amigos dos animais, os seguidores da alimentação integral, enfim, não esquecendo o comissário de polícia cercado por seus esparros, nem o comissário do povo, que acorreu apressado com seu grupo, todos ali, acotovelados, fazendo uma barreira corporal, impediram os dois adolescentes estudiosos – aos quais não se podia censurar, no fim das contas, por ter levado a sério o que lhes havia sido dito – de voltar à escola.

– Afinal, não é assim – e a voz de Judith irrompeu acima de nossa cabeça como um grito congelado –, a liberdade sexual, tudo bem, mas só no discurso! Não vão, meus bons meninos, tentar colocar em prática isso que lhes foi exposto num plano puramente teórico e que deve ficar nesse plano!

Eu esperava risos, alguma nova irrupção, uma respostinha, insultos, mas, como eu já havia tido a ocasião de observar, Judith subitamente ficou sem fôlego e começou a tossir de um jeito que acabou por parecer-me involuntário, e, sob aquelas abóbadas estupefatas, naquele lugar que a inteligência havia desertado, naquela turba incerta e imbecil, num silêncio que assumia forma ao mesmo tempo que ela, a única coisa que havia eram os altos e os baixos de um acesso de tosse que nunca acabava de acabar.

Foi esse o instante que Glimbra tentou aproveitar para reassumir o controle. Ele estalou os dedos como que para chamar de volta para si a atenção de uma multidão que já o havia esquecido – involuntariamente pensei em Cataldo, na dura condição dos representantes da vanguarda, forçados a correr sempre mais rápido a fim de não serem alcançados pela própria sombra, até o momento em que, sem fôlego, vão desabar no fosso, enquanto a coorte que os segue os ultrapassa sem nem sequer lançar um olhar, em busca de novos chamarizes.

– Eu nunca impedi ninguém – declarou Glimbra com seu ar desenvolto, mas sua voz estava sem expressão –, eu nunca impedi ninguém de levar a sério aquilo que falo.

Então percebi que ele estava cercado por uma corte de efebos dispostos em círculo à sua volta, e que aqueles jovens, muito mais preocupados com sua pessoa, com uma certa graciosidade no rosto e uma certa impertinência no olhar, calorosamente aprovavam seu mentor. Um deles, aliás, se levantou. Não compreendi muito bem o que aquilo tudo significava, nem por que nos permitíamos questionar Glimbra, que havia sido um dos poucos, senão o único, a denunciar a verticalização e também suas ideologias relacionadas. Que toda teoria devia comportar uma energia prática, isso era verdade. Mas as primeiras tentativas de reeducação que aconteceram ali mesmo na Khora não mostravam de modo evidente a força revolucionária das análises de Glimbra, não eram elas conduzidas à luz de seus pressupostos com o fim de devolver aos doentes em tratamento o sentido do corpo, o sentido da terra, o sentido dos odores, o sentido, de maneira geral, da animalidade e de sua própria vida?

– Bem – interrompeu Judith, que tinha ido até eles, no centro da sala. – Mas por que vocês pretendem reservar aos intelectuais desviados por dez séculos de espiritualismo o privilégio desse retorno ao erotismo anal? Será que por acaso isso seria uma punição?

– Mas enfim – disse uma voz infeliz –, você de todo modo não quer mesmo que voltemos a andar de quatro, fazendo nossas necessidades na rua, escolhendo-nos uns aos outros segundo nossos odores...

– E por que não? – disse Judith. – Não vejo outra conclusão para as teses que foram aqui expostas e que aprovamos todos. Ouçam o que vou dizer...

Durante todo esse incidente e toda a discussão que acabo de relatar, ou melhor, de resumir – porque ela foi longa –, e valendo-me do distanciamento de Judith, aproveitei para deixar nossa coluna, aproximando-me insensivelmente e com grande dificuldade da saída. Eu ia abrindo passagem em meio à multidão que continuava obstruindo a grande escada, até que as últimas palavras de Judith tornaram-se inaudíveis. Apesar da curiosidade que elas despertavam em mim, continuei meu caminho. Os afrescos ficavam do outro lado do claustro, no corredor que ligava as celas dos monges, e no interior destas. Cheguei ao lugar onde havíamos ficado, Denis e eu, horas a fio admirando a arte sem limite do último período do irmão Cipriano. Mas, com um aperto na garganta, tive de me render às evidências: já não havia mais nada, todas as pinturas haviam sido recobertas de cal, e no lugar delas só havia pichações de aflitiva pobreza.

Quanto tempo terei errado por aqueles corredores, de uma sala a outra, na mesma busca ensandecida? Diversas vezes tive de me sentar; ou então eu ia à janela respirar um pouco, olhar o céu, pedir à beleza intacta do claustro que me ajudasse a suportar a visão da demência. Como, desviando-me outra vez do terrível espetáculo daquelas superfícies devastadas, eu me inclinasse para o exterior, percebi um pátio escavado com sulcos, cercado de construções baixas, razoavelmente degradadas, cujos telhados de palha tinham aparência de fazenda. No meio do espaço desolado, algo que de início julguei ser um animal, mas que, para meu aturdimento, revelou-se um homem, andava de quatro, empurrando diante de si como que uma pequena carroça, cheia, pareceu-me, de esterco. Ele a lançou alguns metros adiante, antes de, sempre de quatro, aproximar-se dela para dar-lhe um novo impulso, repetindo a manobra em todo o trajeto feito ao longo do pátio. Associações perturbadoras surgiam em minha mente. Eu decidi averiguar a situação ali mesmo.

Encontrei sem grande dificuldade, do lado de fora do muro do convento, o pátio cercado em três lados por muros de arrimo cujo reboco estava marcado por manchas verdes. Ele se abria para o norte, para jardins e pomares repletos de ervas daninhas e de arbustos parasitas. Cheguei à construção em que perdi de vista a estranha manobra e a carga. Era um chiqueiro. Um compartimento fechado feito de pranchas juntadas grosseiramente separava os animais, cujos lombos enfileirados eu via ao longo da vasta construção. Era tudo de uma sujeira impressionante, sobretudo o chão viscoso de chorume, tanto no interior dos cubículos quanto no estreito corredor que os servia. Incomodado pelo fedor da imundície e pelos grunhidos incessantes dos animais, fiquei imóvel um instante, surpreendendo-me por não encontrar aquele que procurava. Foi então que notei uma forma mais clara, mais comprida e mais lisa, contrastando com o arredondado das pesadas massas acinzentadas em meio às quais estava – costas humanas. Aproximei-me sem fazer barulho, preocupando-me em escolher os lugares onde colocar o pé, no meio da sujeira. Enfim cheguei a um compartimento onde o homem de quatro ia e vinha em volta de uma porca à qual ele levava algumas beterrabas murchas e uma tina cujo conteúdo já tinha sido derramado pela metade sobre a palha. Ele tentava almofaçar o animal – cujo lombo, barriga e patas estavam recobertos de côdeas de lama seca – sem obter qualquer outro resultado além da emissão redobrada de grunhidos. Enfim, sempre com as mãos, ele reunia os excrementos que estavam em volta do animal e, juntando-os com suas palmas reunidas, tentava, deslocando-se com os joelhos, o peito meio aprumado, deixar os lugares em que tinha acabado de trabalhar. E foi então que, batendo-se contra mim, que tapava a entrada do cubículo, ele parou e levantou os olhos. Naquele rosto manchado, de cabelos hirsutos, de sobrancelhas grossas, de bigode embranquecido, de pele enrugada, cujos lábios tremiam, reconheci estupefato Nerezo! O mesmo horror tomou num instante nossos olhares que se cruzavam. E então ele abriu as mãos, e seu conteúdo caiu no chão com um som abafado, ao mesmo tempo em que, empurrando-me para obter passagem, ele fugiu, com as costas recurvadas, esguichando chorume com sua retirada precipitada.

Por precaução, voltei ao claustro e me refugiei na galeria. Eu queria refletir, mas minha mente estava vazia. Eu queria ter-me indignado, mas não sentia nada. Lentamente recuperei minha disposição, reuni minhas forças e me dirigi para a porta principal da abadia, com a intenção de deixar definitivamente aquele lugar quando, depois de virar num corredor, esbarrei em Judith.

– Onde é que você foi?

Expliquei que, incomodado com a atmosfera esfumaçada da sala lotada, tive de sair para tomar ar.

– Você não ouviu o fim da minha fala? Que pena! Imagine que eu os obriguei a tirar todas as consequências de suas afirmações!

Como no escritório da Villa Caprara, como da primeira vez, o riso de Judith subiu como um jato d'água impelido pela onda tumultuosa da primavera, quando ela acorre da montanha e as planícies ficam encharcadas. Não consegui não ficar comovido com a proximidade e com a presença da vida, sacudida em suas exclamações como as velas de um grande navio levado pelo vento.

– Desmascarei todos os subterfúgios, superei as hesitações e a lógica enfim venceu! Uma comissão presidida por Glimbra e por mim mesma – outra vez Judith foi às gargalhadas – foi constituída. Ela decidiu colocar em prática imediata o retorno ao erotismo anal cuja repressão causou nossa ruína. Venha ver.

Judith, que parecia divertir-se loucamente, levou-me para fora da abadia. À nossa esquerda o terreno se elevava progressivamente, formando um montículo coberto por uma linda vegetação. Demos alguns passos por um caminho de terra vermelha que serpenteava em meio a arbustos odoríferos, a cistos, a buchos, a medronheiros e a jovens ciprestes.

– Em uma hora – continuou Judith –, todos vão se encontrar aqui, completamente nus, de quatro, com uma venda nos olhos. As relações que então se estabelecerem deverão basear-se exclusivamente nos sentidos do odor e do tato.

Judith estava exultante:

– Não é extraordinário? Mas que espetáculo!

– Porém – disse eu – você afirmou que olhar vai ser proibido.

– Talvez alguém queira se aproveitar... e ficar espiando! Imagine o imenso traseiro branco do psiquiatra se remexendo, e seu nariz colado no chão, farejando a pista de uma fêmea!

Judith não se continha mais, seu riso a atravessava inteira como uma tosse, as lágrimas lhe vinham aos olhos, uma estranha alegria brilhava em seu rosto. E então sua expressão se alterou, suas risadas cessaram, sua expressão ficou mais rígida, e ainda consigo ouvir sua voz breve e seca:

– Você vem, não vem?

– Acho que não.

– Compreendo – outra vez ela fingiu que estava achando tudo divertido – que você ainda não esteja eivado do espírito coletivista. Mas não somos obrigados a nos misturar com os outros. Para além desses bosquezinhos aqui, o mato é mais alto, mais denso... mais poético; mais semelhante, talvez, ao da sua terra. Esse caminho leva lá. Vamos?

Falei que tinha de voltar para casa.

– Agora?

– Agora.

Judith encarou-me com seu inefável olhar azul, no qual jamais haveria perdão.

*

Eu andava rapidamente, como que para fugir do mal-estar que se tinha insinuado em mim desde que entrei na Grande Khora – desde meu encontro inesperado com Judith na Grande Loja das Gentes do Mar, para dizer a verdade. Contudo o mal-estar crescia à medida que eu andava. Múltiplas imagens corriam-me à mente. Assim como os acontecimentos de uma vida inteira revivem, diz-se, num desfile vertiginoso diante dos olhos daquele que vai morrer, todos os acontecimentos daquele dia estupidificante me apareciam com perigosas clareza e precisão, na irrealidade de uma distância intransponível, como se dissessem respeito a outra pessoa que não eu, e mesmo assim minha garganta dava um nó, e eu só andava rápido daquele jeito para vencer a cada instante a inércia de meu corpo ausente. Que força era aquela que me oprimia? Seria o remorso por ter abandonado Nerezo à sua sinistra sorte? Eu tinha considerado por um instante, enquanto ele fugia como um animal amedrontado, ir atrás dele. Deixarmos juntos a abadia seria fácil. O pátio dava para os jardins, e os jardins para a floresta. Não havia cerca para pular, nem guarda para despistar. E era isso que assustava. Porque era assustador vê-lo dobrar-se às instruções mais degradantes quando não havia ninguém por perto para obrigá-lo. Que foi que o obrigaram a enfrentar, pensava eu com temor, para reduzi-lo àquela infâmia? O resultado, evidentemente, estava em conformidade com as teorias deles, segundo as quais o homem é um ser natural, determinado, e que portanto é possível condicioná-lo completamente, teorias segundo as quais não há no indivíduo nada de irredutível, de absoluto, eu ia dizer de eterno, como afirmavam as estranhas doutrinas religiosas que reinavam havia pouco em Aliahova, e eu me perguntava se, por debaixo de sua aparente loucura, elas não dissimulavam uma verdade que se distinguiria por só se revelar na presença da morte, do desprezo e do crime. Em todo caso, não era mais possível salvar Nerezo, era de si próprio que ele precisava ser libertado, e eu não tinha nem os meios nem o tempo.

Os afrescos me inspiravam reflexões análogas. Não eram eles que deviam ser protegidos antes de tudo, e sim a alma de um povo que os havia venerado antes de aniquilá-los. Infelizmente, a sinistra assembleia de imbecis que havia estado à minha volta duas vezes no mesmo dia me parecia uma força cujo dogmatismo primário tornava invulnerável. Só me restava uma única esperança. Eu tinha ouvido dizer que as pinturas em alguns casos conseguem sobreviver debaixo de uma camada de cal, e que tinha sido desse jeito que, no palácio de Monômaco, que os invasores do Ocidente transformaram em caserna, as magníficas representações murais reapareceram intatas, três séculos mais tarde, diante dos olhos assombrados dos restauradores. Talvez a mesma coisa um dia aconteça na Grande Khora. Nadejda me diria que entrávamos em uma época em que tudo que importava – obras de arte, poemas, livros, manuscritos de toda espécie – tinha muito mais chance de desaparecer do que de ser transmitido a outros homens. E que tudo aquilo que chegaria até eles seria salvaguardado apenas pela paixão silenciosa e pelo sacrifício obscuro de alguns.

A dura lei de Aliahova tornava-se a minha: preservar apenas o essencial, aquilo que tinha chances de reviver em algum lugar – eu ia dizer ressuscitar. No que diz respeito às criaturas, eu via a significação terrível de uma prescrição como aquela. Entretanto ela não procedia de uma escolha, mas absolutamente de uma constatação. Eu nada podia fazer por Nerezo, e pronto. Aquele que estava disposto a combater, esse era o único que importava. E compreendi a razão de minha angústia.

As casas do Transvedro me olhavam com um ar familiar. Eu tinha a sensação de ter partido há muito, muito tempo, e que voltava envelhecido de um país distante. E, sim!, elas me explicavam, nós não mudamos. É você, Sahli, que não é mais o mesmo – a vida é tão passageira, a vida dura apenas um instante! Você passou tantas vezes diante de nós, sem nos dar atenção, lançando-nos apenas uma olhada de esteta, sem nem nos enxergar depois, absorvido nos seus pensamentos. Você achava que tinha tempo. Mas o tempo não tem realidade, você procura a si mesmo em vão no passado, em você só existe este instante.

Na doçura do dia declinante, subi com resolução as íngremes ladeiras do Tinto com uma facilidade extrema, rápido, rápido até demais. Ao longo das grandes aleias abandonadas às sombras da noite, eu só pensava naquele cujos rastros eu queria encontrar uma última vez; ou talvez algum indício, até aquele momento ignorado, permitir-me-ia enfim achar a pista que eu havia procurado em vão. Que não havia praticamente nenhuma chance de encontrá-la agora, que minha tentativa foi provavelmente a última, aquela tensão dolorosa em que se fundiam todas as forças do meu corpo e da minha alma, aquela vontade em mim de descobrir, apesar de todo o mistério e, apesar de seu caráter aparentemente intransponível, de vencer o obstáculo, a dificuldade que eu também sentia de voltar aqui apesar da proibição de Deborah e da promessa que eu lhe havia feito, a ansiedade, talvez, que crescia em mim e que me deixava como que indiferente ao mundo inteiro, tudo isso me fez esquecer de tomar as precauções habituais e indispensáveis – e quanto! – e eu andava o tempo todo com tanta rapidez, meus passos estalando sobre o cascalho, até que, deixando a aleia, cheguei ao belo ambiente do terraço que se estende diante da fachada principal da vivenda.

Quantas vezes, escondido atrás de um tronco, ocultado pelos galhos, observei a maravilhosa pradaria de ervas daninhas em torno das árvores do parque, aqueles grandes pinheiros cujos cumes se misturavam ao céu. Quantas vezes ouvi aqui o rumor distante do mar, assisti ao lento recuo da luz, admirei a crista dos arbustos iluminados pelos últimos raios. Como tudo na solidão fica belo!

Porém o lugar não tinha seu encanto habitual. Tudo em volta do espaço descoberto, todos à minha volta, os jovens, os homens estavam sentados, entregues a tarefas insignificantes como jogar dados ou encher um cachimbo. Um deles lançou uma bola semelhante àquela que se utiliza num jogo do qual já observei partidas intermináveis sobre os plátanos à noite, nos subúrbios de Aliahova. Outro tinha um mandolim sobre os joelhos, mas não tocava as cordas. Diversas mulheres, de trajes desleixados, também estavam presentes, uma delas completamente deitada na grama. Aquele desabrimento, aquela descontração, aquela indolência sem dúvida eram só aparentes, a julgar pelo efeito que produziu minha irrupção. A conversação se interrompeu, os gestos se congelaram, todos os olhares se voltaram para mim. Algo de insólito e perigoso emanava daquela assembleia petrificada. Enfim um de seus membros, que estava mais distante, encostado em uma árvore, levantou-se e veio lentamente em minha direção. Longos cabelos louros repartidos no meio envolviam uma fisionomia de traços puros. A fina barba encaracolada que corria em suas bochechas dava a toda a sua pessoa um ar juvenil. A extrema atenção com que ele me considerava com seu olho azul que, não sei por que, me fez pensar em Judith, a moderação de sua voz, sua amabilidade composta redobraram minha inquietude no momento em que ele me perguntou, com total naturalidade, o que eu procurava.

A iminência do perigo, cuja sensação física eu agora experimentava, me soprou a resposta: que eu tinha uma parente idosa, que havia sido empregada naquela casa durante anos, que eu em vão tentava encontrar, tendo dado com a porta na cara nos últimos dias! Mas isso era perder para sempre a possibilidade de saber o que tinha acontecido ali.

Olhei nos olhos o assassino de Denis.

– Estou procurando o senhor Keen – disse eu.

– Keen?

– Denis Keen.

No rosto imóvel, impassível, inalterado, que me observava com mansuetude, pude ler meu destino, semelhante ao de meu amigo, destino tão próximo, já inelutável.

– Alguém poderá informar ao senhor. Um momento, por favor.

O desconhecido entrou na casa, o tempo parou, dei uma olhada distraída à minha volta, contando cuidadosamente quantos eram os que me cercavam, avaliando a força e a agilidade prováveis de cada um. Atrás de mim duas silhuetas deslocavam-se para a porta da vivenda, a fim de barrar meu caminho, pensei, caso eu quisesse fugir.

Eu estava prestes a ir embora quando meu interlocutor retornou, ladeado por dois homens robustos, que imediatamente percebi serem guarda-costas. Notei suas mãos largas e a certeza que emanava de seu caminhar pesado. Uma calma controlada tornava sua aparência ao mesmo tempo inexpressiva e decidida. Enquanto seu senhor permanecia atrás, eles já avançavam na minha direção, cada qual de um lado, para me prender, e isso foi como se eu sentisse seu pesado punho abater-se sobre meus ombros.

Dei um salto para trás, peguei meu punhal e, com a mão erguida para o golpe, avancei em sua direção. Eles recuaram em desordem ao mesmo tempo em que, dando a volta, precipitei-me para a porta e para seus guardiães. O primeiro deu um grito e fugiu para o parque, o segundo também recuou e, tropeçando com o calcanhar numa raiz, caiu de costas num leito de magnólias. Por um instante pude ler em seu olhar transtornado o medo da morte.

Outro pulo e eu estava na aleia. A linha rosa dos muros subia e descia ao ritmo entrecortado de minha corrida ensandecida. Os grandes pinheiros se agitavam na noite do desaparecimento. Diminuindo a velocidade, recuperando o fôlego, cheguei à primeira encruzilhada. Ao fim da aleia, já longe, aglutinados em torno da porta da vivenda, surpresos com uma resistência que os havia pego de imprevisto, paralisados por um temor que até então eles haviam reservado aos outros, medo no qual baseavam sua ação e que experimentavam talvez pela primeira vez, aqueles cuja identidade e cujo papel eu adivinhava me contemplavam imóveis, aparentemente renunciando a perseguir-me. Também eu os examinei, ao mesmo tempo em que me assegurava de que as avenidas que convergiam no ponto onde eu me encontrava continuavam desertas. E então, virando à direita para sumir de seu campo de vista, retomei meu curso e, descendo precipitadamente as ladeiras mais íngremes, voltei ao Transvedro.

A multidão invadia a antiga cidade, todas as pessoas com quem eu cruzava me encaravam e rapidamente tomei consciência de meu estado. Rios de água corriam pelo meu peito, pelas minhas têmporas, minha camisa encharcada pendia disforme, minhas mãos tremiam e ouvi a respiração formidável de meu próprio peito. Dissimulando-me pelas vielas mais sombrias, entrei num pátio estreito e me sentei debaixo do sol, com as costas para o muro. Fiquei assim muito tempo, ouvindo em mim o apaziguamento daquele grande tumulto, o lento retorno da vida ao ritmo de seu recomeço indefinido. A escuridão preenchia meu asilo provisório, e mesmo assim fechei os olhos como que para me proteger de qualquer nova intrusão. Misturada ao frescor do ar que soprava imperceptivelmente embaixo do pórtico, a fragrância de uma planta chegava até mim e eu tentava identificá-la, saboreando o prazer de cheirar e de respirar.

Subitamente tive a intuição de uma presença muito próxima. Tomei minha arma, meu corpo voltou a tremer e, coisa que não me acontecia havia anos – desde a infância, quando, com amigos da minha idade, eu ia me banhar nas águas muito frias do mar de meu país, das quais saía lívido e rosado, congelado por longos minutos, apesar dos jogos, das corridas e dos biscoitos que minha babá me obrigava a comer –, meus dentes começaram a bater. Estranho fenômeno, como se seu corpo subitamente fosse diferente de você mesmo, separando-se para seguir sua lei própria, como o voo imbecil em zigue-zague de uma libélula pelo ar quente da vegetação úmida, ou como a fuga irregular do lagarto sobre a pedra quente. E eu compreendia melhor por que meu pai me havia enviado tão cedo ao mosteiro da Montanha Alta, onde os Mestres ensinavam o perfeito domínio do corpo e onde aprendi a jamais ser outro para mim mesmo.

Diante de mim – devo ter adormecido, já que não a percebi antes – estava uma menininha de três ou quatro anos; um vestido branco que alargava na altura dos joelhos dava à sua silhueta imóvel a graça de uma forma saída direto de um capricho da vida. Através das sombras distingui pouco a pouco os traços encantadores que eram ao mesmo tempo os de uma criança e os de uma mulher. Grandes olhos negros me consideravam sabiamente, mas chamava-me a atenção sobretudo sua boca, que se mexia gentilmente, como se ela falasse sem que eu entendesse suas palavras, ou como se ela esboçasse apenas sons cujo sentido só me chegasse depois. Era desse jeito, dir-me-ia Nadejda, que Ossip compunha seus poemas. Enquanto ele ia e vinha pela sala, com o olhar fixo, subitamente estranho àquilo que estava à sua volta, seus lábios começavam a estremecer, contraindo-se, deformando-se, agitando-se, compondo o recorte fonético e das grandes divisões de um canto cujas frases só surgiam no final, assim como, sobre a ondulação do oceano, a luz lança de repente os brilhos dispersos de seu reflexo dourado. E eu também queria falar com aquela menininha, do fundo de meu coração vinha o movimento que me levava para ela, mas eu não tinha palavras para aquilo que se erguia em mim e fiquei lá, sem fazer nada além de olhá-la, assim como ela também olhava para mim. Não contive um sorriso para ela e, através da noite que agora preenchia o pequeno pátio, também julguei ver seu sorriso. Por um quadrado de luz vazado alto no céu como o farol de um navio, uma forma se inclinou e chamou a criança, cujo nome entendi. Alguma coisa mudou no rosto da menininha, que se afastou lentamente.

Esgueirei-me pela multidão da noite e voltei ao meu quarto, cuja entrada bloqueei com ainda mais cuidado do que de costume. Deitado em minha cama, eu ficava me dizendo que uma dúzia de indivíduos, dispostos a tudo e para quem a ideologia havia escancarado as portas do assassinato, tinham gravado em suas almas a minha imagem, e que bastaria que um deles me visse, sem que eu mesmo o reconhecesse, para que ele me seguisse, alertasse alguns cúmplices e fosse com eles atacar-me e cercar-me sem que eu pudesse me defender.

Preciso ir embora daqui, pensava eu enquanto adormecia.

*

Dois dias me separavam do encontro que Deborah tinha marcado. Tentei aproveitá-los preparando uma partida que corria o sério risco de ser precipitada. Cedo naquela manhã comprei frutas secas e biscoitos de água e sal que guardei cuidadosamente numa caixinha. Coloquei-a na minha bolsa, com uma pele de carneiro e uma cabaça. Eu havia calculado, fiando-me nos mapas que Denis me emprestara, que seriam necessários três ou quatro dias de caminhada para chegar aos elevados planaltos que limitavam ao norte o território de Aliahova. Ali os nômades apascentavam seus rebanhos. A monografia que dediquei a seu dialeto me permitiu familiarizar-me com seu modo de vida, com seus costumes, com suas crenças. Como acontece com frequência entre os povos pobres, as leis da hospitalidade ali são sagradas. Numa época recente, esses povos da montanha ainda vinham, à época de certas festas, vender em Aliahova seus mais belos animais, assim como os produtos de seu artesanato, e eles eram vistos, envolvidos por seus albornozes de cores suntuosas, andando pela cidade em seus cavalos.

O mais extraordinário era, aparentemente, o espetáculo que à noite eles faziam na Senhoria. Contadores, engolidores de fogo, encantadores de serpentes, dançarinos e domadores de todo tipo deixavam pasmos as crianças e os curiosos dispostos em grandes círculos pela praça esfumaçada pelos vendedores de espetinhos e de bolinhos. Os funcionários da universidade ouviam rindo os relatos pitorescos de uma mitologia que lhes parecia infantil, enquanto outros se interrogavam sobre o significado daquelas histórias saídas de tempos muito antigos, nelas procurando um segredo enterrado na alma humana e o substrato permanente da vida. E depois, como Aliahova tinha se separado de si mesma, a espiritualidade dos outros povos, assim como a sua, deixou de interessar-lhe. A sexualidade tornara-se a única preocupação, e aparentemente a dos habitantes dos planaltos não tinha nada digno de nota. A Senhoria havia ficado vazia, ao mesmo tempo que as igrejas da cidade, e aqueles que se apresentavam à noite eram apenas imitadores em busca de algum óbolo.

Minha intenção não era, naquela manhã, partir rumo aos planaltos. Eu só queria reconhecer a primeira parte do caminho, até a fronteira situada a um dia de caminhada, e era importante saber se ainda havia guardas nela. Um cume escarpado que eu via pela janela do meu quarto quando o céu estava claro marcava seu contorno. A estrada que leva até lá passa pelo desfiladeiro do Vento, e outrora caminhamos por ali. Mas na maior parte do tempo ela serpenteia a descoberto, e eu achava preferível usar, para subir até o norte, uma das numerosas passagens que avançam profundamente na montanha, e no fundo das quais correm, ao abrigo de uma vegetação muitas vezes densa, as trilhas dos pastores ou os atalhos dos caçadores.

O sol já incandescia quando, após ter atravessado a extensão das vinhas, cheguei ao pé dos grandes entablamentos calcários que dominam a planície. Observando à minha esquerda um dos imensos currais onde os rebanhos transumantes são reunidos na primavera, aproximei-me e encontrei sem dificuldade o caminho que deveria tomar. Por grande parte do dia caminhei por um vale cheio de sombras, tendo por companhia apenas os pássaros e um ou outro animal invisível, que fugia à minha aproximação. Os rebanhos, os pastores e seus cachorros tinham passado havia mais de um mês, eu podia seguir tranquilamente seu rastro, beneficiar-me de seus abrigos, conhecer os pontos onde havia água, e isso sem ter de dar nem de pedir explicações.

O vale terminou bruscamente diante de um paredão vertiginoso de onde corriam os filetes de água que quicavam no chão, a trilha subiu o planalto, tendo-se tornado uma pista pedregosa e difícil, mas a jornada chegava ao fim, o ar estava leve, e eu subi rapidamente. Após ter vencido diversas escarpas, percebi um vasto planalto, e a impressão de já tê-lo visto imediatamente confirmou-se: à esquerda, plantado nas fendas do rochedo, coroado por uma vegetação mais abundante e mais bela, a meio caminho entre a terra e o céu, o Ermitério oferecia aos últimos raios do sol a comovente silhueta de seu minúsculo mosteiro e de seu puro campanário. Os monges o haviam abandonado, também a ele, mas circulava o rumor de que um deles havia voltado, um pintor de ícones, e foi para encontrá-lo que fomos ali um dia, Denis e eu, até aquele lugar que eu reconhecia através do espaço transparente que me separava dele. Não encontramos ninguém, mas apenas aquele lugar de luz e de silêncio cujo acesso os homens haviam perdido, e que eu redescobria deslumbrado no esplendor da tardinha.

 Além do Ermitério, a última elevação que se inclina amplamente para o norte é a da fronteira. Uma espécie de concavidade para a qual convergem os caminhos, aquela que vinha do Ermitério, a trilha que eu seguia, constitui a única passagem aberta na abrupta muralha. Aproveitando as últimas luzes do poente, enterrei minhas provisões e marquei com cuidado as pistas que me permitiriam reencontrá-las, mesmo na escuridão. Esta não tardou a chegar, e foi à noite que concluí a última parte do trajeto, guiado pelo brilho dos calcários, às vezes sendo forçado a testar com os pés a consistência do terreno.

Aproximei-me com cuidado do desfiladeiro, evitando fazer o mínimo ruído. Foi rastejando que percorri os últimos metros que me separavam do cume que pouco se distinguia do céu salpicado de estrelas. Tendo chegado ao topo, verifiquei aquilo que desejava. Abaixo, sobre uma espécie de plataforma, os restos de uma fogueira iluminavam grandes pinheiros imóveis, e dois homens no entorno dela estavam sentados sobre os calcanhares. Observei-os longamente. Um deles teve tempo de fumar um cachimbo, e vi seu rosto sonado distinguir-se à luz da chama no momento em que ele se serviu de uma brasa para reavivar seu tabaco. Os dois soldados, sempre em silêncio, acabaram por levantar-se e, após enrolaram-se num cobertor, deitaram-se na própria pedra, ao pé das árvores, no limite da parte escura. O caminho que ia para o norte passava muito à esquerda da plataforma, longe do brilho da fogueira: seria fácil cruzá-lo, mesmo com Deborah, enquanto as sentinelas dormissem.

Voltei ao planalto, encontrei sem dificuldade as marcas que indicavam onde eu escondera minhas provisões e também fui me deitar, não longe dali. O frio da aurora me acordou, eu estava congelado. Comi algumas bagas selvagens e tomei o caminho de volta. Após a longa descida pela pedreira, reencontrei com alegria a sombra protetora do vale. Ao fim do dia, cheguei à planície. Ao longe Aliahova resplandecia no ouro da noite. Acima das longas muralhas que escandiam as massas geométricas das torres regularmente espaçadas, as exuberantes arquiteturas da cidade brandiam contra o céu pálido seu sinal misterioso. Durante o tempo inteiro da minha aproximação, e enquanto o ocre das pedras gradualmente se transformava no delicado rosa do véu de uma noiva, mantive o olhar fixo naquele fascinante espetáculo. Seu esplendor me acompanhava pelas sombrias ruelas da antiga cidade. Num lugar que tive a sensação de já ter atravessado, um desses restaurantes populares onde outrora nos deliciamos alinhava suas mesas ao longo de uma calçada pontilhada pelos finos respingos de uma fonte. Deixei-me levar por esse frescor, por essas lembranças. Um senhor afável me trouxe pão, lula e o vinho escuro que lentamente saboreei. Tudo era ainda possível, tudo poderia reviver, e subi quase com alegria os andares de meu palácio. Na porta do meu quarto, uma cruz vermelha luzia vagamente na escuridão.

Hesitei. Partir de novo, errar pela cidade sem abrigo, sem poder verdadeiramente repousar, nem mesmo refrescar-me, naquela hora em que, mais do que nunca, era preciso estar em posse de todas as forças, era pura loucura. Além disso, eu duvidava de que os assassinos do Tinto tivessem conseguido seguir minha pista e, fosse esse o improvável caso, eles não iriam me deixar saber disso. Seria antes uma vingança de Judith – ou uma última farsa?

Entrei bruscamente, e acrescentei o peso de minha cama à barricada que todas as noites eu edificava contra minha porta. Viesse de onde viesse a intimidação, o círculo se fechava em torno de minha modesta pessoa. A expedição que eu tinha acabado de fazer adquiria todo sentido. Mas a mim pouco me consolava saber, ao reencontrar a cidade dos meus sonhos, que ainda era possível abandoná-la.

★

Esse pensamento pareceu não causar muito entusiasmo a Deborah quando o contei para ela no dia seguinte. Não deixei de notar a palidez da jovem, que me pareceu preocupada, inquieta e até mesmo um pouco nervosa.

– Quanto a mim, não tenho nenhuma intenção de abandonar Aliahova. E não sei de onde é que vem esse seu desejo súbito – acrescentou ela com alguma secura.

Contei o incidente do Tinto. Nós caminhávamos por uma daquelas ruas que cercam a Senhoria e que ladeiam os imensos e austeros palácios que eu tanto admirava. Deborah se imobilizou, calou-se, fechou os olhos. Tive a impressão de que a vida havia deserdado seu rosto liso e impassível. Enfim ela voltou para mim um olhar de pupilas fixas e, pela primeira vez, dirigiu-me amargas censuras. Então eu não tinha prometido a ela que não ia mais voltar lá? Ela não tinha me advertido para a proximidade do perigo? E ainda que eu quisesse dar mostras desse tipo de desconsideração quanto à minha própria segurança pessoal, nem por isso eu tinha o direito de comprometer a dos outros.

Essa acusação me tocou, e permaneci em silêncio. Por mais bem fundamentada que pudesse parecer a censura da jovem, ela contrastava demais com aquilo que até aquele momento tinham sido nossas conversas, que tanto pareciam, é preciso admitir, uma conversa de amantes, para que eu não me sentisse imediatamente como que perdido e infinitamente infeliz. Era um universo de liberdade, de humor e de beleza que se afastava de mim, como aquela fina nuvem branca que, ao levantar os olhos, vi fugir pela estreita faixa de céu que serpenteava acima da ruela.

Será que ela também experimentava a angústia de sentir que nos escapava aquela imensa força que nos havia possuído e que nos levava, inundando cada instante com mil prazeres furtivos, com a possibilidade de uma descoberta, de uma emoção, de um projeto? Mesmo assim, outra vez aproximando-se, Deborah começou a me fazer perguntas, com um tom novamente semelhante ao de nossas conversas passadas. Ela queria saber o que eu tinha feito, o que eu tinha visto no alto da montanha, e se eu tinha pensado nela! Logo respondi, narrando detalhadamente os incidentes de que eu tinha sido testemunha ou autor, falando abundantemente, como se as palavras fossem pontes lançadas sobre um abismo sempre prestes a abrir-se, como se aqueles frágeis laços que nos ligavam ao mundo pudessem, com seus fios entrelaçados, tecer a trama de nossas vidas e tornar mais sólido nosso amor. Mas as coisas são de tal jeito que, no momento em que elas assumem, não se sabe por quê, um curso contrário ao de nossos desejos, elas sempre voltam, após um desvio e apesar de nossos esforços, ou por causa deles, atravessando o caminho. Com dificuldade eu trouxe das brumas do esquecimento as marionetes coloridas a cujos movimentos eu havia assistido na esplanada da vivenda, e tentei contar, do mesmo jeito, que eu esperava que fosse divertido, inacreditáveis palestras da Grande Khora, que, vítima de uma preocupação deveras inútil com a lógica, desejando encadear acontecimentos que no entanto seguiam exclusivamente as leis da loucura, achei boa ideia contar a respeito de meu encontro, na Loja das Gentes do Mar, com Judith, e pronunciei seu nome.

– Você conhece essa garota? – perguntou Deborah de um só fôlego.

– Você mesma não a conhece?

E, sem saber muito bem o que eu estava fazendo, tendo a presciência do desastre imediato, talvez atraindo-o, tolamente acrescentei:

– Você não estava com ela na casa da Ercola?

Por mais que os dias tenham passado, por mais que muitos ainda venham a passar, e que o fluxo dos acontecimentos, ao ritmo silencioso de suas exigências familiares, apague o lento e precioso desenrolar de nossa vida cotidiana, nunca me esquecerei do rosto de Deborah, para além da tristeza, para além do perdão, nem seu olhar que me considerava pela última vez, que já nem me enxergava.

E depois a jovem partiu como uma flecha, sumindo na estreita escuridão da viela cuja extremidade ela atingiria. Lancei-me atrás dela, que havia tomado à direita uma ruela transversal onde a encontrei, ainda correndo, afastando com um vívido gesto a mão que eu tentava colocar na sua, recusando a explicação que eu lhe oferecia, que eu implorava, que eu exigia. Enfim, sem fôlego, ela parou, fechada num silêncio que meus desordenados protestos não conseguiam vencer. Tentei sensibilizá-la e, supremo recurso, contei a última de minhas tribulações, a descoberta, no retorno de minha expedição, da sinistra cruz inscrita em minha própria porta.

– Então tá! – exclamou Deborah. – Vá ver a sua amiguinha Judith, que ela resolve isso!

E como eu permanecesse estupefato, desconcertado diante daquela parcela de verdade que se revelava para mim, Deborah novamente fugiu. Eu não sabia exatamente que atitude tomar, como fazer com que ela esquecesse minha última indelicadeza; hesitei, e isso me foi fatal. Quando enfim me decidi a ir atrás dela para tentar convencê-la de minha inocência, a rua a que, tendo ido em seu encalço, subitamente cheguei estava dessa vez cheia de gente, e eu não conseguia distinguir a silhueta que eu procurava no meio daquela multidão, com suas mulheres carregadas de sacos e de cestas, suas crianças barulhentas, de rosto melado, chupando sorvete ou comendo bolinhos, suas meninas tagarelas, seus homens, em bando ou sentados sobre os calcanhares, fumando indefinidamente seus cachimbos. Eu ia à direita e à esquerda, tentando romper a multidão, derrubando as pessoas, provocando mil insultos com minha passagem, preso na armadilha daquela turba que se fechava cada vez mais à minha volta. Fui para uma ruela lateral, contornei rapidamente o quadrado imaginário onde localizava a presença de Deborah, esperando esbarrar nela numa daquelas vielas que eu explorava uma após a outra, a toda velocidade. Quanto mais o tempo passava, mais eu ampliava o círculo da minha busca, mais eu me apressava, mais crescia a minha angústia, mais se impunha a mim a certeza de que eu tinha deixado escapar, junto com a pista de Deborah, a possibilidade mesma de um dia voltar a vê-la: eu não sabia seu endereço, nenhum encontro tinha sido marcado.

Deixei-me cair exausto, perto de uma barraca fechada de feira. A noite havia chegado, as ruas se esvaziavam. Como todos os dias a essa hora, forçava-se a verdade de toda aquela agitação ruidosa e alegre, e as portas e também as janelas fechavam-se, uma depois da outra, com um ruído seco, e a cidade se entregava ao medo. Como aquele medo havia se tornado indiferente para mim, que distância eu sentia dele! E se, no fim da ruela, algum bando tivesse irrompido com o bruxulear de suas tochas, em meio aos clamores dos baderneiros, eu não me teria levantado, eu não teria virado o rosto. Mas como era mais terrível o frio que me tomava! Um acontecimento mais impiedoso do que uma revolução acabava de devastar minha vida! Eu pensava naquele momento em que, tomando posse de minha moradia no último andar do velho palácio e, considerando pela primeira vez a cidade estendida a meus pés, não pude deixar de sentir a angústia de saber-me sozinho no meio daqueles seres múltiplos, cuja presença irrefutável era-me ao mesmo tempo indicada e surrupiada em cada telhado e em cada casa. Entre todos aqueles homens, entre todas aquelas mulheres, havia apenas uma que eu queria conhecer, cujo rosto sério e atento talvez tivesse sorrido para mim. Nós tínhamos tantas coisas a dizer um ao outro, tantas coisas a amar em conjunto, nós éramos tão parecidos, éramos um só! Essa vida a levar, essa vida a compartilhar estava lá, atrás de alguma daquelas paredes, tão próxima e tão inacessível! E quando o acaso, um acaso inacreditável, me levou àquela mulher, mais bela do que todas que eu já tinha imaginado, mais nobre e, diria eu, mais semelhante a mim, encontrei o jeito de perdê-la, e isso tudo por uma besteira, por uma indelicadeza, por um mal-entendido. E eu, que tinha tanto orgulho dos meus reflexos, que me achava forte por ter vencido seis adversários antes que eles tivessem podido dar um pio, não tinha usado da mais elementar psicologia, não consegui encontrar a resposta, o argumento, a alusão que me teria permitido restabelecer a situação tão tolamente comprometida, e recuperar o coração de Deborah! Vaguei muito tempo pela cidade, cada ruela tristemente deserta estendia diante de mim seu espaço inútil. De longe em longe, rareando cada vez mais à medida que a hora avançava, uma janela iluminada me recordava o valor daquilo que eu havia destruído.

Eu também pensava em Vânia. Quando eu estava no colégio, meu vizinho de dormitório se levantava sorrateiramente, após a última ronda do vigia, e saía sem fazer um só ruído. Quando acordávamos, lá estava ele conosco, como se nada tivesse acontecido. Nós achávamos que ele ia encontrar as meninas, e essa perversão que lhe atribuíamos envolvia-o, a nossos olhos, com uma prestigiosa irrealidade. Depois fiquei sabendo, quando ele virou meu amigo, que nada disso acontecia. Ou melhor, era dessa maneira que ele cortejava as meninas, procurando-as não onde elas estão, na saída de suas escolas, nas festas, entre os amigos, mas no silêncio e na solidão da noite. Nossa capital parecia um modesto burgo em comparação com Aliahova, as ruas na maior parte eram apenas caminhos de terra, no inverno nós chafurdávamos pelas praças, mas a luz que brilhava nas janelas à noite era a mesma, assim como o mistério daqueles que dormiam, daquela que continuava acordada em sua cama. Vânia parava diante de cada uma das fachadas nas quais resplendia o sinal de uma presença, estimando longamente, pela localização e pela dimensão da janela, se aquele era o quarto dos pais ou da menina – supondo que ali houvesse alguma. Ele ficava parado indefinidamente, esperando ver surgir, pelas cortinas afastadas, uma figura cujo contorno, cuja agilidade, cuja graça respondessem a sua interrogação. Ao fim de um tempo mais ou menos longo, a luz se apagava, Vânia partia na noite na direção de alguma luz distante cujo reflexo desaparecia à sua aproximação, e o périplo só terminava com a aurora, quando ele tinha certeza de nunca estar sozinho. Eis o que significava, pela manhã, seu olhar ensandecido, em que nossa falta de imaginação só queria enxergar o efeito de suas presumidas desordens.

E contudo, explicou-me Vânia depois, é bastante evidente que em cada morada alguém esperava, e que, no fim das contas, teria bastado ousar ir até esse alguém para que tudo mudasse e para que enfim se dissipasse a imensa tristeza que recobre a terra. Pouco tempo antes de eu partir para Aliahova, ouvi dizer que Vânia tinha ficado louco. Entre todos os rumores que corriam a respeito de sua atitude, cada vez mais extravagante, circulava uma obscura história segundo a qual ele teria sido pego, na aldeia para a qual se retirou, subindo uma noite o balcão de uma jovem vizinha. Aliás, foi isso que motivou sua internação. Quanto à menina, traumatizada por aquela irrupção noturna, e mais ainda, ao que parece, pelas reações de seus pais e por suas maledicências, logo se restabeleceu e passou a visitar regularmente o hospício onde Vânia era cuidado, a fim de levar-lhe provisões e de conversar com ele, mas ele não a reconhecia.

As janelas das paredes de Aliahova estavam todas fechadas, o frio da noite me vencia, e decidi voltar para casa. Apenas por hábito fiz minha barricada e empurrei contra ela o pé da

minha cama. Minha mente não parava de refazer os caminhos imaginários que me permitiriam encontrar Deborah. Era possível, afinal, passar muitas horas na antecâmara secreta da Villa Caprara. Deitado no precioso chão, eu esperaria o tempo que fosse necessário, e a jovem acabaria passando por ali.
Violentos golpes dados contra minha porta me acordaram num sobressalto. Mas eu havia previsto essa eventualidade. Levantei-me sem pressa, vesti-me, afastei minha cama com o joelho e coloquei meus ombros contra o batente. É na aurora que acontecem as prisões, mas os agressores e os assassinos nunca são muito numerosos. Basta também usar contra eles o efeito surpresa, no qual eles baseiam sua estratégia. Eu tinha calculado que, entreabrindo uma fresta que eu conseguiria facilmente bloquear com meu corpo, os agressores só conseguiriam penetrar um a um, de tal modo que aquele que se enfiasse por aquela estreitíssima passagem não teria mais a livre disposição de seus movimentos, nem de seus gestos. Assim, nada seria mais fácil do que afundar meu punhal em seu pescoço inclinado para frente, e depois fazer com que o segundo e o terceiro enfrentassem a mesma sorte. E quando, do outro lado da porta, aqueles que escapassem ao massacre começassem a compreendê-lo, fugindo em desordem para procurar reforços, o caminho ficaria livre para a fuga. Eu conhecia a lucarna cuja frágil armação, fácil de quebrar, me permitiria chegar ao telhado e desaparecer.
Enquanto eu fazia os últimos preparativos, novos golpes, mais imperiosos, sacudiram a porta, então abri a fechadura. Porém meu braço não se abateu sobre a frágil silhueta que

tentava introduzir-se. Deborah, desconcertada na porta, observava a arma que eu segurava logo acima dela. Eu ri e depois, tendo guardado a lâmina na bainha, afastando os dedos como se fizesse um pente, dirigi a mão para a jovem e deslizei-a lentamente por seus cabelos. Nós nos olhamos sem dizer nada. Deborah afastou-se delicadamente:
– É loucura ficar aqui mais um único instante – disse ela bem rápido. – É preciso ir embora agora mesmo. Leve com você somente o indispensável.
– Mas para onde eu vou?
– Há amigos à espera. Vá logo, eu fico de guarda.

Reuni apressadamente algumas coisas, consciente da arbitrariedade da minha escolha. Sacrifiquei minha mala, preferindo minha bolsa, mais bem adaptada às longas viagens cuja iminência eu previa. Deborah, vigiando o corredor, impacientava-se; eu via seu calcanhar, abaixo do longo vestido, bater contra o chão. Após fazer toda a minha bagagem, ainda acrescentei-lhe o manuscrito do meu livro. Deborah me pediu para segui-la a dez metros de distância e para imitar seu comportamento.

– E se a gente se perder, e se um incidente nos separar, como é que eu vou reencontrar você? Esse probleminha – acrescentei com insistência – impediu-me de dormir.

Eu adorava, em situações como aquela, o furtivo bater de cílios que me advertia que, apesar da aparência de chefia, eu tinha sido perfeitamente compreendido.

– Na Senhoria – disse Deborah. – Mas sobretudo será preciso que ninguém veja você entrando por onde eu o levo.

Fechei a porta, passei a palma da mão na madeira gasta, a cruz estava seca. Mal chegamos à rua, uma pequena turba – contei rapidamente dez indivíduos – veio ao nosso encontro. Deborah, que ia na frente, seguindo o combinado, continuou a andar, e com um gesto ela colocou de novo o xale, como uma mulher preocupada com sua reputação e que não quer ser reconhecida no raiar do dia em plena via pública. Eu tinha colocado minha bolsa no ombro, para também dissimular meu rosto e, com a mão no quadril, como um carteiro, segurava o cabo do meu punhal. Deborah virou a cabeça ao cruzar os membros daquela inquietante patrulha que marchava em fila indiana, e eu acompanhei a cena com impaciência; eles não a pararam, era para mim que eles caminhavam agora, evitei seu olhar, avançando sem me apressar, absorvido em minha tarefa, curvado por minha carga, com as pernas flexionadas, pronto para pular, para desferir um golpe. Mas, após ter demonstrado alguma hesitação, eles continuaram seu caminho, e eu o meu, com o mesmo passo indiferente. Deborah se esquivou na primeira viela. Na hora em que eu ia virar ali, olhei para trás: e vi a turba precipitar-se pelo pórtico do imóvel em que eu morava.

Deborah começou a correr, e eu a imitei, ela seguiu pela direita, e depois pela esquerda, e a velocidade de sua corrida, a ausência de qualquer parada deixavam bastante claro qual era o perigo de que tínhamos acabado de escapar. Finalmente juntei-me a ela ao abrigo de uma arcada, seu rosto desfeito estava cheio de suor, e passei em sua têmpora o lenço que eu havia trazido por acaso.

– Veja – disse ela recuperando o fôlego –, agora vamos ter de tomar muito cuidado.

Ela voltou a caminhar sem demora, dessa vez andando com cuidado, parando em cada encruzilhada para ter certeza de que o caminho estava livre. Enfim entramos numa viela em que a luz da aurora ainda não penetrava, a imensa muralha de um palácio se erguia acima de nós. Deborah ficou parada perto de uma minúscula porta abaixo e, após dar uma última olhada, abriu-a rapidamente. Quando me acostumei à escuridão de uma sala abobadada e úmida, Deborah já tinha empurrado e colocado no lugar a viga que aparentemente tornaria invulnerável a estreita abertura de entrada. Um escada em espiral levava ao primeiro andar. Do meio dela via-se uma cavidade na alvenaria que levava a uma lucarna gradeada; sobre os alizares, dois espelhos simétricos refletiam a rua. Assim era possível, voltando-se para aquele observatório clandestino, assegurar-se de que ninguém havia visto a sua entrada, e igualmente preparar cada saída. Deborah me pediu para não omitir essas precauções agora indispensáveis.

Atravessamos uma espécie de copa. Distingui na penumbra provisões de toda espécie, diversos frascos e ânforas. Deborah bateu numa porta. Um vasto salão revelou a meus olhos maravilhados a harmonia de seu espaço, que nada perturbava. Por uma abertura contínua, feita de uma sucessão de janelas góticas de vidros tingidos, era filtrada uma luz colorida que roçava a escura madeira de que o cômodo era revestido. Observei o teto com quadrados demarcados, os suntuosos lambris sobre os quais se destacavam, em suas molduras douradas, grandes quadros de cores deslumbrantes, que me pareciam ser dos primitivos. Mas só pude olhá-los por um instante furtivo. No meio do salão, duas pessoas se levantaram e vieram em nossa direção.

– Nadejda – disse Deborah.

Sob a cabeleira branca, uma mulher com rosto de menina, com as maçãs do rosto bem modeladas, olhava para mim com olhos risonhos.

– E Ossip.

Como um dançarino a saltar diante do público e que fica um instante no ar com as mãos apontadas para as ancas, revelando de uma só vez a formidável largura do torso humano e o esplendor de sua força, Ossip, ainda que imóvel, silencioso, ligeiramente inclinado na minha direção, procurando meu olhar, pareceu-me rodeado de uma força ilimitada, fechando o espaço com a explosão de sua presença. A alta estrutura de seu corpo era, como a mim parecia, a figura de uma energia cuja grandeza criadora o poema exprimia, em sua lenta edificação, melhor do que as formas físicas.

Balbuciei algumas frases, pedindo a meus anfitriões que desculpassem minha irrupção matinal.

– Os guerreiros intrépidos, e mesmo um pouco temerários, não têm hora – declarou Nadejda com uma risada que encontrou em Deborah uma resposta cúmplice. Ela me tomou pela mão e me levou até um divã, próximo de uma mesa baixa.

– Você deve estar morrendo de fome. Houve um tempo em que eu teria oferecido pão feito por mim mesma. Ossip não tolerava outro. Hoje vamos ter de nos contentar com o que foi feito pelo padeiro.

Perguntei por que Ossip não tinha mais direito a uma produção pessoal, e os riscos ficaram mais baixos.

– Esses palácios que ficam em volta da Senhoria – respondeu Nadejda – eram a sede do governo e das principais administrações. Eles estão fechados e, teoricamente, vazios. É por isso que hoje eu cozinho o mínimo possível. Basta que o cheiro de um assado ou de um pão quentinho vá fazer cócegas no nariz hipersensível de um transeunte curioso demais.

– Nós sabemos – acrescentou Ossip – que a cidade foi ocupada e que sofre uma vigilância rigorosa. O recenseamento sistemático das pessoas e dos bens acontece em todo bairro, em todo imóvel, em toda moradia. Eles passam um pente fino em tudo, do pátio de entrada até o sótão.

– Então eles virão aqui.

– Provavelmente. A questão é saber quando. Pode ser que, por coincidência, eles comecem a vasculhar o quarteirão por esta casa. Quando eles começarem, só vai dar tempo de fugir. De todo modo, é preciso tomar cuidado.

Nadejda sorriu para mim. As rugas delicadas que corriam em torno de seus olhos eram animadas pelo claro fluxo da vida. Com a ajuda de Deborah, ela dispôs à nossa frente queijos frescos, frutas e bolos.

E depois as duas mulheres sentaram-se do nosso lado. Enquanto meus anfitriões falavam comigo, e para evitar encarar de maneira excessivamente ostensiva seus rostos, cuja distinção me fascinava, olhei, acima deles, os quadros que ornavam a longa parede de carvalho. O mais próximo também era o mais bonito. Sobre uma cadeira monumental incrustada de pedras, cujo encosto em colunas tinha a majestade de um baldaquino, estava sentado um personagem com o busto inclinado, a cabeça rodeada por uma auréola, o olhar perdido ao longe. Vestido suntuosamente de rosa e de púrpura, numa das mãos ele tinha um punhal afiado – sem dúvida o instrumento de seu suplício –, ao passo que a outra, pousada sobre um livro aberto, segurava a corrente em cuja ponta ia, furiosa e impotente, presa para sempre, revirada sobre as costas, chifruda, metade pássaro, metade quadrúpede, soltando de sua boca aberta uma língua de fogo, uma besta monstruosa. Como se, pensei, a palavra escrita pudesse, apenas com sua presença, dominar o mal. Atrás da cadeira, uma parede baixa separava o jardim paradisíaco do primeiro plano, com vegetação simbólica, de uma misteriosa paisagem cujos azuis e verdes corriam para o infinito.

Ossip notou minha admiração, levantou-se e colocou-se diante do quadro.

– Você entendeu – disse ele. – Este – ele apontava o personagem sagrado cujo rosto hierático estava cercado por um círculo de ouro –, este sou eu. Isto aqui é o livro que eu escrevi. E isto – seu dedo traçava no espaço os contornos sinuosos e encabrestados da besta revirada –, isto é Nadejda.

Atrás de nós pude ouvir o riso das mulheres.

– Seria concebível – sussurrou Nadejda – que um santo tivesse a vaidade e a pretensão desmedidas de um escrevinhador?

– Você sabia, Deborah – disse meio que brincando –, que Sahli também faz os seus rabiscos?

Ossip deu-me uma breve olhada.

— É mesmo assim – respondi –, o asceta efetivamente segura um livro, e foi ele quem o escreveu.
— Não foi? – aprovou Ossip.
— E como medir a distância que separa o teognosto de tudo aquilo que o rodeia. Que indiferença, que humildade em meio de toda essa riqueza!
— Isso vem dos olhos, que se dirigem para outro lugar. É a dissimetria dos olhos, um procedimento clássico, que produz essa expressão.
— É conhecido o autor dessa pintura?
— Não, mas as influências são claras; os contrastes, também, entre a perspectiva italiana, perceptível na formidável frontalidade da arquitetura, e a linha gótica que invade a superfície como uma erva daninha. Observe a curva das costas e dos braços, o plissado das roupas, as contorções do animal, a forma do punhal, a ondulação da folhagem. Contudo o misticismo me parece típico daqui. A paisagem, porém, é flamenga.

Eu admirava a fusão de todos aqueles elementos:
— Eles se tornaram – disse eu – as fibras de um indivíduo, sua maneira de tatear. Toda criação é individual, assim como a vida.
— Você vai se entender com Ossip – disse Nadejda.
— Sim – concordou ele. – Todas as obras diferentes, que parecem exprimir os acontecimentos, as crenças, as civilizações mais diversas, na verdade só contam a mesma coisa, a história de como elas passaram a existir. Mas essa história é a história de cada um de nós. Não é uma história exterior, não é uma história do passado, é o movimento da vida que nos mostra a nós

mesmos a cada momento. E é por isso que o instante não é mais algo fugidio, ao qual é preciso agarrar-se. Através de seu brilho fulgura a força que o cria e que não para de criá-lo.

— Toda produção — disse eu — procede de uma ideia, mas uma ideia é essencialmente um jeito determinado de experimentar o ser, é um sentimento, um determinado indivíduo.

Nadejda perguntou como explicar então as grandes realizações coletivas. Aliás, havia em Aliahova algumas delas, a começar pelo Domo.

— Excelente exemplo — respondi. — Apesar do campanário de Tharros, que tenta torná-lo mais leve, a massa excessivamente grande e desgraciosa do Domo não seria mais do que a cega carapaça, o enorme cadáver de algum monstro que veio parar no meio da cidade, se, num golpe de gênio, Archippe não tivesse acrescentado aquela cúpula cuja seção ogival, e não hemisférica, era a única coisa capaz de contrabalançar a extensão da basílica, e, mais ainda, de estabelecer a concórdia entre o edifício, a cidade, suas muralhas, e o espaço natural à sua volta. Archippe colocou tudo no lugar, salvando e reequilibrando o conjunto.

— E muita gente não trabalhou com ele, parece que centenas, durante quinze anos?

— Lembre-se, cara Nadejda, que foi Archippe quem inventou não só o dispositivo arquitetural do conjunto, mas também as técnicas com que ele foi executado, os instrumentos adaptados a cada função e a cada operário.

— Você, Sahli, fala do indivíduo. Mas é preciso fazer uma distinção: de um lado está aquele que cria tudo, e de outro a multidão daqueles que não são nada.

– Você está fingindo que não entende. Quando Vital concluiu seu grande retábulo, toda a população veio admirá-lo. E, no que diz respeito à referida cúpula de Archippe, foi ao conjunto de seus concidadãos que ela pareceu um prodígio. Cada qual sentiu e encontrou em si mesmo aquilo para o quê a obra do artista tinha aberto um caminho.

Ao censurar-me por meu discurso especioso, Nadejda me oferecia uma cesta com figos maduríssimos, que revelavam o mel de sua polpa pelas frestas de sua escura pele violeta.

Ossip voltou-se para mim:

– O que os construtores desta cidade fizeram é exatamente o contrário daquilo que está acontecendo hoje. Claro que se podem distinguir diversas fases na história destes últimos anos, mas elas todas têm algo em comum, um mesmo pressuposto do qual decorrem logicamente: trata-se da supressão da individualidade, de sua negação como princípio de toda atividade e, por conseguinte, da atividade e da vida social. Disso se segue, em primeiro lugar, que a única realidade a existir seria uma realidade supraindividual, à qual damos os nomes mais diversos, história, movimento da sociedade, determinismo econômico, estrutura política etc., que na verdade designam todos a mesma coisa, isto é, aquela realidade única. A segunda consequência é que, como o indivíduo não é nada por si mesmo, nada além de uma sombra, nas palavras de um desses falsos profetas hoje tão abundantes em Aliahova, sua pretensão ao ser fica limitada àquela participação na realidade que o supera, tornando-se seu servidor, seu agente incondicional e fanático. A terceira consequência é a insegurança como princípio de toda existência pessoal, e, por conseguinte, como regra da vida cotidiana das pessoas. A partir do momento efetivo em que cada qual não tem mais valor por si mesmo, mas apenas enquanto parte do movimento irresistível que leva a sociedade para sua realização, ele não pode ser justificado ou condenado por esse movimento: justificado se sua ação estiver em conformidade com o processo histórico, se for no mesmo sentido que ele; condenado, no caso contrário. E como a única coisa que importa é o grande Todo, este pode usar de violência contra seus membros, decapitando as fileiras daqueles que não conseguiram renunciar completamente a ser qualquer coisa por si próprios. O terror e as purgações não serão o ato de algum patife ou de um chefe que subitamente enlouqueceu, mas a consequência inelutável de uma metafísica e do sistema que se pretende fundamentar nela. É por isso que, quando tantos homens e mulheres se precipitam em grupos de todo tipo, nessas assembleias a que são convidados todos os dias, é impossível para mim não tremer, porque tenho a impressão de estar vendo-os correr para o local de seu futuro suplício, a chamá-lo sem saber, a torná-lo ao mesmo tempo inevitável e legítimo. A quarta consequência...

Não sei por quê começamos todos a gargalhar, e Ossip aproveitou essa interrupção para degustar alguns biscoitos que Nadejda lhe passava, um após o outro, com uma solicitude tingida de ironia. Ossip comia lentamente, indiferente a nossos risos. De tempo em tempo ele parava para absorver um gole de chá, antes de retomar sua mastigação. Foi então que Nadejda nos disse que o mover dos lábios de Ossip era praticamente o mesmo quando ele ruminava seus versos e quando comia seus biscoitos.

– Eis a razão de sua obra ser tão elaborada!

Voltei-me para Ossip:

– Parece-me que, segundo as teorias que você acaba de mencionar, a condenação não se abate somente sobre aquele que teve a infelicidade de sair da linha, tornando-se assim um desviacionista, um revisionista, um reformista, etc., para usar uma terminologia que seria distrativa se não significasse toda vez para alguém a eliminação ou a morte. Antes mesmo de ter tentado qualquer coisa, o indivíduo já foi julgado, não por aquilo que fez, mas por aquilo que poderia vir a fazer. É a individualidade mesma que é culpável, esse segredo de uma vida que se recusa à objetividade da coisa pública e comum. Como o indivíduo é suspeito em si mesmo, a questão é fazer com que ele esqueça a sua própria existência. Não apenas vestir-se, viver e pensar como todos, falar e ler as mesmas coisas, mas também conseguir, por meio de algum supremo contorcionismo, abolir a si próprio, desaparecer. Veja que na rua já existem aquelas pessoas que se cruzam esbaforidamente, como se estivessem com pressa, os rostos que se desviam, os olhares que fogem, que se esforçam para não ver nada, para não enxergar. Afinal, enxergar é ser alguém que enxerga, que percebe as coisas de uma certa maneira que lhe é própria, e que talvez não seja a maneira correta, é achar-se o único a sentir daquela maneira, é arrancar-se àquilo que é visto para fazer disso alguma composição de própria autoria, é, enfim, ser você mesmo, e não outro, e é isso que é proibido. Eis por que cada qual vai se esforçar cada vez mais para fundir-se na multidão, para não ser observado, para não ser ninguém, a fim de conseguir, a esse preço, senão o direito, ao menos a possibilidade de sobreviver.

– No mais – retrucou Ossip, que acabava de terminar sua colação –, isso vai forçosamente nos ajudar a não recair na rotina de uma existência pessoal. Como essa é, apesar de tudo, uma tentação bastante forte, para não dizer irresistível, prevejo que o regime que está se instalando imporá a cada cidadão que sigam os horários a que os membros das organizações revolucionárias já estão submetidos.

– E isso significa?

– Isso significa que, depois do trabalho diário, haverá a obrigação de ir a uma reunião onde cada um contará tudo que observou em seus empregadores, na rua, no restaurante e na própria casa. Trata-se de ampliar a delação, elevando-a ao nível de um princípio cívico. Num segundo momento, cada participante terá de fazer aquilo que chamam de sua "autocrítica", isto é, terá, sob certo aspecto, de denunciar a si próprio. E, não importando com que moderação ele realize essa tarefa, o objetivo, de todo modo, é claro: que ninguém se subtraia ao olhar de todos, que nem uma parcela de vida privada subsista no fundo do coração de cada um.

– Nem mesmo as coisas do amor?

– Essas de jeito nenhum. Aí está evidentemente o principal obstáculo, porque a paixão é uma força irresistível, consubstancial ao indivíduo. Mas, deixando as pessoas na incerteza o dia inteiro, com problemas e com objetivos gerais, o efeito da multiplicação dessas reuniões políticas será a extenuação das energias individuais. Aquilo que subsistirá delas será cuidadosamente canalizado. Veremos o erotismo regulamentado, do tamanho das roupas à idade do acasalamento. Toda relação sexual será aliás impossível, porque as moradias serão coletivas e ninguém terá um aposento onde possa estar verdadeiramente em casa. Um rapaz vai pensar duas vezes antes de abordar uma menina, porque talvez ela ache que é seu dever denunciá-lo.

– Vai ser uma delícia.

– De todo modo, é preciso que estejamos de acordo quanto ao amor. As verdadeiras relações se fundamentam nos próprios indivíduos. Mas se o indivíduo não existe...

– Parece que somos uma superestrutura – disse Ossip. – Ninguém se define por si próprio, mas apenas como exemplar de um gênero, por exemplo do gênero "burguês", ou "pequeno-burguês".

– E será liquidado como tal.

– Você sabe que isso já acontece – interveio Deborah. – Recentemente ficamos sabendo de uma história assustadora. O filho de um fazendeiro foi para a cidade a fim de continuar os estudos, entrou num grupelho ultrarrevolucionário e tornou-se seu líder. Após alguns meses, voltou para sua aldeia com o bando para ali julgar seus pais, cujas terras ultrapassavam os limites que tinham acabado de ser estabelecidos para a propriedade privada. Ajoelhado, com uma faixa cobrindo-lhe os olhos, o pai teve de responder durante três dias às perguntas e às reprimendas dos vadios. No fim, foi seu próprio filho quem o matou.

– O que hoje é extraordinário – acrescentou Nadejda – logo vai virar lei. As pessoas serão exterminadas em camadas inteiras; as crianças, eliminadas por se sentirem culpadas de ser filhas de seu pai; os habitantes de um bairro rico demais serão executados todos; os militares todos que tiverem duas divisas ou mais, e as esposas junto.

– Existe nisso um racismo mais assustador do que aquele de que fomos todos mais ou menos vítimas.

– O que dá mais medo – disse Ossip – é que tudo isso é feito em nome da ciência. É o conhecimento rigoroso do determinismo social que permite dizer quem é reacionário e quem não é, que atribui o papel à vítima e ao carrasco.

– Você está falando, Ossip, de uma suposta ciência, desse dogmatismo sumário que hoje grassa em Aliahova. Infelizmente, acho que é à ciência de modo geral que é preciso censurar por ter conduzido aos piores atos e enfim ao crime. Não que ela condene o que quer que seja, mas justamente porque ela é incapaz de condenar, de estabelecer uma distinção que seja entre o bem e o mal. A seus olhos só existem processos naturais, e todos são equivalentes. Se você pega um homem e o mergulha durante o inverno num rio congelado para ver quanto tempo ele vai demorar para morrer e como isso vai acontecer, a biologia não tem meios de levantar-se contra seu propósito; pelo contrário, você vai só contribuir para seu desenvolvimento se fizer isso.

Nadejda protestou: muitos estudiosos foram homens de bem. Um deles havia até fundado um hospício e doou seu patrimônio para que ele continuasse a funcionar.

– Não foi como estudioso, Nadejda, que ele fez isso, foi em nome de outro saber, que a ciência sempre há de ignorar.

– Que saber?

– O saber que um dia levou um homem, pela primeira vez, a deixar que seu irmão passasse na sua frente.

– No fim das contas – disse Nadejda –, esse é o saber religioso. Mas a ciência é realmente contrária a ele?

– Ela tende a opor-se a ele de maneira invencível na medida em que se considera a única forma de saber, reduzindo a religião a representações fantasiosas que florescem em certos domínios há tanto tempo que o conhecimento racional não conseguiu explicá-las. O sagrado não é mais o essencial, o saber original que a vida tem por si própria e que é o único que lhe pode dizer o que ela é, o que ela tem de fazer, mas uma espécie de *ersatz* provisório da ciência, que, no entanto, é incapaz de desempenhar esse papel. É por isso que, quanto mais os conhecimentos progridem, mais o mundo é jogado na incerteza.

– No fundo – disse Ossip –, isso nos leva àquilo que você dizia ainda agora sobre o indivíduo, isto é, que a ciência o ignora, que ela chega até mesmo a negá-lo, e isso ao mesmo tempo em que pretende explicá-lo totalmente. O que acontece hoje num domínio que tenho a fraqueza de considerar o meu, o da literatura e da crítica literária, é particularmente esclarecedor. Contesta-se, no fim das contas, que uma obra possa ser explicada por seu autor, isto é, precisamente, por um indivíduo. A ideia mesma de uma ciência da literatura, tal como tentam estabelecer na Khora, e que pretende reduzir toda produção a seu condicionamento social, linguístico ou natural, não implica apenas a negação mesma do fenômeno literário em sua especificidade, mas é também reveladora de uma época na qual aquilo que importa é refutar em princípio a possibilidade de um pensamento pessoal, a fim de que seja mais fácil suprimi-lo de fato. Aqueles que professam essas doutrinas ainda vão alimentar os campos de concentração.

– Aliás, como compreender, desde o ponto de vista deles, o contraste entre o primarismo de seus escritos teórico-críticos, que exalam em todas as suas formulações uma mediocridade nauseabunda, e o fascínio exercido por uma obra verdadeira, na qual tudo é diferença, surpresa, invenção, como cada um dos passos do galope de um cavalo?

– É normal – escarneceu Ossip – que aqueles que não possuem genialidade alguma não tenham nenhuma disposição para reconhecer esse conceito.

As mulheres protestaram, dizendo que estávamos caindo na polêmica.

– Pois eu pergunto – disse eu. – Vejam só que, quando cheguei à Universidade de Aliahova, da qual eu fazia uma imagem extraordinária, aquilo que mais surpreendeu o ingênuo estrangeiro que eu era foi assistir a um fenômeno de psitacismo sem precedentes. Todo mundo repetia que o indivíduo não era nada, que era preciso "retirá-lo da problemática" e outras bobagens. E então me fiz uma perguntinha: por que todo mundo, e insisto que é todo mundo mesmo, aceita essas ideias antes de virar porta-voz delas? Porque elas são perfeitamente convenientes, porque nada é mais tranquilizante do que dizer que tudo acontece em toda parte segundo um processo irreversível, e que portanto só é possível deixar as coisas acontecerem. Isso é muitíssimo mais fácil do que defrontar-se consigo mesmo. Como é formidável o trabalho que aquele que quer ser si mesmo tem de realizar sobre a própria sensibilidade! A política dispensa você disso tudo.

– Aonde você quer chegar?
– Essa negação do indivíduo tem sua origem no próprio indivíduo.

Ossip se empolgou:

– O que dizem aqueles que fazem política? Que toda ação singular é insignificante, vã, já que só será possível conseguir algo quando um sistema for trocado por outro. Com um toque da varinha mágica!

– Aliás, é desse Todo – disse eu –, é da sociedade que eles reivindicam aquilo de que têm necessidade.

– Infelizmente – replicou Ossip –, nunca vimos a sociedade cavando um poço ou construindo uma casa. Para fazer essas coisas, é preciso dispor de homens.

– E como a sociedade, que tem de fazer tudo, não pode justamente fazer é nada, nada é feito. A única coisa que resta é gerir a penúria. É a hora da justiça e da igualdade. É bastante notável que o tipo de regime que se está instalando sempre começa por um inventário, por perquisições e por requisições.

– E continua por planos – suspirou Nadejda. – E quanto mais esses planos forem vastos, precisos, mirabolantes, mais numerosas serão as reuniões em que eles serão elaborados por comissões de todo tipo, e mais pobre, amarga e lúgubre se tornará a existência cotidiana.

– E perigosa – acrescentou Ossip. – Vocês sabem o que é que vai acontecer? Cada indivíduo, que supostamente não é nada, vai vir com suas exigências e suas necessidades bastante reais, vai querer comer, vai querer morar, a luta pela vida vai ser assim, sai da frente que eu vou passar, o salve-se quem puder generalizado. Cada qual vai lidar com o outro da pior maneira possível. Quando não se faz nada, ainda resta esse tipo de ação particularíssimo que se chama intriga e delação.

– É aí que estamos feitos! – exclamou Nadejda.

E de novo – pelo efeito de qual fluido mágico, de qual misteriosa afinidade? – todos gargalhamos, sacudidos pela mesma alegria que tinha menos a ver com nossas palavras – que na verdade não traziam grande alegria – do que com a consciência obscura daquela força todo-poderosa que era nossa razão para acreditar uns nos outros e que nos tinha reunido para o melhor, e sem dúvida para o pior. Reclinei-me um pouco sobre o sofá e deixei meu olhar percorrer as estátuas ensimesmadas e que no entanto pareciam manter, fora do tempo e através do espaço silencioso que organizavam, uma conversa sagrada. Ossip me perguntou se eu conhecia o museu do Domo. Eu não tinha conseguido visitá-lo, apesar das diversas tentativas. No começo os guardas estavam em greve. Depois eu sempre encontrava a porta fechada.

– O que você diria de ir vê-lo hoje mesmo?

Levantei-me.

– Sahli deve estar exausto – protestou Nadejda. – Não é preciso ir agora mesmo.

– Essa seria a maior das imprudências – disse Deborah, agitada. – Você está esquecendo que pessoas particularmente perigosas conhecem sua cara e podem ver você a qualquer momento.

Mas Nadejda prometeu cuidar de tudo e me levou até um cômodo cujas dimensões poderiam parecer medianas em comparação com aquele de onde vínhamos. Uma cama baixa ocupava seu centro, e estava coberta com um pano branco semelhante ao que mascarava a janela alta. As paredes estavam nuas, igualmente brancas. Tudo desvanecia na luz. Eu não sabia que meus anfitriões tinham acabado de me dar seu quarto e, como eles se retiraram, imediatamente adormeci.

★

  Deborah me olhava pela porta entreaberta. Sentei na cama e levantei.
  Quando adentrei o grande salão, Nadejda e Deborah estavam gargalhando em volta de um colosso barbudo cuja extravagante cabeleira formava, em volta de sua cabeça, como que um halo hirsuto. Aquilo que restava do rosto comido pelos pelos não era mais do que uma praia de carne pálida desprovida de traços, privada de significação. Eu olhava sem compreender. E foi pela voz que reconheci Ossip.
  – Não tenho certeza de que essa seja a melhor maneira de passar despercebido.
  – Faça como quiser – replicou Nadejda. – Mas, para Sahli, isso é indispensável.
  As duas mulheres se voltaram para mim.
  – Enquanto você dormia – explicou-me Ossip –, essas duas loucas foram num brechó e olha o que elas trouxeram.
  Sobre a mesa estavam diversas perucas, bigodes e outras peças extravagantes, para nem falar dos óculos de aço.
  Nadejda já tinha pego uma barba falsa que tentava ajustar em mim, enquanto Deborah colocava-me os óculos sobre

o nariz. A cor da peruca felizmente não combinava, mas Deborah veio com um conjunto de peruca, barba e bigode do mesmo tom, que me foi enfiado sobre a cabeça apesar de meus protestos.

Os risos foram intermináveis.

– Está completo – gritou Nadejda quando enfim conseguiu falar. – Parece até um trotskista!

– Vocês vão ver que só pela cara ele vai ser eleito chefe do distrito!

– Comissário de Costumes!

Apontaram-me um espelho e eu mesmo não consegui deixar de rir.

– Deborah tem razão – respondeu Nadejda. – Você só pode sair com um disfarce. Esse é perfeito e só vai perturbar você.

– Espero – disse eu – que vocês também fiquem um pouco perturbados!

Para me convencer, Ossip tinha escolhido ele mesmo um colar, que colocou com cuidado.

– Acho que estamos prontos – disse ele. – No mais, é agora que temos de ir.

Fizemos um juramento de prudência. Deborah nos acompanhou a fim de vigiar nossa saída. Gritou de seu observatório que o caminho estava livre e imediatamente tomamos a ruela.

Ossip andava um pouco como Deborah. Seus gestos eram bem marcados, com uma distinção nata, assim como a indiferença, aquele jeito de seguir seu caminho sem se preocupar com o resto do mundo. Mesmo assim, um observador atento teria notado a acuidade do olhar, o julgamento instintivo que lhe permitia avaliar de longe o perigo de uma encruzilhada, de um comitê, de um comissariado, de uma silhueta. Então, como se aquela tivesse sido sua intenção desde o começo, ele mudava o caminho, desaparecendo por algum canto. Apesar de a cidade estar ainda razoavelmente deserta, eu assisti a essa manobra, e também participei dela, diversas vezes durante o curto período que durou nosso trajeto.

Finalmente, Ossip parou diante de uma espécie de quitanda e, assegurando-se de que estávamos sozinhos, deu diversas batidas rápidas nas espessas portadas de madeira hermeticamente fechadas.

Depois que uma voz hesitante nos perguntou o que queríamos e que Ossip disse seu nome, um tapume se levantou para nos abrir a passagem. O homem que nos abriu, um homem frágil, de rosto fino, de rosto lívido, de traços cansados, vestido pobremente com um hábito gasto, recuou ao ver-nos, e percebi a inquietude de seu olhar. Ossip deu sua calorosa risada e, abaixando um pouco a barba, explicou a seu interlocutor aturdido que estava disfarçado.

– Quanto ao meu amigo – disse ele me apresentando –, ele é inteiramente falso: peruca, barba e bigode!

O homem nos inspecionou um de cada vez, sua expressão ficou mais aliviada, e ele logo se retirou, dando uma risadinha seca e nervosa. Depois, tendo fechado a portada precipitadamente, levou-nos até a parte traseira da loja, onde se amontoavam objetos de todo tipo, todos antigos, a maior parte deteriorada e disposta sem nenhuma ordem aparente.

Ossip expôs a razão de nossa visita àquele que nos recebeu tão pouco à vontade, e que, como percebi, era ninguém menos do que o curador do museu do Eridano. Ele imediatamente aceitou "mostrar-nos seus tesouros" e, após também recomendar-nos prudência, convidou-nos a segui-lo. O magnífico palácio renascentista que abrigava as coleções ficava bem perto, e sua fachada regular, sobrepujada por uma robusta cornija, ocupava o lado inteiro de uma praça também ladeada por outras construções da mesma época e do mesmo estilo. Nós havíamos chegado diante da alta porta em que tantas vezes eu batera em vão, até que percebi que tínhamos sido seguidos por dois homens que pareciam não nos ter visto. Antes que eu tivesse tido tempo de avisá-los, meus companheiros continuaram tranquilamente seu caminho, e entendi que eles tinham percebido. Tendo chegado à extremidade do prédio, demos meia-volta: não eram dois, mas quatro indivíduos que vinham em nossa direção, e vi mais outro e ainda um sexto saindo das casas que ficavam diante do museu e indo na direção dele. Apesar disso, o curador lentamente deu meia-volta, e todos ficaram juntos diante da porta que se abriu e se fechou num piscar de olhos para que nosso pequeno grupo entrasse. Agora nós escoltávamos nosso guia pelos vastos salões daquele palácio inabitado. Recuperado de minha surpresa, observei aqueles que um aparente acaso havia reunido para a insólita visita. À exceção de um adolescente de cabelos louros, de olhos de transparência irreal, todos eram homens de certa idade, de aspecto modesto, que nada teria distinguido em meio à multidão dos artesãos e das pessoas humildes que andam apressadas à noite pelas ruas da antiga cidade.

Eu sabia de cor o plano do museu e reconheci sem dificuldade as obras que estava desesperado para ver um dia. Numa clara rotunda, achavam-se dispostas as estátuas mais antigas, que antigamente ficavam na fachada principal da basílica, e que haviam sido abrigadas das intempéries, após terem sido substituídas por cópias. Uma estranha violência, um furor sagrado emanava daqueles rostos de apóstolos, de profetas, de evangelistas, de ascetas, com as feições tesas, a musculatura proeminente, o olhar incandescente. Todos traziam em si a vontade de vida, de ultrapassar todos os limites, de superar todos os obstáculos, de dar livre curso ao desfraldar de sua força e à irrupção de sua alegria. Eu imaginava o fluxo de peregrinos adentrando o lugar santo sob a vigilância altaneira daquelas testemunhas de outra raça. Ficamos em silêncio diante daquelas figuras maciças, onde pareciam ter-se recolhido todas as energias que haviam desertado a cidade. Tive uma experiência singular: quanto mais eu fixava a minha atenção naqueles corpos de bronze escurecidos pelos séculos, mais a força que eu contemplava se insinuava em mim, e eu experimentava sua chegada irresistível como uma exaltação de todo o meu ser, e como um crescimento dele. Tudo exprimia vertiginosamente a doçura daquela plenitude. A luz à minha volta escurecia como a de um dia que não existe em lugar algum sobre a Terra. Uma calma de outro mundo, um silêncio perceptível, semelhante ao rumor do mar, onde nossas respirações vinham fundir-se, estendia seu contato físico aos vivos e aos mortos. Cedo ou tarde, pensei eu, será preciso deixar essa embriaguez.

Nosso guia nos levou até o salão mais célebre, o de Agatócles, onde estavam reunidas, entre outras, as obras mais famosas de Corvaro. O soberano domínio dos meios técnicos, a imaginação das formas cujo encadeamento levava à criação de uma imensa sinfonia plástica, a intensidade dramática e psicológica dos personagens ou das cenas subjugavam o espectador. Tínhamos parado no centro do vasto espaço abandonado às voluptuosas silhuetas das estátuas. Cada um de nós, um depois do outro, ia até uma ou outra delas, contornando-a lentamente, recuando um pouco e dando-se tempo para descobrir seus perfis sucessivos, os volumes que mudavam. E depois a pessoa voltava para o grupo, sacudindo a cabeça, cochichando no ouvido do vizinho. Este então partia no mesmo trajeto, ocupando o lugar de seu antecessor admirativo, e ali ficava por um bom tempo, dirigindo de longe um sinal àquele que lhe tinha permitido renovar seu prazer.

Como eu concluísse meu percurso pelo arquipélago daqueles corpos enaltecidos, uma terrível angústia se apoderou de mim, uma impressão de vazio, como se aquelas formas cuja perfeição se fechava sobre si mesma tivessem perdido sua substância, uma força mais essencial do que a beleza.

– É o começo do fim – disse eu em voz alta, e minhas palavras me surpreenderam, creio, tanto quanto a meus vizinhos.

O jovem de cabelos louros voltou-se para mim e sorriu.

– E no entanto esses sentimentos são verdadeiros – objetou ele com a voz débil.

– Eles se alimentam de si mesmos – disse eu. – Parece-me que foi cortado o cordão umbilical que ligava o homem a sua origem.

– Você também julga – perguntou nosso anfitrião – que o Renascimento marcou o começo de nossa decadência?

– Foi algo que me veio de repente – respondi com embaraço. – Eu nunca tinha pensado nisso antes.

– Entendo o que você quer dizer – respondeu o jovem louro. – Mas a mais extrema elaboração formal não exclui necessariamente a força do sagrado. Pense na Cantoria.

– Nunca a vi – confessei. – É a primeira vez que venho aqui.

– Então vamos vê-la! – segredou ele com alegre vivacidade.

Atrás de nós nosso cortejo se refez, e percebi à minha volta a benevolente proximidade daqueles companheiros desconhecidos. Um deles se inclinou para mim:

– Você tem razão. Existe só uma exceção a isso que você sentiu tão bem, e é o que vamos ver.

Na sala em que adentramos, os diferentes elementos de uma tribuna prevista pelo Domo e cuja realização havia sido confiada a Sagredo estavam alinhados ao longo da parede. Sobre as placas de mármore branco figuravam em relevo anjos cantores entoando seu louvor ao som da trombeta, da harpa, do saltério, do tamboril, e tocando ainda diversos instrumentos de cordas e de sinetas. O mais impressionante não era a incrível perfeição dos corpos dançantes, das vestes de linhas sinuosas, nem a doçura angélica dos rostos de crianças, e sim que cada uma daquelas crianças fosse tão perfeitamente individualizada que fosse apenas ela mesma e nenhuma outra, que cada um daqueles rostos de olhos semicerrados, de lábios entreabertos, vergado pelo peso de um amor pesadíssimo, por uma alegria fortíssima, estivesse investido dela, e era a mesma alegria, um único amor que os habitava a todos e que, penetrando na roda inteira dos anjos, que se expandia por toda a superfície do mármore, estava presente em cada um de seus relevos e de suas reentrâncias. Não, nada cedia perante o exame, ponto nenhum mostrava-se vazio – como se não houvesse, sobre a pedra, lugar algum que não tivesse sido trabalhado.

A escuridão invadia a sala lentamente, o curador fez um movimento, e nós todos, em conjunto, saímos de nossa contemplação. Seria a fadiga que se segue a uma contemplação excessivamente longa, a penumbra do dia que acabava, uma simples ilusão de meu espírito prisioneiro de sua visão? Quando chegamos à saída, pareceu-me ler nos rostos de meus companheiros, semelhantes aos das figuras de mármore, o mesmo olhar que sucumbia ao êxtase e que não via mais nada.

O curador entreabriu a porta, deu uma olhada e fez-nos um gesto. Fomos os últimos a sair, após apertar sua mão em silêncio. A praça estava vazia.

*

Como falar dos tempos felizes? Como não percebê-los adornados dos prestígios da lembrança, mais belos do que na realidade foram, como se diz, mais emocionantes porque perdidos para sempre? Contudo a nostalgia que sua irradiante imagem deixa em nossas almas não é simples. Não é apenas a saudade dos gestos, das vozes, dos sorrisos, dos beijos, de tudo aquilo que hoje está tão longe de nós que nada, nem nossas mãos, nem mesmo nosso desejo, tem o poder de alcançar. Também nos censuramos, creio, por não ter compreendido o que aquelas horas tinham de precioso e de insubstituível enquanto as vivíamos. Nós nos abandonamos a seu lento escorrer sem nos determos, sem franzir os olhos, sem pensar a cada instante: como está tudo ótimo! Essa nostalgia é mais insidiosa, mais amarga, mas não é ela que sinto quando me lembro dos dias que se seguiram a meu encontro com Ossip e Nadejda. Afinal, era isso que eu repetia para mim mesmo quando os via ao levantar de manhã, ao desejar-lhes boa-noite antes de voltar ao quarto, ao contemplar a morada que haviam feito à sua semelhança, sim, era isso que eu me dizia: como tudo isso é belo, como você é belo, Ossip, como você é bela, Nadejda! E mesmo quando Deborah não estava, você me olhava de um jeito, Nadejda, seu silêncio entretido significava: não se preocupe, Sahli, não crispe as mãos. E Deborah entrava, e com o ar distraído ela colocava na mesa algum presente para você, e lhe dava um beijo. Eu me levantava, você nos olhava, ralhava com Deborah, ameaçando-a com as broncas de Ossip, e depois você ia para a copa, a fim de nos deixar sozinhos. Deborah ficava impassível, dócil como uma árvore ao vento, eu me aproximava, passava a mão pela imensa cabeleira, apertava-a furtivamente. Por meio de alguma profecia alegre para aquele dia, ou nos contando a última impertinência de Ossip, Nadejda nos avisava de sua volta.

Não, não tínhamos nos esquecido de viver aqueles instantes, experimentando o sabor de mel de cada um deles, atentos aos movimentos de nossos corações. Não permitimos que pensamentos tolos, que preocupações mesquinhas viessem embaciar o brilho daqueles dias livres das preocupações dos homens. Nós sabíamos que, a cada olá e a cada até mais, a cada palavra e a cada silêncio, ao longo de todas aquelas conversas que alegravam nossas noites, através de cada sorriso tão dificilmente inscrito no canto dos lábios das mulheres, era a vida que revelava diante de nossos olhos deslumbrados a profusão de seus tesouros.

Também, quando Deborah e Nadejda voltavam do mercado, trazendo alguma enorme abóbora, que mais parecia um balão, ou trazendo num ano os primeiros morangos que crianças bronzeadas de sol foram colher nos bosques da Serana, elas riam enquanto nos mostravam essas primícias do verão fecundo, que encontrávamos em abundância, e a preço baixo, naquele tempo em que Aliahova vivia na paz do trabalho, no ritmo preguiçoso das estações. Aquilo que não diziam aquelas criaturas tão frescas quanto os braçados de flores do campo transbordando nos cestos era que praticamente já não havia mais mercado. Toda vez que os camponeses, tendo por ajudantes crianças ou algum velho de pele tão escavada quanto a terra, apressadamente armavam seus cavaletes, as donas de casa, avisando umas às outras, surgindo das ruelas vizinhas, devastavam tudo num piscar de olhos antes de se dispersar esbaforidas, tão rápido quanto haviam chegado. Afinal, ao que parece, aquilo era um tráfico repreensível que os jovens guardas revolucionários pretendiam proibir. Em alguns lugares aquelas feiras apressadas ainda eram permitidas, enquanto se esperava a instalação de órgãos coletivos que teriam por missão suprimir o comércio. Essa tolerância também era acompanhada de vexações. Nas Quatro Fontes, onde haviam se refugiado as vendedoras de quem Nadejda comprava, garotos sentados nos degraus da igreja olhavam com desaprovação os frutos da terra e seus exaustos produtores e, fixando sem vergonha o olhar nas mulheres que iam e vinham, chamavam-nas de vadias.

Ossip sabia disso tudo que nossas companheiras nos escondiam, voltando para nós seus rostos aparentemente enrubescidos pela alegria de viver, quando isso se devia também a terem corrido e talvez a terem sido insultadas. E fingíamos nos deixar levar pela abnegação de seu ardil, recebendo como uma oferenda sagrada aqueles últimos dons das planícies. E quando mencionávamos, apesar de tudo, a sorte de algum daqueles mercadores rudes e familiares, vindos das colinas para nos trazer seus queijos perfumados, Ossip transfigurava com o jogo de seu humor o sombrio futuro da agricultura, preocupando-se em saber o que comeríamos quando só houvesse aqueles basbaques para arranhar a terra.

– Pode ter certeza – dizia Deborah – que eles vão botar os outros para trabalhar.

– E de que vale – perguntava Ossip – uma couve vendida por um funcionário?

Alguns dias, porém, não era mais possível mentir, nem esconder, e, voltando precipitadamente de alguma loja por onde se espalhava uma notícia assustadora, apertando-se contra nós, com o rosto desfeito, os olhos amedrontados, ainda mais belos, Nadejda e Deborah visivelmente esperavam de nós nada mais do que uma manifestação daquilo que nos restava de força, ou a simples consciência de nossa presença. Corria o rumor, naquela manhã, de que os guardas haviam tentado demolir o portão dos Taxiarcas, o mais belo de Aliahova, o único que não fazia parte do dispositivo militar das muralhas medievais. Como o tempo das guerras tinha acabado, e a cidade, com a força de seu poder novamente afirmada, não temia mais ser invadida, o conselho havia decidido construir, no local de uma antiga torre danificada pelo último sítio e desde então inútil, um portão que seria como o símbolo dos novos tempos. Um concurso – e esse foi o primeiro de uma longa série – foi aberto para todos os artistas da cidade, dentre os quais os mais eminentes foram considerados e receberam diferentes tarefas sob a direção do velho Orlando. Assim surgiu a primeira obra-prima arquitetural do Renascimento, retomando e transfigurando o tema do arco antigo, tão notável em sua execução quanto em sua concepção, e que viria a servir de modelo a muitas outras, em Aliahova e alhures. De imediato entendemos que não era apenas aquela construção admirável, mas a alma de um povo, e muito mais, a própria beleza, porque ela é uma forma da inteligência que aqueles vadios queriam aniquilar.

 Levantamo-nos, Ossip e eu, apesar das objeções das mulheres, e aceitamos, para acalmá-las, colocar nossos disfarces. Parecia-me que seus dedos, ao ajustar nossas perucas, traçavam sobre nossas testas como que as marcas da invulnerabilidade. Colocamo-nos a caminho. Ossip considerava imprudente ir direto ao Portão. Que impressão daríamos, na calçada, enquanto contemplávamos os demolidores? Poderiam perfeitamente perguntar o que estávamos fazendo ali. Foi por isso que, saindo da cidade pelos bairros ao norte, tivemos de descrever um vasto círculo, fingindo vir do campo. Como moscas pousadas numa pedra, de longe vimos os patifes trabalhando. Quanto mais nos aproximávamos, mais o inacreditável se tornava perceptível. Quando ficamos à vista de todos, e como os sentimentos que experimentávamos bastariam para nos dar uma aparência suspeita, saímos da estrada e adentramos um terreno baldio salpicado de zimbros, atrás dos quais seria fácil nos esconder. Eram guardas jovens – era possível reconhecê-los pelas braçadeiras – empoleirados sobre o arco e sobre a muralha adjacente, armados de picaretas e de enxadões, que arrancavam os blocos de mármore do frontão, precipitando capitel e frisos no vazio, em meio a gritos e risadas. Uma poeira amarela se levantava, tão densa que às vezes nos tapava a cena, ao mesmo tempo que as pesadas pedras tombavam no chão com um som surdo, partindo-se e entrechocando-se, e que as vibrações corriam até nós do solo rasgado.

    Como eu olhasse estupefato o início dessa obra da demência, subitamente me pareceu que não estávamos sozinhos. Voltando-me, percebi, correndo acima dos arbustos, uma cabeleira loura que desapareceu atrás de um trecho mais espesso. Querendo saber quem nos tinha surpreendido, quem talvez nos vigiasse – a menos que ele tivesse chegado àquelas paragens por um motivo semelhante ao nosso –, dirigi-me, sob os olhos atentos de Ossip, para o lugar de seu esconderijo, e não fiquei tão surpreso ao reconhecer, ainda mais pálido, aparentemente transtornado, como nós, o jovem do museu. Ele veio na minha direção, as emoções deixavam sua fala entrecortada, e ele diversas vezes precisou recuperar o fôlego para concluir a frase.

– Não se aproximem – disse ele fazendo um sinal para Ossip, que havia nos alcançado –, vocês correrão um sério risco! Ele nos explicou que, desde o começo da manhã, havia uma guarda destacada para proteger o trabalho dos destruidores. No dia anterior, houve brigas de verdade entre os jovens guardas e os esquerdistas que tinham vindo incomodá-los durante o trabalho. O motivo do conflito teria sido o seguinte: enquanto os guardas queriam destruir o Portão para construir em seu lugar um mictório, muito mais útil, os esquerdistas defendiam que não havia necessidade de esconder-se para fazer xixi, que a moral era um resquício do passado muito mais pernicioso do que um monumento!

– Seria um truque para salvar o arco?

– Isso não se sabe. O fato é que a demolição acaba de recomeçar. Ela deve ter sido ordenada por alguma alta esfera. De todo modo – acrescentou ele, inquieto –, acho que não é boa ideia ficar muito tempo aqui. – E, dirigindo-nos uma breve saudação, desapareceu.

Não demoramos a imitá-lo, tomando, para retornar à cidade, o mesmo estratagema que usamos para deixá-la. Ossip, habitualmente tão atento ao universo vegetal, cujas várias espécies conhecia, tendo com cada uma delas uma relação particular, de ordem simultaneamente sensível e intelectual, agora caminhava sem enxergar nada, e era eu quem vigiava o caminho. Perguntei com o que ele se preocupava.

– Estou pensando no museu – disse ele. – O risco é iminente.

Era preciso avisar o curador, mas com certeza ele estava ciente.

– Que homem admirável – Ossip voltou a falar após um momento. – Você sabe o que ele já fez para salvar suas coleções? Há um ano, as primeiras brigadas de jovens, manipuladas por um tal de Colovieso, irromperam no Eridano com a intenção de destruir sistematicamente todas as peças. Nosso homem conseguiu lidar com o bando, dando a entender que fazia parte de um comitê muito próximo do tribunal revolucionário e que sabia muito bem que destruição nenhuma havia sido ordenada. Ele os convocou à disciplina, convencendo-os de que suas forças seriam mais bem empregadas alhures, porque ele também acabara de decidir pelo fechamento definitivo do estabelecimento, e que assim as produções empesteadas do passado, ao deixarem de ser visíveis, perderiam imediatamente sua nefasta influência. Eis por que – concluiu Ossip – você nunca tinha conseguido ver a Cantoria: o museu estava efetivamente fechado desde aquela época!

Paramos perto de um daqueles grandes carvalhos, eles também vestígios do passado, que são encontrados aqui e ali nos matagais e que se elevam muito acima do resto da vegetação, submetida à ameaça das cabras e já dos espinheiros. Estava forte o calor, a sombra nos oferecia seu frescor apaziguante. Sentamo-nos sobre uma placa de calcário que emergia abaixo da copa da velha árvore. Lembro-me daquele lugar, onde tudo nos falava de repouso, onde compreendi quanto a bondade de Ossip estava associada a um olhar sem ilusões em relação ao fiasco humano.

– Pressentindo que não bastaria ter mistificado temporariamente aquele bandinho de imbecis e seu indeciso chefe, temendo, aliás, que eles voltassem para executar seu plano, nosso curador – continuou Ossip – entrou de vez num daqueles grupos revolucionários que proliferavam havia alguns meses, estabeleceu firmes relações com os dois comissários do bairro, forçando-se, apesar de seu horror ao álcool, a beber com eles de noite quando era necessário; em suma, ele havia feito tanto, e tão bem, que as obras até aquele momento haviam sido preservadas.

– É possível então fazer jogo duplo?

– Só por algum tempo – e a voz de Ossip se alterou. – Nosso amigo arrisca a vida. Os argumentos que ele oferece não conseguiram enganar todo mundo. Alguns, tenho certeza, fingem acreditar nele para depois poder fulminá-lo. Um dia ele será colocado contra a parede: será ele mesmo o encarregado de destruir as estátuas. Então ele terá de tirar a máscara: vai recusar, e então vai ser assassinado. Veja – continuou Ossip –, ele sabe disso tudo, e é isso que o torna tão magnífico. Quanta energia dentro de um ser tão frágil! Que coragem, viver todo dia na companhia de seus futuros carrascos!

– O que ele pode esperar?

– Ganhar tempo. Algum acaso imprevisto talvez altere o curso das coisas. Talvez a usura das forças do mal responda à das potências da vida, e a destruição, exausta, pare por si própria, antes de aniquilar tudo.

As sombras se apagavam na parte de baixo das altas muralhas quando voltamos à cidade, a geometria de suas ruas desertas se oferecia à evidência de uma luz implacável.
– Mesmo assim, vamos tentar ver o curador.
O desvio não era grande, mas quando batemos na portada da pequena loja, ninguém respondeu a nosso sinal.

*

Tínhamos concordado em não dizer nada, ao voltar de nossas peregrinações, sobre aquilo que tínhamos visto ou feito, como se aquele fosse um assunto de interesse duvidoso, falando delas a nossas companheiras, comprazendo-nos em perturbá-las com nossas perguntas, querendo encontrar ao lado delas não um sentido para nossas vidas, mas nossa vida mesma, tão pura quanto a água que corre veloz por um leito pedregoso, que não se consegue enxergar, que nada mais é do que o frescor daquele fluxo que salta e que se inebria consigo mesmo.

Perguntei a Nadejda:
– O que sente uma mulher maravilhosa quando estamos tão fascinados por ela que ela não pode nem sequer fingir ignorar?
– É Deborah quem tem de dizer.

Deborah se levantou dizendo que a psicologia já tinha saído de moda. Ela andava lentamente, seu onduloso caminhar levava-a à biblioteca, ela tomava um livro, colocava-o na mesa, tomava outro e, se aquele fosse um romance do começo do século, escolhia uma passagem capaz de apoiar sua tese. Aquelas longas frases em que os personagens falam de seus sentimentos, e as análises deles, nos faziam rir.

– Mas é que não há outra coisa a dizer – afirmava Ossip –, e, no momento em que o dizemos, esse discurso parece vazio.

Também eu tinha a opinião de que a psicologia se prestava à objetificação nauseante da vida.

– Um método diferente não consistiria em exprimir tudo isso de outro modo – perguntou Nadejda –, pela disposição dos objetos, por uma simples mudança de percepção?

– Não haverá nada mais, então, além desses objetos, só eles. É isso que acontece hoje em dia.

– Nada, na prática, quer dizer o desespero.

– É por isso que dei minha opinião, hoje se assiste a essa inflação demencial da política, da ciência…

– Você voltou ao assunto de que não queria mais falar – ironizou Nadejda. – As mulheres só ocupam os seus pensamentos por algum tempo.

– Os homens são assim – disse Deborah –, incapazes de ficar um mês frente a frente com uma mulher sem se cansar. Li um romance cujo protagonista, um homem naturalmente extraordinário, se apaixona, claro que por sua irmã. São seres superiores, da mesma espécie, as duas metades da mesma díade, se bem entendi… e foi isso que os reuniu numa idêntica comiseração pelo comum dos mortais e pelos acontecimentos que lhes servem de diversão. Eles decidem então ir viver juntos numa ilha grega, numa casa que só tem um cômodo, absolutamente nua, e que dá para o mar. Entre um abraço e outro, eles começam a ficar seriamente entediados. Não, não é tédio, é algo psicológico! É o vazio. Então eles vão para a cidade, onde há tantas coisas...

– Eu nunca fico entediado – disse eu.

– Então todas as esperanças são permitidas!

Eu tinha adquirido o hábito, quando Deborah ficava conosco, de acompanhá-la de noite até uma praça próxima da Senhoria, onde nos separávamos. Mas daquela vez eu tinha decidido prolongar nossa interação e ela entendeu tudo imediatamente.

– Ficar sozinho um mês, ou mais, numa ilha, grega ou não, com a mulher que eu amasse... com a mulher que eu amo... não me parece uma perspectiva intolerável – disse eu assim que estávamos do lado de fora.

– E o que você sabe disso?

Aproximei-me dela, procurando o fluxo de seus cabelos, enrolando as pesadas mechas em volta de meus dedos, enfim apertando entre as mãos o rosto cujos grandes olhos abertos me encaravam através da penumbra transparente. Mas, como eu me inclinasse para ela, ela voltou a andar.

Nós caminhávamos sem fazer barulho, o vento do mar soprava em nós seu hálito morno. Eu conhecia aquela doçura. No alto do céu, o disco quase completo da lua iluminava o espaço, e mesmo na ruela, nos vãos de suas passagens estreitas, sob o arco baixo das casas antigas, o ar vibrava como se tivesse uma claridade invisível.

– Como – perguntei a Deborah – duvidar do futuro quando tamanha certeza mora em nós?

E como ela continuasse em silêncio:

– Será que os profetas fizeram alguma outra coisa além de projetar diante de si a força imensa que os mantinha curvados ao meio?

– E você não está fazendo um uso deveras profano da teologia?

– A vida de que ela fala não é idêntica à nossa?

– Percebo onde você quer chegar – disse Deborah, e seu riso se espalhou como a luz poeirenta presa aos blocos de pedra das paredes dos palácios.

Aquela presença tão próxima, que no entanto me fugia, não por efeito das circunstâncias, antes estranhamente favoráveis, mas por alguma dúvida enterrada nela ou por alguma vontade deliberada, fez nascer em mim o louco desejo de tocá-la e de fundir-me com ela. Subitamente aqueles jogos e aqueles fingimentos me pareceram intoleráveis, uma queimação próxima da cólera invadiu todo o meu ser, e foi com uma violência que não consegui dominar que, ao parar, tomei a jovem pelos ombros e a apertei contra mim. Ela me afastou com igual violência e, aproveitando minha surpresa, saiu correndo, tão rápido que me escapou. Pensei aterrorizado no dia em que a perdi nas vielas da cidade e, com o coração rápido, lancei-me em seu encalço. Eu via seu corpo saltar diante do meu, subir os degraus de uma travessa, e em seguida fomos parar na Senhoria. Caminhei para perto dela; eu ouvia sua respiração, mais curta quanto mais eu me aproximava. Então ela me encarou, no meio da praça, ofegante, pronta para me empurrar outra vez. Seu peito se elevava rapidamente, o esforço coloria seu rosto e era como se a substância da vida aflorasse em seus lábios estremecidos.

Eu disse a ela quanto era bela e, ficando a distância, pedi a ela que se acalmasse.

Ela me olhava de um jeito estranho, sem dizer uma palavra.

Perguntei-lhe gentilmente se ela se lembrava do Asilo das Crianças Encontradas, porque a lua estava cheia e as arcadas do pátio marcavam o mármore com sua sombra.

Ela acabou aceitando ir lá, sob algumas condições.

Entramos no labirinto das ruelas, seguindo nosso caminho fora do tempo. Eu não tinha mais consciência de andar, nem de mais rigorosamente nada. Quando abri os olhos, o pátio do Asilo me apareceu exatamente como tinha ficado gravado em mim, a mesma linha louca dos pórticos dividia sombra e luz. Como da primeira vez, peguei a mão de Deborah, puxando-a em volta das colunas, na mesma corrida desordenada. Sem conseguir ir adiante, a jovem parou embaixo da galeria, apoiada na parede do canto. Pouco a pouco, através da escuridão, distinguíamos nossos rostos.

– Preciso saber – disse eu. – Não tenho mais forças para esperar.

Então Deborah colocou seus dedos nos meus lábios, e seu hálito e o gosto de sua boca entraram em mim.

*

O último rumor que circulava em Aliahova era o mais sinistro. Ele havia nascido no antigo porto, na hora em que a cidade moribunda recupera uma aparência de vida, no momento em que os pescadores retornam e em que se forma, em torno de cada barco, o círculo ruidoso dos curiosos, dos feirantes, das mulheres felizes que vão acolher um irmão, um amante, um marido. As camisas multicoloridas, os lenços em tons pastel flutuam na brisa. Os peixes são oferecidos em lotes, as vozes se elevam, as interpelações se fundem. Dois marinheiros se engalfinham e parecem que vão brigar em meio aos rogos e aos risos, mas o estrangeiro não tem tempo de saber se aquilo é só brincadeira. As crianças o puxam pelo braço, ficam andando em volta dele, fingem encerar seus calçados, dar uma escovada em seu paletó, vender-lhe alguma moeda antiga e, se ele recusa, exigem dinheiro sem contrapartida. Misturando-nos àquela estridente agitação, nós admirávamos, Denis e eu, que ela nada perdia, de um dia para o outro, de seu frescor, e que os mesmos ritos aqui eram realizados com a mesma ingenuidade e com o mesmo fervor. Afinal, ali estava, diante dos nossos olhos, o sinal da vida: que ela se repete e renasce a cada dia semelhante a si mesma, e que tudo é como se fosse a primeira vez.

O mesmo marulhar embalava docemente o píer, um disco vermelho mergulhava atrás da difusa bruma de julho no horizonte, os barcos se aproximavam lentamente, sobre os terraços das casas baixas as mulheres ocupadas em dobrar a roupa branca, seca pelo sol, haviam virado a cabeça; interrompendo bruscamente seu trabalho, elas desapareceram num piscar de olhos, nas praças vizinhas as tavernas se esvaziaram, pelas múltiplas ruelas que levavam ao porto a gente humilde se apressava para ver o espetáculo tão próximo. Mas a festa, naquela noite, não aconteceu. Aqueles que voltavam do Tenabro, cujas silhuetas cresciam a tal ponto que era possível distinguir seus traços, não pareciam estar vendo a multidão que corria para encontrá-los. Absorvidos na manobra, que eles conheciam de cor, com o olhar baixo, o ar ausente, eles não respondiam aos sinais de seus próximos, aos alegres apelos que tradicionalmente saúdam o retorno dos marinheiros. "Digam lá", gritavam para eles, "vocês engoliram um mastro!" "Olha que cara de pena, eles não pescaram nem uma sardinha! Mas o que é que vocês fizeram o dia inteiro?" "Eu sei", disse uma voz, "os boêmios acamparam nas dunas, em vez pescar, esses vagabundos foram ver as meninas." "Eh! Mário, o que é que a sua mulher vai dizer se você passar gonorreia pra ela?"

Mario não disse nada, nem seus camaradas. As velas foram amainadas, as amarras cuidadosamente fixadas, os croques foram alinhados ao longo da balaustrada, as redes foram enroladas. O gelo que sobrara no porão foi jogado fora. Os blocos esbranquiçados batiam na água com um ruído seco, agitando por um instante a pesada e escura superfície, antes de ir lentamente à deriva na companhia de detritos de todo tipo e de desaparecer. Um a um os homens deixaram os barcos, abrindo caminho entre as cerradas fileiras dos espectadores, surdos às perguntas, apressando-se para qualquer necessidade imaginária. Quando um deles chegava ao espaço livre, uma mulher vinha ter com ele. Ele se inclinava para ela, falando-lhe aos ouvidos, e os dois, tomando-se pelos ombros, mergulhavam na viela mais próxima, deixando ali parentes e amigos perplexos. As brincadeiras tinham parado, um pesado silêncio abateu-se sobre a plateia petrificada. E quando, com um gesto do dedo, os chefes dos pescadores confirmaram aos donos dos pequenos restaurantes do porto que naquele dia eles não teriam nada para vender, todos eles se lembraram de que, em Aliahova, o prazer teve sua época. A negra angústia que cada um tinha vindo tentar esquecer junto dessa multidão simples, que continuava a viver, perfurava-lhe levemente o coração. O que aconteceu foi mais um golpe, mais uma dessas histórias sórdidas, e nada mais havia a fazer, para terminar a noite, senão inteirar-se.

Ouvimo-la da boca de Ossip, que, apesar de estarmos usando perucas, voltava do barbeiro. Naquela manhã, soprava um ligeiro vento leste, alguns barcos passavam ao largo do Tenabro, mas, sem que fosse possível saber por quê, peixe nenhum mordia a isca. Por isso, no meio do dia, a *Anunciação* decidiu tentar a sorte um pouco mais perto da costa, ficando parada praticamente diante do casebre da Ercola. Ao ouvir Ossip pronunciar aquelas palavras, tive um sobressalto, temendo que a lembrança que elas despertavam em mim provocasse o descontentamento de Deborah. A jovem, porém, continuou imóvel, enquanto, diante do sorriso irônico de Nadejda, Ossip deixava claro que estava repetindo fielmente o que tinha ouvido no barbeiro, e mencionava, sem tomar partido, as diversas versões que corriam a respeito de certos pontos controversos.

Eram quase duas horas da tarde e, mal tendo começado a pescar, a *Anunciação* achou que poderia felicitar-se pelo novo local escolhido. A rede, que os homens puxavam com dificuldade, parecia anormalmente carregada. Já se imaginava uma captura excepcional, a menos que se tratasse de algum tubarão desgarrado ou de um jovem cachalote. Aquilo que emergiu da água, fazendo brotar ao contato com a superfície uma franja luminosa, foi um par de botas, cuja extremidade revirada se abria como um bico de pássaro. Foi preciso dissimular a decepção com o riso. Mas aquilo que se seguiu não se prestava a brincadeiras. Das botas que, ao mesmo tempo que a extremidade da rede, elevavam-se lentamente no ar, saíram dois joelhos acinzentados, o ventre e o busto alterados de um afogado. O rosto estava no centro da nassa, no nível da água, cujas ondinhas levantavam os longos cabelos espalhados. Ele estava tão inchado que tinha um aspecto lunar. Os olhos fora das órbitas e os lábios violeta davam à carne morta e flácida uma última capacidade – a de exprimir o indizível. O corpo saturado de água estava coberto de placas azuladas, mas uma delas, de forma diferente, de outra cor para dizer a verdade, atraía a atenção, era uma mancha de sangue escurecido misturado com pelos que se estendia do alto das coxas ao umbigo. O afogado não tinha mais sexo. Em seu lugar, havia uma ferida escancarada, que sua prolongada estadia marítima tornara mais horrenda.

Valera, o chefe, deu ordem para içar o cadáver sobre a ponte, o que foi feito não sem dificuldade. Com a carne mole e fugidia, o corpo desarticulado não oferecia mais um ponto onde pudesse ser pego pelas rudes mãos que tentavam segurá-lo. A tripulação agora fazia um círculo em torno daquela pesca imprevista e ninguém dizia uma palavra. Por que, diria Mário a sua esposa, por que Valera mandou virá-lo de costas? Encontre um afogado, mas ao menos com o pinto, já seria suficiente. Mário não sabia, continuou Ossip, que um chefe sempre pensa além dos subordinados.

– É como na organização da casa – disse Nadejda, que tentava, creio, nos distrair.

– Mas como você sabe de todos esses detalhes? – perguntou Deborah com impaciência.

– Escutem – disse Ossip –, Mário é irmão do barbeiro.

Em vez de rir, todos fizemos silêncio.

– E então?

– Então – continuou Ossip após um instante – eles viraram o cadáver; em suas costas havia uma cruz vermelha, que a água do mar não tinha apagado.

Sempre segundo as palavras de Mario, Valera havia consultado seus homens, que começavam a compreender, assim como nós, do que se tratava. Todos ficaram pálidos, inclusive um certo Stavro, que assumira o papel de propagandista das ideias revolucionárias no ambiente do porto e que Valera ainda não havia ousado pôr na rua. Diante do silêncio geral, Valera então propôs colocar o cadáver de volta no mar e não contar nada a ninguém, mas exigiu que todos concordassem e dessem sua palavra, e todos deram-na, inclusive Stavro, cuja voz perdera o timbre.

Foi então que ele, Mario, olhando por cima do ombro de seus camaradas ocupados em prestar juramento, percebeu uma coisa comprida que flutuava e que ele notara por causa do leve encrespamento que se formava naquele lugar. A *Anunciação* foi até aquela massa sombria que mal vinha à superfície, mas que já se distinguia por entre as ondas que deslizavam por cima dela e que gentilmente a embalavam. Era nada menos do que outro corpo. O navio descreveu um círculo, e dessa vez não se tentou colocá-lo a bordo, mas ele foi manipulado com os croques, revirado e colocado um instante fora da água. Ele também parecia ter sido privado de seu sexo, e a cruz vermelha tinha sido inscrita entre as omoplatas. Então ele foi largado, e com um "ploc" repugnante e sinistro o corpo inchado e acinzentado, zebrado de manchas violáceas, caiu pesadamente, espalhando nuvens de gotinhas brancas, ficando um instante na superfície, revirando-se sobre si mesmo, como que se recusando a afundar. E em seguida uma vaga o recobriu, e, num turbilhão de espuma, ele sumiu entre duas águas.

Terá sido seguindo seu trajeto planejado ou, ao contrário, desviando-se dele? O fato é que Stavro, por sua vez, estendia um braço que tremia para algo diferente e semelhante: um terceiro afogado se balançava na crista de uma onda. E vimos outro, e depois mais outro. O rosto dos homens a bordo começava a se assemelhar àquilo que eles observavam. É preciso dizer que Valera não poupou nada nem ninguém. Como se julgasse necessário prestar contas à Capitania do Porto não apenas da condição do mar como também daquilo que nele estava, ele dirigiu com precisão seu barco para cada uma daquelas formas imundas cuja presença adivinhávamos pelo leve estremecimento desenhado por seus contornos antes de perceber alguma de suas extremidades emergindo um instante em meio à ressaca, ou a massa enegrecida perfilando-se sob as águas. E toda vez discernia-se, através da onda transparente, deformado pelo meio líquido e tornado móvel por suas oscilações, o mesmo reflexo sanguinolento a correr pela sombra morta das carnes decompostas.

Ziguezagueando de um afogado a outro, a *Anunciação* aproximou-se da costa e foi para ela que todos os olhos se voltaram. Não era mais possível contar todos aqueles corpos alinhados na praia, um do lado do outro, como que por alguma grandiosa cerimônia fúnebre. Alguns, que haviam acabado de encalhar, ainda eram levantados pela onda que vinha morrer a seu lado. Outros flutuavam a alguns metros da praia; era possível vê-los descer com o rebentar das ondas e às vezes revirar-se quando uma camada de espuma correndo ao encontro do refluxo os pegava transversalmente.

Valera, que se demorou ali sabe-se lá por quê, finalmente percebeu a muda desaprovação da tripulação. Imediatamente ele voltou para o alto-mar, na direção da flotilha que retornava. Ele ruminou seus pensamentos durante todo o trajeto e tomou sua decisão sem nos consultar mais. No momento em que reencontramos os outros, para nossa grande surpresa, ele contou tudo. Mas suas palavras não surpreenderam ninguém. O *São Ciríaco*, que seguia ao nosso lado, também pescou um morto, e outros haviam visto vários. Numa espécie de temor supersticioso, os poucos peixes pescados naquele dia foram devolvidos ao mar. A bordo todos estavam silenciosos. E foi assim que voltaram ao porto.

– E eis – disse Ossip – o que Mario contou a seu irmão.

E eu não entendia ainda por que Ossip havia contado isso – quero dizer, por que ele tinha achado boa ideia fazer isso na presença de Nadejda e de Deborah.

★

Logo cedo de manhã, bateram na porta do meu quarto. Nadejda havia acabado de sair, as compras aconteciam em horários cada vez mais inabituais, e Ossip me propôs aproveitar para ir dar uma volta na praia. Pelas vielas ensombrecidas, ainda cheias do frescor da noite, íamos quase felizes, num passo resoluto. Era preciso proceder com circunspecção, por causa do risco que havia naquela pequena incursão pelo Tenabro. Mas a ironia daquele dia quis que fosse precisamente no momento em que, decidindo ir diretamente por entre as dunas até a praia onde os cadáveres haviam encalhado, em vez de seguir ao longo da costa, nós deliberávamos sobre a melhor maneira de evitar o perigo que ele saltou sobre nós e nos pegou de imprevisto.

Tínhamos acabado de chegar numa daquelas ruas modestas que marcam a transição entre o bairro dos palácios e o do porto. Lancei um olhar distraído para a fachada de uma igreja recente, de estilo barroco. Em Aliahova há diversos exemplares dessas construções que valem mais pelo charme que dão a algum lugar ou a alguma perspectiva do que por sua verdadeira originalidade. Apesar de minha persistente admiração por Gortyne, perdi meu gosto inicial por aquela arquitetura que, por debaixo de sua aparente variedade, era excessivamente explícita e repetitiva, sobretudo depois de ter contado, na companhia de Denis, o número de basílicas mais antigas, que os promotores do estilo novo não tiveram medo de desfigurar, salpicando-as de estuque e de pinturas medíocres, pretendendo atualizá-las para o gosto do momento, impondo-lhes suas próprias concepções.

Não era a primeira vez, é verdade, que usávamos de um procedimento tão livre em relação ao gênio passado e a suas produções mais nobres. Aquelas igrejas romanas que nós tanto amávamos fervilhavam de empréstimos antigos. De quantos templos foram tiradas as colunas para construir uma nave suprema! Mas aqueles eram os tempos da miséria, e então toda destruição era proposta como o único meio e condição para a obra nova. Por trágica que fosse, uma história como aquela ainda era a da espiritualidade cujas manifestações se sucediam sem parar: no desprezo ou no esquecimento do antigo, era uma outra forma de arte que surgia e que impelia para o firmamento a exclamação de sua fé. Até ainda hoje!

Virava-me para Ossip para perguntar-lhe sua opinião sobre as questões que me preocupavam havia muito tempo, quando percebi, junto à fachada que eu acabava de examinar, um agrupamento. Eu achava que eram fiéis indo ao ofício, e já me alegrava ao constatar que a atividade religiosa não havia sido proibida em Aliahova. Gritos, verdadeiros urros, logo vieram acabar com nossas ilusões. Surgindo pelo grande portão, do qual um batente havia sido aberto, fugindo aparentemente de agressores invisíveis, um sacerdote irrompeu na rua. Levantando os braços, tomando o céu por testemunha, ele continuou a vociferar e ouvimos que ele lançava o anátema aos saqueadores que atacavam o tesouro da igreja, simplesmente tomando os objetos de culto e as relíquias sagradas. Achamos que, por ter surpreendido algum ladrão na sacristia, ele pedia a ajuda dos passantes e dos vizinhos. Mas aqueles que estavam dispostos em círculo nos degraus do adro precipitaram-se contra ele, tentado calá-lo e levá-lo de volta para o interior do prédio. Vi dois brutamontes esforçando-se para colocar-lhe uma mordaça, enquanto outros, atrás dele, puxavam-no pelos cabelos, que eram longos e abundantes. A grande cruz presa a uma longa corrente de prata que ele tinha no peito foi arrancada, e ouvi, no meio das imprecações, o ruído metálico que ela fez ao bater contra o chão. Naquele instante saiu da igreja outro grupo, cujos membros, em sua grande maioria bastante jovens, juntaram-se aos agressores do velho padre para tentar dominá-lo. Produziu-se então um fato extraordinário, a menos que ele deva ser explicado pela falta de jeito e de coordenação dos jovens revolucionários – eu tinha acabado de reconhecer, no meio da confusão, sua braçadeira. O homem, de alta estatura e, como eu já disse, de certa idade, virou-se e conseguiu por um instante libertar-se do controle dos malfeitores que o agarravam e que já começavam a bater-lhe. E foi então que, derrubando as fileiras daqueles que estavam nos degraus inferiores, dentre os quais um caiu de cara no chão, ele fugiu, atravessou num instante o espaço vazio da rua, veio direto até nós e, lançando-se a nossos joelhos, tomando-nos pelas mãos, suplicou que impedíssemos o saque do santuário e sua requisição.

Contudo o grupo de seus perseguidores já havia se fechado à nossa volta, e nós éramos seus prisioneiros. Outra vez o velho sacerdote foi agarrado e, apesar do obstáculo de nossos corpos, derrubado para trás e preso no chão. Sua mão nodosa, de veias saltadas, de pele enrugada, soltou-se da minha. Por um instante suas delicadas pupilas me fixaram. E então braços, pernas e costas nos separaram. Ele foi levado como um animal vencido, mas não submetido. Ossip me tomou com força pelo cotovelo e me obrigou a retomar o passo.

– Não há nada a fazer – soprou-me, mas já nos barravam o caminho.

– O que é que vocês estavam fazendo com aquele homem?

Era preciso fingir, e abrimos imensos olhos surpresos. Mas a questão foi repetida de maneira ameaçadora por um homem de cerca de trinta anos, cuja calvície precoce, expressão autoritária e tez pálida davam a aparência de burocrata.

– Estávamos passando – disse Ossip – quando ele se precipitou contra nós.

– Vocês frequentavam essa igreja?

– Nunca entramos nela, nem me lembro de ter jamais passado por essa rua – continuou Ossip, cuja calma eu admirava.

– Mas vocês conheciam esse homem?

Ossip negou. Os jovens nos circundavam, balançando a cabeça com um ar de dúvida, uns escarneciam, um tirou a faca e fez um gesto de que nos cortaria a cabeça. O olho implacável de seu caudilho calvo não nos deixava. Ficamos encolerizados, afirmando três vezes não conhecer o padre, e só então ele nos deixou passar.

Ossip andava com um passo regular. Eu via de lado suas feições endurecidas, seus lábios fechados. Quanto a mim, uma impressão nova e curiosa ocupava minha alma: parecia que eu sentia meu rosto desde o interior, e eu movimentava seus diferentes músculos, pensando que era isso o que me restava de liberdade, naquela parte do meu corpo que escapava aos olhares cuja ameaça permanecia plantada sobre nossos ombros. Assim, avançávamos sem pressa, evitando esquivar-nos por qualquer viela transversal, seguindo nosso caminho até uma pequena praça onde a rua acabava. E foi então que saímos da vista deles.

O que deveríamos fazer?
– Ora! – respondeu Ossip rudemente. – Vamos à praia.
Retomamos nosso caminho em silêncio. Eu evitava perturbar a sombria meditação em que meu companheiro parecia estar perdido, mas ele começou a falar, como que consigo mesmo, e o desgosto que seus pensamentos lhe traziam dificultava sua fala.
– Todas as épocas – dizia ele – cometeram grandes crimes. Se lembrarmos das abominações de que a humanidade é culpada, cairemos numa profunda depressão. Mas aquilo que está acontecendo hoje, e que vai distinguir essa época entre todas, é que todos esses horrores são cometidos por garotos de quinze anos!
– Não que eles sejam irresponsáveis – retomou Ossip após um momento. – Basta ver o frêmito em suas narinas para compreender que, longe de ser inocentes, eles sabem perfeitamente o que querem. Essa, aliás, é a essência do mal: o contrário de uma ignorância. Não, o que é assustador é a certeza que dita as ações desses imbecizinhos, essa monstruosa ausência de dúvida que leva às piores atrocidades e ao assassinato sem a menor hesitação, sem o menor remorso.
Ossip fez mais uma pausa.
– Tudo isso evidentemente resulta de uma doutrinação sem precedentes e, quaisquer que sejam suas motivações ou

suas próprias ilusões, aqueles que impõem essa ideologia simplista a pessoas incapazes de discuti-la para logo depois chamá-los de "malvados", às custas dos quais eles poderão satisfazer seus piores instintos, esses são os maiores criminosos.

Nós havíamos ultrapassado as muralhas da cidade, mas não era mais o campo que o caminhante encontrava além da antiga cercania. Múltiplos jardinetes, todos ladeados por uma construção sumária, agora formavam como que um novo bairro, onde se acumulava uma população numerosa. Aquilo que servia de abrigo para os animais, de espaço para a guarda de instrumentos, de galinheiro, agora havia se tornado local de moradia. Casebres mais ou menos em ruínas foram reformados, seus buracos foram tapados, seus telhados foram consertados. Pilhas de ramos cortados, tábuas, pedaços de pano, sem falar da roupa secando, dos utensílios diversos expostos no meio das hortas, das fogueiras em que se prepara a água do chá, ou em que são fritas as sardinhas ao meio-dia, davam àquele conjunto heteróclito e sujo algo de caloroso e de poético, e a cor da vida.

Quem moraria naquelas casas de coelho? Não só, como se poderia supor, todos aqueles que foram para a cidade livrar-se do tédio da vida rural, aqueles fluxos de refugiados em busca de asilo e que se acumularam do lado de fora das fortificações da cidade quando esta revelou-se incapaz de acolhê-los. Viriam também os proprietários daqueles jardins estabelecer-se ali, para que eles não fossem tomados? Afirmando não ter outra moradia, eles acampavam em meio às abóboras e aos feijões. Afinal, hoje em Aliahova a defesa da propriedade passa pela simulação da miséria. Veem-se famílias separarem-se, a mulher guardando a pequena moradia do Transvedro enquanto o homem conserta a casinha do subúrbio, e os filhos vêm e vão de um ao outro para manter as aparências. É que a cada dia um pedaço de terra vai parecendo cada vez mais precioso quando as lojas sucumbem às requisições, quando as mercearias fecham uma depois da outra, e quando a penúria se instala na cidade. Todos começam a compreender que, para sobreviver, será preciso plantar ou criar aquilo que vai comer.

Como passássemos naquela manhã em meio àqueles jardins entregues à vida, ao longo das sebes recém-cortadas e de cercas que pareciam ter sido fincadas há pouco, a transformação de todo aquele subúrbio me impressionou tanto quanto o número de seus habitantes, recém-chegados ou proprietários forçados a ocupar seu próprio terreno. Uma fumaça flutuava sobre cada casinha. Apesar de ser cedo de manhã, havia gente trabalhando em cada horta, em cada pedaço de terra, manuseando-a, regando as árvores, cuidando delas. Por toda parte, e apesar da exiguidade de cada parcela, dos jumentos, das cabras, dos carneiros, dos gansos, dos patos, das galinhas. Todo aquele pequeno mundo se agitava, relinchava, bramia, cacarejava, fugia quando nos aproximávamos. Percorremos uma trilha estreita e úmida entre os espinheiros e as cerejeiras, cujos galhos roçavam nossas bochechas, banhando-as de múltiplas gotas de orvalho, derramando em nossos corações o bálsamo de seu perfume de mel, quando, em meio àquela solidão molhada e feliz, subitamente ouvimos o cantar do galo. Baixei a cabeça e, outra vez, a amargura invadiu minha alma.

Os jardins acabam junto com a argila, uma língua arenosa os sucede, estendendo-se até as dunas e até o mar. Depois do abrigo do arvoredo, é preciso andar a descoberto. Não tínhamos muito medo daquelas vastas extensões áridas porque nelas o perigo é visível de longe, e há tempo de virar-lhe as costas. De qualquer maneira, esses lugares costumam ser os mais desertos. Qual não foi nossa surpresa ao perceber, como manchas na imensidão luminosa, múltiplas silhuetas espalhadas depois do último alinhamento de árvores até o horizonte de areia! Ossip deteve-se e, como um animal de raça, levantou a cabeça: seus olhos se moviam rapidamente, e tive a impressão de ler em seu rosto o jogo de suas deduções enquanto ele considerava, com o rosto enrugado, todos aqueles caminhantes insólitos, dentre os quais alguns iam em pequenos grupos, enquanto muitos iam sós.

– Aquelas pessoas não parecem pertencer a nenhuma organização. Não são assassinos em potencial – acrescentou, rindo.

E retomamos nossa caminhada.

O sol subia no céu, envolvendo-nos com seu calor. O chão, cada vez mais friável, cedia a nossos passos. Uma bruma branca se levantava, ocultando a passagem, apagando algumas referências perdidas naquele deserto de poeira, dissimulando todos aqueles personagenzinhos que caminhavam na mesma direção. Nós íamos no rumo daquele disco ofuscante que se deslocava lentamente sobre a linha invisível do mar, indicando-nos o objeto de nossa angústia.

Ficou cada vez mais difícil para nós ir adiante. Havíamos entrado na zona das dunas e vencíamos uma após a outra como ondas imóveis e escaldantes. Enfim chegamos a uma crista mais elevada, que tive a impressão de reconhecer. O vento do mar nos chicoteava o rosto. Ele cessou de repente, dissipando a bruma viscosa que colava na pele. Havia retalhos de algodão voando por toda parte; através das chanfraduras, cada vez mais numerosas, descobria-se o grande traço louro da praia, o mar que se animava e se coloria. Risadas corriam em sua superfície, a margem começou a frufrulhar e, levado pela brisa, seu murmúrio chegou até nós. Os últimos trapos brancos desfiados dispersaram-se como que pelo toque de um mágico, a imensa paisagem nos apareceu por inteiro, e foi necessário render-se às evidências: havia gente por toda parte.

 Bem perto de nós, aos nossos pés, uma família subia até o cume onde estávamos. Um homem de meia-idade, uma senhora corpulenta cujo vestido de veludo tornava sua presença ainda mais insólita em meio ao feno-das-areias, duas crianças, grandes, pálidas e tristes aproximavam-se de nós sem nos ver. Chegando à nossa altura, afastaram-se bruscamente, desviando a cabeça, apressando o passo. Uma surda cólera me animava contra aquela cidade cujos habitantes não ousavam olhar para si mesmos. Pensei no velho guarda na esplanada do castelo e, pela terceira vez naquele dia, toda a miséria do mundo abateu-se sobre mim.

 Lembrei de uma anedota tragicômica que Deborah tinha me contado. Ela assistiu, no tempo em que ia à universidade, ao encontro involuntário de dois professores separados pela clivagem e pelo ódio político da cidade. Um deles, tendo visto de longe seu colega na mesma calçada, atravessou a rua para evitá-lo. Mas o outro fez a mesma coisa e, olhando para baixo, quase se chocaram, antes de ir embora depressa, balbuciando algumas palavras confusas.

Era, feitas todas as contas, o mesmo espetáculo que se desenrolava diante de nossos olhos. Um após o outro, pequenos grupos, ou caminhantes isolados, deixavam a praia, voltando lentamente para a cidade. Sua aparência hesitante e sua expressão ausente deixavam claro a que preocupação seu caminhar obedecia.

– Essas pessoas todas – disse Ossip – estão fazendo a mesma coisa que nós. Estão tão surpresas quanto nós de ver tanta gente, elas não parecem ter ido encontrar ninguém.

Enquanto os primeiros a chegar se afastavam, outros continuavam a aparecer, tomando seu lugar na praia e fazendo, com um ar de indiferença, a mesma investigação. Alguns fingiam entrar na água para tomar banho, outros tinham levado linhas, que lançavam com convicção deveras simulada.

– Parece que não há mais nada – disse eu.
– Vamos ter certeza.

Então seguimos pela margem, encontrando apenas aqueles que, como nós, estavam à procura. Num momento, Ossip entrou na água: ele achou que tinha visto uma sombra submersa, mas eram algas. Perto dali, uma mulher emergia em meio aos gritos de um bebê, mas um pouco além um homem mergulhava diversas vezes.

Íamos voltar quando vimos, a cem metros, diversas pessoas imóveis, aparentemente ocupadas em examinar o chão. Como nos aproximássemos, elas foram embora. Naquele lugar tinham sido abertas profundas trilhas. Elas descreviam um círculo e se dividiam, como se uma charrete tivesse ido até ali, e depois tivesse dado meia-volta. As pistas iam para o leste. Nós as seguimos muito tempo. Diversos grupos iam antes, outros voltavam, e nós nos cruzávamos sem dizer uma palavra.

Chegamos enfim ao lugar onde todos paravam: deixando a margem, as pistas curvavam-se bruscamente para ir na direção da terra. Era possível segui-las com o olhar. Sem dúvida não fomos os únicos a perceber uma última anomalia: em vez de contornar os montículos de areia e de se perder atrás deles, as trilhas os subiam em linha reta, como tivesse havido o desejo de deixá-las mais claras e visíveis de longe.

As pessoas observavam, se afastavam alguns passos, falavam a meia-voz e voltavam.

– Ou isso é uma pista falsa – disse eu a Ossip –, ou é impossível segui-la, a menos que se esteja em grande número.

– Estou pressentindo alguma encenação – respondeu ele. – Aquilo que também caracteriza nossa época é que os assassinos não escondem mais seus crimes, porque deles esperam um efeito psicológico muito mais considerável do que seu resultado material imediato.

– De todo modo, é difícil imaginar uma charrete levando tantos cadáveres. Foi a corrente que deve tê-los levado de volta para o mar. Eles se limitaram a colocar de volta na água os que tinham encalhado.

– Há um ponto, você sabe, em que os relatos dos pescadores divergem: segundo uns só havia, se é que ouso dizê-lo, uns três ou quatro afogados na margem; segundo outros, eram dezenas.

– Em todo caso – disse eu a Ossip –, não fomos nós que inventamos todos esses mortos. Refizemos então nossos passos, indo na direção da cidade assim que foi possível. O sol estava no zênite, a brisa era fraca, a caminhada na areia ia ficando opressiva. Eu franzia os olhos para me defender da luz, que parecia fundir-se às dunas ofuscantes. Era como se a substância do meu ser corresse para fora de mim para unir-se à incandescência do chão, àquela imensidão de poeira sem limite e sem forma. Eu caminhava num sonho, às vezes titubeante. O desgosto e a tristeza daquele dia me deixavam prestes a desfalecer. Enfim a linha das árvores apareceu no horizonte da planície cegante. Os grandes álamos, salgueiros, choupos, os finos ciprestes, os troncos das aveleiras nos ofereciam o véu de sua sombra e logo o asilo de seu frescor. Retomei consciência de mim mesmo e formulei em voz alta e clara a questão que me havia obcecado durante nossa errância por aquele ar em brasa:

– Não seria possível reunir toda aquela gente de bem? Agora há pouco na praia quase gritei – confessei a Ossip –, indo de um grupo a outro, para dizer que não tínhamos o direito de permanecer passivos e que era preciso que nos organizássemos para nos defender.

Ossip colocou a mão no meu ombro.

– Logo voltaremos a falar disso – disse ele com delicadeza.

*

A força de Ossip me deixou admirado durante aqueles dias tão escassos em que me foi dado viver na luz de sua amizade. Mal tínhamos voltado a nosso palácio deserto, bastou um sinal de Nadejda para que eu caísse num divã, fechando os olhos, deixando o suor esfriar em minhas têmporas, e Ossip já estava de saída.

– Preparamos uma agradável surpresa para esta noite – disse ele ao deixar-nos, e, com a mão, fez-me um sinal.

Recusei a comida que Nadejda me oferecia. O frescor, o silêncio, a penumbra da vasta moradia, a terna simpatia de Nadejda, outra vez perceptível, as silhuetas familiares das estátuas, os personagens dos quadros, realizando para sempre o ato de seu destino, congelados no mesmo gesto de amor ou de orgulho, vestidos com as mesmas roupas de ricos tecidos, a quente tonalidade dos revestimentos de madeira, sobre os quais, destilado pela sábia alquimia das taças de tons em *dégradé*, brincava o mesmo reflexo dourado, tudo aquilo que aqui exprimia o resultado do trabalho paciente da sensibilidade, uma intenção do espírito, operava em mim o retorno do meu ser a mim mesmo e, como a água depois que a terra repousa no fundo após ficar por cima um instante, minha vida, entregue à sua transparência, não era mais do que o lento escorrer da hora e seu leve frufrulhar.

– Então – disse Nadejda –, os cadáveres evaporaram!

Ela veio sentar-se perto de mim, e sua presença fazia tanto bem, e estava tão intimamente ligada à da sombra, que a notei não por entreabrir meus olhos que, exausto, eu deixava o tempo quase todo fechados, mas por algum fluido semelhante àquele que emanava do personagem sagrado entronado atrás de mim em sua cátedra de mármore, ou do anjo que revelava às mulheres a vitória da vida.

– Acho – continuou Nadejda – que entramos num período muito particular: o período do olvido. Numa cidade em que todos os dias se comete algum crime, alguma ação ignominiosa com um inocente, onde se procede, de maneira clandestina e já sistemática, ao extermínio dos indesejáveis, ter memória é algo vivamente desaconselhado. Aquele que tiver sido testemunha de uma dessas execuções sumárias, que acontecem de preferência extramuros, quando a noite cai, fará muito bem em não ser ele mesmo visto quando vê, ouve ou fareja aquilo que se passa. Ele logo iria se juntar na mesma fossa aos infelizes cujo massacre cometeu o erro de assistir. E então, qualquer que seja o meio escolhido, sumir com um corpo, mesmo que ele tenha a presunção de voltar à superfície, é coisa fácil. Veja só, a praia estava vazia. Falamos dos afogados do Tenabro, mas quem vai se preocupar com eles daqui a um mês, daqui a um ano? Quem vai pensar neles uma única vez que seja? E como pensar, quando ninguém vai saber, quando ninguém sabe, nem mesmo os carrascos, o nome daqueles que partiram à deriva, marcados com o infame sinal? E se existir em algum lugar um catálogo das vítimas, pode ter certeza de que um incêndio ali vai acontecer para reduzir a cinzas o último vestígio de sua existência.

    Ossip disse que uma das razões do horror que se tem hoje pela religião é a solicitude que ela demonstra em relação aos mortos. Não é melhor esquecê-los quando muitos deles são assassinados? E mesmo aqueles que morreram de morte natural, por que sobrecarregar a alma com sua inútil memória? Eles não são mais nada além de uma ilusão da nossa consciência.

Afinal, o que existe para além da luz desse dia claro e de todas as coisas positivas, bem visíveis, que bastarão para o uso de nossas energias, se quisermos aperfeiçoar sua organização e entrar no caminho do progresso? Preocupar-se com os mortos, rezar por eles, como ainda farão algumas velhas beatas nas igrejas com velas apagadas, é ocupar-se do nada!

E, no mais, esses mortos, hoje, não são mais simples mortos. O que desaparece com eles, aquilo que tem de desaparecer, é tudo aquilo em que eles acreditavam, aquilo que deu forma ao curso dos seus dias, os valores que lhes deram sentido e, por exemplo, esse jeito de parar no meio das ocupações cotidianas, de fazer silêncio no ruído do tempo, de se dar ao trabalho de refletir. Para dar lugar ao futuro que nos é prometido, é tudo isso que é preciso eliminar, a meditação e sua solidão, o cordeiro e sua fidelidade, os livros sacros, tudo aquilo que ensina ao homem o respeito a si próprio e que faz dele, a seus próprios olhos, algo infinito, o único objeto digno de sua preocupação.

Ossip acredita numa continuidade, ele acha que uma cadeia ininterrupta de pessoas, de instituições, de obras nos transmite a verdade, que ela nasceu num certo lugar, numa certa época, que ela está ligada a certas terras, que ela chega a nós por certos caminhos, por certas cidades, que, elaborada ao longo das eras, ela hoje se apresenta de tal maneira que podemos compreendê-la e viver dela, e que, se essa cadeia for quebrada, se os elementos que a constituem forem destruídos, é a verdade mesma que será perdida para sempre!

Nadejda riu. Ergui-me sobre o divã. Acima dos lábios bem desenhados, as maças do rosto se animavam, dando à face que me considerava com grandes olhos abertos o frescor feliz e o encanto acabado das mulheres maduras.

– E eis – dizia ela – como se explica nossa grande obsessão: a memória! Você sabe do que Ossip se ocupa há alguns meses? Ele corre pela cidade, em cada bairro algum conhecido lhe dá informações, lhe conta os últimos feitos dos bandos e dos guardas. Ossip anota em sua caderneta os nomes dos desaparecidos. Ao voltar, ele cruza as indicações que conseguiu recolher, e com todas essas lembranças ele tenta escrever um poema sobre aquele que se foi. Diz Ossip que quando a imagem dos rostos dos mortos passa a ser incerta e obscura, eles ficam mais perto de nós, e seu verdadeiro ser fica acessível a nós, ainda que seja só porque nós nos interrogamos a seu respeito, e ele cresce diante de nós como uma possibilidade imensa que nos supera em todas as suas virtualidades, em todos os seus desejos, em todos os seus pensamentos, que para sempre vamos ignorar. Ossip passa algumas noites escrevendo fervorosamente, e quando acordo cedo de manhã, ele já saiu, já foi buscar algum de seus irmãos, cujos vestígios, diz ele, podem sumir se ele não conseguir chegar a tempo e não os colocar em seu registro.

O rosto de Nadejda brilhou com um novo sorriso.

– Essa angústia – continuou ela – é algo que Ossip hoje projeta em si mesmo, quero dizer, ele a projeta nos cadernos a que consigna isso tudo. Ele teme que seus poemas se percam e, com eles, os nomes dos mortos e aquilo que resta deles neste mundo. É por isso que nós os copiamos todo o dia e à noite, fazendo diversos exemplares, distribuindo-os a amigos que os

recopiam também, e os passam adiante por debaixo dos panos. Alguns sabem esses poemas de cor, e os ensinam a seus filhos.
— Mas sobretudo não creio que haja aí qualquer vaidade de autor. Ossip reporta em seus folhetos as últimas informações recolhidas na cidade. O esforço que ele faz para costurar esses retalhos de existência dispersa o deixa esgotado, e ele se desespera quando não consegue atingir seu objetivo.
— É como isso que você vê aqui — e com um movimento da cabeça Nadejda indicou o salão. — Não somos colecionadores, nenhum desses objetos nos pertence. Foi o amigo de Ossip, o curador, quem os confiou a nós. Ele faz como nós, espalha seus tesouros na esperança de salvar alguns. E foi assim que nós os acolhemos, como um depósito cuja guarda possuímos e que teremos de transmitir àqueles que, por sua vez, serão capazes de perceber seu sentido e sua beleza. Essa responsabilidade parece aliás oprimir Ossip, que mudou muito há algum tempo. Se antes ele se alegrava com a presença de todas essas obras, com as quais ele tinha uma relação quase sensual, hoje eu sinto que ele está preocupado. Ele imagina o pior: a irrupção de um bando de vadios que chegue para acabar com tudo aquilo que possuímos.
— É por isso, permita-me dizer-lhe, Sahli, que fico feliz com sua chegada. Vejo Ossip voltando a ser como sempre foi, você lhe devolveu a coragem.

O dia acabava. Na penumbra, o ouro das madeiras, das molduras trabalhadas, dos nimbos que aureolavam a testa dos personagens sagrados vibrava lentamente, acendendo na noite que caía um último brilho. E foi, naquela parada do tempo, como se as coisas, os seres, as cores reencontrassem o caminho que leva até nós e, vergados pelo peso de seu amor, nos dirigissem o sinal da infância. Mas, quando fica furioso, o mundo dos homens não se deixa esquecer tão facilmente. Continuou Nadejda:

– Não pense, Sahli, que somos exatamente como aqueles que combatemos, adeptos do mesmo maniqueísmo sumário, dividindo o universo entre bons e maus. Nós também temos de fazer um *mea culpa* em relação a tudo isso que está acontecendo hoje. Essa destruição dos valores que abole os fundamentos mesmos da civilização, que suprime toda relação humana para colocar em seu lugar a força e a provocação, que nos faz julgar que a quantidade de todos aqueles que não pensam e não vivem como nós seja desprezível, nós somos também responsáveis por ela, Ossip e eu. Se, com nossa geração, nós todos zombamos de Deus, da moral, do casamento, de tudo aquilo em que nossos pais acreditavam, não foi somente para assustá-los. Há na juventude um sentimento de exaltação do próprio poder, e era para dar mostras de sua infinitude que afirmamos rejeitar tudo aquilo que está acabado, congelado em seu estado, e que nos parecia semelhante à morte. Nós não sabíamos que por meio daqueles caminhos já seguidos pelos homens, naquelas instituições onde víamos apenas preconceitos sociais e tabus, a vida tinha obedecido a prescrições imperiosas guardadas no mais profundo dela mesma, a uma vontade de moderação sem a qual ela não poderia subsistir por muito tempo. Fascinados pelos abismos que nossa liberdade abria diante de nós, só pensávamos em gozá-los plenamente. Não é emocionante sair sem saber onde estaríamos à noite, ficar falando até o sol raiar com desconhecidos que abriam todo o seu coração ainda que você nunca mais fosse vê-los, esquecer de manhã o que tinha acontecido no dia anterior, recomeçar cada dia como se fosse um dia novo, esgotar todas as possibilidades e deixá-las como carcaças vazias no trajeto de um grande fogo purificador? Sim, nós queríamos todos arder, e nada mais ser do que a chama que se alimenta daquilo que devora.

– O fato é que essa existência inebriante estava à minha espreita. Vou fazer uma confidência a você, Sahli. Ossip, como não podia deixar de acontecer, encontrou uma outra mulher. Os homens, como você sabe, são burros, basta um movimento de quadril para que eles queiram se deitar com você. No que diz respeito a minha feliz rival, estou sendo injusta, é verdade. Ela é lindíssima, educada, interessantíssima. Ela aparecia com cada vez mais frequência, com o pretexto de levar Ossip a alguma reunião em que haveria muitíssima gente que valeria a pena conhecer, críticos literários que poderiam interessar-se por sua poesia e divulgá-lo! E lá iam os dois, dando-me um tchauzinho um tanto constrangido. Ossip voltava em horários impossíveis, até que um dia finalmente não voltou. Só passou de relance para pegar a roupa que eu, feito uma imbecil, continuava lavando. O que os partidários dessa famosa liberdade sexual esquecem é que em geral só um dos parceiros a reivindica, enquanto o outro só se afunda.

– Eu vivia estupidificada, num mundo obscuro. Uma luz estranha, a mesma durante o dia e durante a noite, lançava seu brilho sinistro sobre os objetos privados de sentido. O tempo não se movia, uma substância sólida e pesada como o mar me separava de um horizonte do qual eu não me aproximava. O que fazer? Correr pela rua, oferecer-me ao primeiro que chegasse? Até isso era impossível. Basta deixar alguém para perceber que os outros também não são nada. E eu sabia muito bem que, ao sair de cada quarto, eu só teria encontrado diante de mim o mesmo vazio. Em certos momentos a gente percebe muita coisa, e eu percebia tudo isso, eu via o desespero e a degradação, a morte e a loucura. Foi para fugir disso, pelo menos, que durante dias eu me apeguei àquilo que se chama de tarefas servis. Eu me obrigava a preparar refeições, eu mastigava lentamente o pão na minha boca, lembrando-me do conselho de nosso professor de ciências naturais: "Mastiguem bem, vocês vão digerir melhor e terão a inteligência clara!". Porque veja o que é que nos ensinavam!

– Um dia reuni todo o dinheiro de que eu dispunha, fiz as malas e parti. É estranho pensar que um destino às vezes depende de alguns segundos. Quando abri a porta, Ossip estava no patamar da escada. Vou poupá-lo da cena que se seguiu. Eu queria ir embora de vez, Ossip não me interessava mais, era um estranho que estava ali na minha frente. Mas, mais forte do que eu, ele arrancou a mala da minha mão. Apesar da minha cólera, me dei conta do ridículo daquela explicação na escada, e foi o medo dos vizinhos que me fez seguir Ossip até o interior do apartamento.

– Na confusão das semanas que se seguiram, ficou claro que Ossip havia acabado com sua aventura, mas foi a razão do rompimento que fez com que eu ficasse e que, outra vez, tudo fosse possível. Se finalmente Ossip tinha largado sua amiguinha, apesar de sua beleza, de seus relacionamentos, de seus vestidos, foi, acho, porque ele não tinha encontrado nela nenhuma ideia profundamente enraizada, que se confundisse com sua vida, e da qual ele poderia ter deduzido o conjunto de seus sentimentos e de suas reações. Porque, no fim das contas, isso é que é ser alguém, explicar-se inteiro a partir de um princípio, de uma certa visão mais ampla, de um desejo a que todo o resto fica subordinado, e era precisamente isso que ela não era. Pelo contrário, no começo, quando a frieza passou, e depois, quando também passou o ressentimento, o que demorou, eu percebi que Ossip nunca deixou de ter outro guia além daquele interesse superior que ele chamava de poesia e que se confundia com o gume cada vez mais afiado de um olhar que queria penetrar no fundo de cada coisa e de si mesmo.

– Tive outra prova disso quando, pouco tempo depois dessa aventura, abalado talvez por ela e pela minha falta de dedicação para consolá-lo, Ossip entrou numa fase de dúvida, daquela dúvida que é a mais terrível para um escritor, porque diz respeito à sua própria obra. Após o sucesso que seus primeiros poemas tinham obtido, Ossip não conseguia mais medir o isolamento cada vez maior em que vivia. Ninguém mais se interessava pelo que ele fazia, aquilo que os outros faziam não lhe interessava. É preciso dizer que uma literatura singular, tributária da atualidade política, do escândalo e das modas era então a delícia de um público que sem dúvida procurava, naqueles divertimentos mais ou menos escabrosos, fugir ao vazio de seu espírito e de seu coração.

– Foi então que Ossip se tornou ele mesmo. Ele, o solitário, o inadaptado, aquele que ia contra a corrente, que evitava os caminhos pelos quais corria a ruidosa turba dos fabricantes do futuro e dos mercadores da felicidade, era ele que tinha razão. E ele compreendeu de uma vez qual era a necessidade inelutável que o fazia ser assim, por que ele tinha de aventurar-se sozinho, cada vez mais distanciado da *intelligentsia* política que julgava tudo e que agora pretendia ditar seu modo de vida ou de morte aos indivíduos, e por que, mantendo-se assim, à distância, ele se abria àquilo que importa e que nos serve de fundamento. Afinal, foi precisamente no momento em que Ossip descobriu o indivíduo e o conjunto dos valores que são apenas a formulação de sua essência intangível, aquilo que as religiões chamam de sua eternidade, que ele no mesmo ato enxergou essa época na luz trágica de sua nulidade. Toda a inquietude que ele tinha sentido em função de seu isolamento transformou-se na força de uma certeza inabalável, a certeza de sua própria existência. Aquele que tira seu saber de si próprio, dizia ele, sempre sabe o que é, e, assim como os pássaros da noite, enxerga ao longe. Eu acho – continuou Nadejda – que foi a dupla provação que ele tinha acabado de enfrentar, isto é, de um lado a ruptura com sua época e de outro a ameaça do colapso do nosso relacionamento, que deu forma à sua concepção do indivíduo como base e única origem concebível de todos os seus pensamentos e de todos os seus atos. Um indivíduo assim, que para Ossip tem no poeta seu símbolo, só pode ser um elemento de perturbação, uma vez que, em vez de aceitar os lugares-comuns que a sociedade tenta inculcar-lhe, ele se vale das ideias que vêm dele mesmo e daquilo que ele sente. Ossip não gosta muito das crianças que são a réplica de seu ambiente, ele só considera adulto, no limite, quem é poeta. Assim se explica, por exemplo, o método de leitura que ele preconiza e que consiste, na presença de uma obra, a referir cada proposição, cada enunciado à experiência pessoal e àquilo que eles podem significar para ela. É isso o que ele chama de rememoração, que não tem por objetivo voltar a um passado estéril e morto, mas mergulhar em si mesmo para atualizar as possibilidades mais profundas de nosso ser, que segundo as circunstâncias darão sentido à palavra ouvida. É consciente dessa verdade que Ossip se opõe a seu tempo; ele diz que basta pegar o contrário de qualquer ponto da retórica contemporânea para formular uma proposição inteligente. Ele dava gargalhadas, outro dia, ao ler uma passagem de Duerf que explicava o prazer da escrita pelo fato de que a tinta que corre da pena simboliza a ejaculação! Se, dizia ele, esse cretino tivesse a menor ideia do que é o ato de escrever, dessa ponte lançada pela expressão comunicável sobre o abismo do desaparecimento sensível, ele não teria confundido a dolorosa torrente de nossa existência com umas gotinhas que caem da ponta do seu pinto!

Nadejda se levantou:

– Desculpe – disse ela –, tenho coisas a fazer. E para que você não fique surpreso demais, saiba que hoje à noite celebraremos, com você e com Deborah, o aniversário do nosso casamento. Finalmente Ossip e eu nos casamos, pouco tempo depois de sua conversão.

Ainda vou me lembrar por muito tempo de minha conversa com Nadejda. Havia naquela mulher a capacidade para ir direto ao essencial, e, quando ela falava daquilo que não se confessa praticamente a ninguém, uma tal simplicidade, uma naturalidade tão grande, que fiquei profundamente perturbado. De onde vinha essa facilidade?, eu me perguntava. Eu a via em tudo que ela fazia, na leveza irreal de seu caminhar, na inacreditável rapidez com que ela colocava a mesa e lhe dava o prato que lhe havia oferecido um instante antes, na luz do olhar acinzentado onde eu queria ter lido o reflexo do mundo. Não é por acaso que os seres se encontram. Não é o trajeto que eles seguem no espaço que faz com que eles se reúnam, mas sobretudo aquilo que eles fizeram dentro de si mesmos, e é por isso que seu encontro pode acontecer num lugar que não na Terra, no fundo do espírito que conhece. Foi a semelhança com Denis que me fez dar a Ossip, desde o primeiro momento em que o vi, minha amizade completa. E essa semelhança não era sob nenhum aspecto a do corpo, porque a grande estatura de Ossip, que eu representava para mim mesmo, não sei por quê, sempre de frente – talvez porque, nas pinturas de Piero, a frontalidade seja o sinal da força –, para mim não podia confundir-se com a frágil silhueta de Denis, cujo sorriso leve, cujo rosto ternamente irônico me apareciam de perfil. Mas havia num e noutro um mesmo jeito de abordar o mundo ao mesmo tempo que permaneciam eles mesmos, de perceber tudo dentro de uma claridade que irradiava de seu próprio olhar, e, curiosamente, a imagem que me trazia a lembrança de Denis se impôs a meu espírito desde meu primeiro encontro com Ossip: era a da proa de um grande navio vencendo a onda, espalhando a pesada massa escura em uma poeira luminosa de sal e de espuma, onde eu via um arco-íris.

E eu julgava compreender aquilo que Nadejda tinha tentado me explicar quando associou sua história à do nosso tempo. Porque, no fundo, pensava eu, aquelas duas histórias eram a mesma, e a desolação de uma época é idêntica à devastação dos corações. Quando eles reconheceram, no fundo de si mesmos, a mesma força sem limite que nos dá nosso ser, Ossip e Nadejda puderam voltar um para o outro, afastando-se de uma sociedade à deriva, ou de uma mulher que não era mais do que o produto dela.

Muitos anos se passaram, e o furor assassino da cidade separou aqueles que se amavam. Mas ainda revejo, animando-se na sombra, aos reflexos das tochas, o teognosto que, por causa de uma brincadeira de Ossip, para mim ficou para sempre associado à imagem do poeta. Então a amarga tepidez das lágrimas cobre meus olhos, meu coração aperta, e sinto em mim a certeza de sua presença. Sim, é possível estar longíssimo de tudo aquilo que está à volta, bem perto daquilo que não existe mais – assim é o estranho espaço do universo espiritual! Sim, é possível tornar-se contemporâneo daqueles que nos deixaram há muito tempo. Ossip, meu irmão que não voltarei a ver, amo você para além do tempo e para além da morte!

★

Ossip entrou, com os braços carregados de pacotes. As exclamações das mulheres o acompanharam e percebi que Deborah estava presente. Mas ela se esquivou por trás de Nadejda, que me pediu para emprestar-lhe meu quarto por um momento. Ossip colocou os pacotes na mesa e vi, considerando as provisões ali dispostas, que ele não tinha esquecido o vinho.

– É o do seu vendedor – disse-me. – Acho que essa é a última vez que vamos beber vinho de lava em Aliahova.

De um pacote escaparam longas velas de cera amarela que tinham cheiro de mel, e ajudei Ossip a fixá-las num candelabro de sete braços que ele colocou sobre a mesa.

– Faça-se a luz! – disse Ossip, que queria iluminar a sala inteira.

Demos a volta nela, acendendo no caminho duas girândolas cujo fervor lírico eu admirava, uma tocheira de bronze grudada à parede, e alguns castiçais destinados a assinalar para nós, quando tivéssemos bebido demais, o lugar dos cinzeiros. Afinal, Ossip também tinha trazido charutos "com cheiro tão bom quanto o dos círios" e cigarros orientais para as mulheres!

E então, como toda noite, mas com infinitas precauções, pregamos nas janelas os panos de tecido negro que Nadejda havia cortado em sua dimensão, a fim de esconder a quem estivesse de fora os reflexos de nossa vida noturna.

Então Ossip acendeu as tochas, múltiplas chamas surgiram, a sala bruxuleou na luz, outra vez oferecendo-nos seus tesouros.

Nadejda e Deborah entraram de mãos dadas. Elas estavam com longos vestidos de brocado e colares brilhando nos pescoços. Suas têmporas estavam maquiadas, seus olhos imensos traziam as pálpebras azuladas, suas bocas tinham cor escarlate, as pedras brilhavam em seus dedos brancos, suas sandálias douradas faziam empalidecer na parede a vivacidade dos coloridos góticos.

Nós as levamos a seus lugares. Vi, a meu lado, numa mesa baixa, a disposição do jantar. Entre romãs e limões, em meio ao veludo dos cremes, um peixe de carne rosada compunha na sombra uma silenciosa natureza morta.

Ossip partiu o pão e nos deu os pedaços. Verteu em nossos copos o vinho negro. Logo estendíamos a mão para beber à felicidade da vida, ao amor que não acaba! Logo no rosto brilhante se entreabriam os lábios de nossos companheiros.

A incidência da claridade sobre a parede de carvalho que se achava diante de mim mudava progressivamente. Eu procurava na sala qual fonte de luz poderia estar mudando de lugar. Os candelabros estavam no lugar, e só tremiam, abaixo deles, as chamas das velas.

Encarei outra vez a divisória. Ao lado do teognosto, um painel de madeira se afastava da parede. Lenta e inexoravelmente os dois batentes de uma porta presa ao revestimento, e que eu julgava condenada, iam se abrindo. Eu olhava estupefato a brecha que se alargava a cada instante. Meus companheiros fizeram silêncio. O olhar deles agora seguia o meu. Pelo vão da porta comprimia-se um grupo de homens e de mulheres, e havia também com eles algumas crianças. Eles nos encaravam em silêncio, com a mesma surpresa, ao que parece, com que nós também os contemplávamos. A maior parte daqueles espectadores imprevistos estava além da luz que saía da sala, e eu só via na sombra a perspectiva de seus rostos e de suas cabeleiras escondendo-se uma à outra. Em primeiro plano, de rosto lívido, coberto por uma mecha ruiva, bastante corpulento para sua modesta altura, um homem bamboleava, agitando suas mãos rechonchudas, franzindo seus olhinhos cruéis. Era visivelmente o único que sabia o que ia acontecer, e concentrei minha atenção nele, subitamente lembrando que meu punhal estava no meu quarto.

Destacando-se da massa escura que o escoltava, o homem avançou em nossa direção e, dando uma volta em torno de si mesmo como se esboçasse um passo de dança, levantando os braços, veio plantar-se na extremidade de nossa mesa.

– Eh! Eh! Parece que estamos forrando a barriga!

Curvando-se, ele dirigia o nariz para cada prato.

– Mas aqui tem comida para um esquadrão de revolucionários! Estou vendo que, caramba, ninguém tem a intenção de morrer de fome aqui!

Ouvi a voz de Ossip.

– Estamos festejando um aniversário.

O homem recuou um passo, fez outra pirueta, fechou os olhos um momento e reabriu-os.

– Festejando um aniversário! Mas que coisa boa, isso é muito bom! Nós defendemos os aniversários, as festas, a alegria... de todos! De todos, camaradas.

E, dirigindo-se a Ossip, ergueu o indicador.

– E, falando em aniversário – tornou a dizer com a voz mudada –, permito-me perguntar, será que é o aniversário da sua adesão ao movimento revolucionário, camarada?

Algumas risadas contidas, zombeteiras e tímidas nos recordaram da presença do pequeno grupo que não tinha passado da soleira. Parecia-me, vendo as roupas asseadas e de cores apagadas, que se tratava de pessoas de um meio bastante modesto. O que impressionava era sobretudo sua falta de segurança, seu olhar fugidio. Nos traços indecisos, os sorrisos já se tinham congelado, dando lugar ao incômodo. Os últimos cochichos tinham-se calado quando se elevou a voz de Ossip, sempre calma:

– É o aniversário do meu casamento.

– Mas que bom, que coisa boa tudo isso, muito bom! Nós também, nós defendemos o casamento. Veja só – voltando-se com um gesto largo para aqueles que estavam atrás –, eles são casados, eles também! Como você, como eu. Só tem uma coisa: eles não têm onde morar.

Houve um longo silêncio. A crepitação das velas tornou-se perceptível, e eu seguia com os olhos o brilho enganador de seu reflexo no rosto impassível das mulheres.

E depois o homenzinho voltou a mover-se, percorrendo a sala com passos largos, as mãos nos bolsos, o rosto franzido, o ar preocupado. Enfim voltou para perto de nós sem pressa, os braços, que ele balançava com evidente prazer, esboçaram um sinal de impotência, e, dirigindo-se a Ossip com o tom neutro de um homem de negócios:

– Só vejo uma solução – disse ele lentamente –; é vocês dividirem este palácio com essa gente humilde.

E como não obtivesse resposta:

– Você tem outra ideia?

– Este apartamento – replicou Ossip –, aliás, este palácio, não nos pertence. Nós chegamos aqui por acaso. O proprietário de nossa moradia anterior tomou-a para o uso de seu filho, o que era seu direito, aparentemente, naquele momento. Não tendo encontrado nada mais, acabamos nos instalando aqui, sem perguntar nada a ninguém, devo reconhecer.

– Mas vocês fizeram bem! Fizeram muito bem!

Ossip tinha o ar reconfortado pela aprovação daquele personagem que eu tentava situar na hierarquia dos novos senhores da cidade.

– E então – continuou o homem –, vocês que estavam na rua... não ouso dizer na penúria..., você quer, como eu, que toda essa gente honesta aqui presente saia das dificuldades?

– Certamente – disse Ossip.

– Bravo! – disse o homem. – Você entende rápido. Estou vendo que você é inteligente.

Outra vez ouvimos risos na antecâmara, mas, sem dar atenção a seu sucesso, nosso mestre de jogo continuou:

– Perfeito! Está tudo certo. E agora não percamos tempo! Ei, vocês! O que é que vocês estão fazendo aí fora feito mendigos? Entrem! Vocês estão em casa, pelo amor de Deus!

Após uma ligeira hesitação, um a um, lançando em torno de si olhares admirados, os futuros ocupantes daquele lugar, primeiro os homens, depois as mulheres, empurrando diante de si seus filhos aturdidos, penetraram no vasto salão que resplandecia em todas as suas chamas.

Ossip levantou-se, o lento cortejo que avançou parou de repente, o homem deu meia-volta e, com sua máscara de ator subitamente congelada, veio plantar-se diante de Ossip.

– Estou plenamente de acordo – disse Ossip – que todos têm direito a uma habitação. Esta moradia é grande, mas, veja

bem, tirando um quarto que é ocupado por meu amigo, ela se compõe de um único cômodo. Nessas condições, temo que muitos casais vivam juntos... enfim, no mesmo quarto, não fosse por uma questão de... decência, de dignidade para cada um de nós. Desculpem-nos – Ossip continuava a pontuar seu discurso com pausas calculadas –, obviamente pertencemos a uma geração que já não é tão jovem, nós temos... hábitos, preconceitos talvez...
– Mas não! Mas não! Vocês têm toda razão! Nós também, nós defendemos a decência, a dignidade. Vocês vão ver, nós pensamos em tudo! Ei, vocês! – E com o dedo ele apontou dois grandalhões que, como reparei, eram os primeiros e muitas vezes os únicos a aplaudir as caretas de seu chefe. – E vocês também, seu bando de vagabundos – ele se voltou para o resto do bando –, será que vocês acham que a revolução é feita de braços cruzados, olhando as pessoas falando? Venham para baixo! Tragam as cordas, os pregos, as lonas, e tudo que é preciso para instalar tudo isso. E rápido!... Não, você não! – com o braço, ele reteve uma mulher que se preparava para ir atrás do marido.

Em poucos segundos, todos os homens foram para baixo, enquanto nós ficamos ali, silenciosos, perplexos, enquanto os recém-chegados davam uma olhada de viés em Nadejda e em Deborah, ou em seus vestidos, aterrorizando com um gesto seus rebentos, para que ficassem quietos.

Aproximando-se de nosso histrião em chefe, que havia mergulhado numa meditação solitária, Ossip fez uma última tentativa:

– Será que o senhor me permite fazer uma sugestão? Este palácio é imenso, ele tem inúmeros cômodos, que podem servir a todos.
– É claro! Mas é claro, meu senhor! Estou entendendo, estou captando. O senhor gostaria de preservar o seu conforto. E eu, eu também, eu gostaria que isso fosse possível! Os outros cômodos deste palácio? Imagine o senhor que eu já pensei neles! Eu conheço todos eles, já os contei, já os medi, eu venho aqui sempre. Pelo menos isso o senhor tem de admitir, acho que não incomodei muito o senhor, eu sempre fiz silêncio...
O homem, que andava de um lado para outro, parou e calou-se. Voltou a nós um rosto vazio de expressão no qual havia todo o júbilo do mundo.
– Muitos cômodos neste palácio, sim! Mas muita gente na cidade. Vai ser preciso passar um certo aperto! Tudo isso, o senhor sabe, não pode ser decidido ao acaso, nem por acordos pessoais, nem por esqueminhas! Nós fizemos as contas, calculamos o espaço que cabe a cada um. Fique feliz por ainda ter o seu, isso por agora.
Outra vez ele nos considerou, e um brilho saltava em seus olhos.
Mas logo o pequeno bando retornou, nós o ouvimos subir com dificuldade os degraus daquilo que imaginei ser a grande escada de pedra do palácio. Não se dizia palavra, mas golpes surdos, batidas, ruídos de toda espécie, papel e cartolina arrastados e amassados indicavam o transporte e a aproximação de uma carga complexa. Apareceram os homens, uns com vigas, outros com tripés, outros ainda com grandes rolos de

lona bege, e também pequenos cofres com alças de ferro, que se revelaram caixas de ferramentas. O trabalho parecia conhecido daqueles que iam realizá-lo, porque, de pés afastados, e punhos nos quadris, seu chefe se contentava em vê-los fazendo-o. Eles subiam em cavaletes, desenrolavam cordas, desenrolavam as lonas que, a julgar pela textura e pela cor, pareciam velas de navio. Mas o homenzinho não conseguia ficar muito tempo parado no mesmo lugar. Outra vez ele caminhou pela sala, dessa vez contando seus passos cuidadosamente. A cada quatro metros, mais ou menos, ele estalava os dedos, e um dos ajudantes que agora o seguiam fazia um risco de giz no chão de carvalho, enquanto os cavaletes eram colocados contra a parede na altura daquelas marcas. Alguns homens subiram em andaimes e vi-os, aterrorizados, tentando afundar nos revestimentos de madeira e, diante destes, no fino reboco que estava acima das aberturas das janelas, pregos de metal e ganchos.

Assim seria dividido aquele vasto vaso de silêncio e de luz: em tantas parcelas quanto fossem necessárias para abrigar os recém-chegados, cujos filhos já se agitavam. Por acaso, uma das divisões previstas ficava bem no meio do quadro de que eu gostava. Logo um dos carpinteiros improvisados ergueu o martelo para enviar uma imensa tacha no lugar que tinha acabado de marcar com uma cruz branca, na testa do teognosto. Ossip e eu gritamos ao mesmo tempo, precipitando-nos para impedir o ato criminoso. O homem ficou com a mão direita erguida, segurando o martelo, cuja cabeça oscilava perigosamente.

– E então? – perguntou ele, com um meneio interrogativo dirigido a seu chefe, que estava vindo.

Explicada a disputa, ele levantou os olhos para ver se tinha alguma opinião.

– O que é que isso representa?

– Não importa – dissemos –, a obra é magnífica. Além disso – acrescentou Ossip –, se ficar presa no quadro, a tacha não vai ter resistência nenhuma, a moldura atrás não tem espessura suficiente, ela vai cair da parede com a pressão da corda.

– Tá! Mas o prego tem de ficar nesse lugar. Vamos, tire isso daí, e vocês ajudem também – voltando-se para nós. – E depois, olha, vocês vão colocar ele ali – e indicou a primeira subdivisão ainda imaginária da sala –, no seu quarto – disse ele, dirigindo-se a Ossip –, já que você gosta de obras de arte.

Apressamo-nos em obedecer, cortando com grossas tesouras que nos deram os fios de ferro encabrestado que fixavam na parede o espesso painel cujo peso nos surpreendeu. Com uma emoção indizível, peguei a madeira dourada, cujo grão roçou minha palma como um carinho. E me lembrei subitamente das mais antigas doutrinas das quais ri até aquele momento, que afirmavam que as representações sagradas são sagradas em si mesmas, em sua materialidade, que a substância de que elas são feitas participa da natureza divina do que está pintado nelas. Interrompendo seu trabalho, os outros fizeram um círculo à nossa volta. Descemos com cuidado a maciça moldura diante de suas caras zombeteiras e fomos colocá-la contra a divisória, no local indicado.

Afastei-me, com a intenção de juntar-me a Deborah, que, ao lado de Nadejda, tinha ficado sentada à mesa prometida ao festim do amor, quando alguém me deu um tapinha nos ombros.

– Como você tem cara de quem sabe fazer alguma coisa – disse-me o homenzinho –, venha aqui então ajudar o pessoal a levar as coisas para cima.

Diante do palácio, ao longo da calçada, uma fila de carros estava parada. Os animais, deixados nos varais, estavam imóveis. Inconscientes do esplendor da noite, eles pareciam confundir-se com o tempo que passava. Denis dizia que os animais são neurastênicos, que eles ficam entediados além do que é possível, e que, se eles aceitam os incômodos por que os homens os fazem passar, é porque sua presença pelo menos os tira daquele tédio insuportável. Como eu passasse ao longo da parelha e às vezes meu cotovelo roçasse o lombo de uma mula ou de um jumento silencioso, eu via seus olhos, um pouquinho mais expressivos do que os de um peixe. Como se pode ver quando há tanta indiferença àquilo que se enxerga? Como suportar a existência sem a inteligência? E eu pensava que caminhávamos para a época em que o olhar dos homens tornar-se-ia semelhante àquele que vagamente me encarava através da escuridão.

A noite inteira subimos pacotes, caixas, embrulhos de todos os formatos. Manifestei muito boa vontade, mas tomei cuidado para dissimular minha força. Havia de tudo, mobiliário e utensílios de cozinha, lençóis, botas e até tamancos, roupas e diversas provisões. Enormes sacas redondas estavam cheias de feno, porque alguns dentre aqueles emigrantes de um novo tipo pretendiam manter seus animais. As argolas presas à fachada do palácio, antigamente usadas pelos cavalos dos viajantes e pelos cortejos dos príncipes, teriam nova destinação.

Desci pela trigésima vez os degraus do patamar quando, com uma doçura infinita, uma mão se colocou sobre a minha. Deborah estava a meu lado, e, aproveitando de um instante em que estávamos sozinhos, soprou-me no ouvido um local para nos encontrarmos no dia seguinte. Rocei seus ombros com os lábios e, como se aproximasse mais um grupo de carregadores, ela desapareceu silenciosamente.

Foi preciso, num certo momento, levar para cima um imenso baú velho e, dando-me outro golpe nas costas, aquele a quem todos chamavam de "Comissário" – e que, como então fiquei sabendo, era efetivamente o novo comissário político do bairro – designou-me para a tarefa. O outro carregador era atarracado, um sorriso perpétuo errava em seu rosto matreiro e obtuso. Com dificuldade chegamos ao primeiro andar e, após uma pausa durante a qual ele examinou cuidadosamente o caminho que faltava percorrer, o homem, que ia de costas, bateu numa estátua, fazendo cara de quem não a tinha visto. Era a extremidade do braço que uma virgem estendia para um espectador imaginário, num gesto de solicitude e de bênção. Soltando um xingamento enquanto se virava, o bruto bateu com o ombro na madeira com tanta violência que a estátua quase se partiu, enquanto seu braço caía no chão com um ruído surdo.

Tive um sobressalto, mas o comissário, que decididamente estava por toda parte, intrometeu-se.

– Chega dessa bobajada – disse-me ele.

Com o pé, ele empurrou o braço caído para a parede. Os dois homens deram uma grande risada que soou no ambiente como uma provocação.

Pouco tempo após esse incidente, o comissário reuniu todos à sua volta. Sem elevar a voz, à maneira daqueles que estão cientes de exercer um poder discricionário, ele deu suas instruções. Cada família recebeu um cômodo, isto é, uma porção de espaço delimitada à meia altura por uma corda estendida entre as duas paredes, na qual só faltava pregar uma lona à guisa de divisória. A cozinha, que também seria usada para as abluções, seria utilizada em turnos, e os horários de ocupação nos foram comunicados.

Contemplei uma última vez o amplo espaço onde em tão pouco tempo experimentei tão grandes alegrias. Um lugar desfeito se estendia ali onde ainda reinava, poucas horas antes, a ordem, a disposição harmoniosa, a elegância e, como pude experimentar, a profunda bondade que a beleza invariavelmente dispensa. Os revestimentos em madeira haviam arrebentado quando foram inseridos neles fixações grosseiras, as magníficas placas de carvalho estavam por toda parte fendidas. Na parede oposta, o reboco luminoso que combinava tão belamente com as escuras esquadrias das janelas góticas não tinha recebido melhor tratamento. À violência dos golpes, foram cavadas aberturas na alvenaria, atravessada por múltiplas rachaduras, a tal ponto que era duvidoso que os pregos nela colocados conseguissem manter-se quando as cordas apertassem sob o peso das lonas.

Ao nível do chão o espetáculo era ainda mais aflitivo. O piso, coberto de entulho, de pontas de madeira, de pedaços de papelão e de pano – isso para não falar nada das caixas, das sacas, do sinistro mobiliário que recobria quase toda a superfície da sala. Naquela desordem era preciso um momento para descobrir o mais assustador: quase todas as obras de arte que o curador havia confiado a Ossip tinham sido derrubadas. Um magnífico São Sebastião barroco, em nogueira escura e em tamanho natural, cujos braços levantados, presos a um tronco cortado, desenhavam no ar como que os galhos ensandecidos de uma árvore desgrenhada, cujo rosto magro exprimia com indizível comoção aquela mistura misteriosa de sofrimento e de alegria conferida pelo martírio, oferecendo seu corpo mudo ao golpe das flechas, tinha literalmente voado em pedaços. Seus fragmentos, misturados aos da estátua da virgem, também partida, só se distinguiam dos dela por seu tom mais escuro. Tudo aquilo, empurrado para um canto, formava uma pilha que deveria ser preciosamente guardada, porque, como disse o comissário, ela seria muito necessária para aquecer a moradia quando chegasse o inverno.

Com a garganta apertada, caminhei furtivamente até meu quarto, esperando ao menos encontrar no sono a paz do olvido. Mas ele também tinha sido dividido em dois, até ele. Pendendo de uma corda, o lençol de Nadejda constituía uma separação teórica e, como bem entendi, intencionalmente ilusória. O tecido branco não ia até o chão, e quem se deitasse veria inevitavelmente a outra metade do cômodo. Dois homens já estavam deitados perto da porta, na cama de que já tinham tomado posse. Minhas coisas tinham sido colocadas no canto oposto e, com o coração na boca, tapando-as com meu corpo, apalpei na minha bolsa o estojo mais resistente de meu punhal. Meus companheiros, se é que ouso dizê-lo, eram – percebi no dia seguinte – os ajudantes do comissário. Eu não podia mais entrar nem sair, nem me ocupar do que quer que fosse, sem que meus atos e gestos fossem conhecidos e, sem dúvida, imediatamente reportados. A promiscuidade – com seu corolário infinitamente precioso, a vigilância de todos por todos – tinha-se erigido em sistema e princípio da nova organização social de Aliahova.

*

Das semanas que se seguiram guardei apenas uma lembrança confusa. Como poderia ser diferente, como colocar ordem nos pensamentos quando a existência de cada dia não era mais iluminada por uma necessidade e, obedecendo apenas às preocupações materiais imediatas, desenrolava-se, literalmente, ao nível do chão? Na bela morada entregue a todos aqueles corpos, transformada em acampamento, tornada um receptáculo de odores de cozinha, de suor e de axilas mal lavadas, na atmosfera esfumaçada onde mal se distinguia, espalhadas no próprio chão ou sobre colchões disformes, as silhuetas dos recém-chegados, de homens e de mulheres no mais das vezes desocupados, onde o único elemento vivo era constituído pelos urros das crianças que brincavam de esconde-esconde atrás das tapeçarias, e perseguiam-se o dia todo pelo cômodo, nós só tínhamos uma vontade, um desejo, uma ideia: ir embora.

Essa possibilidade ao menos ainda nos tinha sido deixada, mas nós adivinhávamos seu caráter provisório. Quando nos dirigíamos para a porta – logo adquirimos o hábito de fazê-lo em separado – três ou quatro pares de olhos se colocavam sobre nós, e era preciso responder a um interrogatório mudo: aonde você vai?, o que vai fazer?, por que você sai tanto, e fica fora tanto tempo? você não está bem aqui?, nossa discussão sobre a maneira de preparar a comida não é elevada o suficiente para você?, por acaso você está incomodado?, pode confiar na gente, a gente lhe arruma o que fazer. Diversas vezes, já, o comissário tinha irrompido, cedo de manhã, numa hora em que eu ainda estava presente, e polidamente me ordenara que o seguisse. Tratava-se em geral de alguma daquelas expedições que eram sua especialidade, e que consistiam em instalar famílias que tinham vindo do campo atrás de sua progenitura recrutada por alguma organização revolucionária. E era de fato esse laço de parentesco, o engajamento de seus filhos que, levando os recém-chegados para a clientela do regime, que lhes dava deveres e direitos, dentre os quais o de dispor de uma cabana em um dormitório. Na verdade, aquilo não era bem um direito, e sim um privilégio, e eu não compreendia por que nós mesmos tínhamos sido beneficiados com ele. Afinal, o mais comum era que os antigos ocupantes, mesmo quando não eram os proprietários, fossem jogados na rua, cobertos de insultos, e seus bens fossem jogados pela janela ou confiscados. E enquanto eles eram caçados e, desamparados, lançavam a nós um último olhar suplicante, que era preciso não ver, enquanto o comissário pousava sua mão rechonchuda sobre meus ombros cobertos de suor, dando-me uma boa nota e uma advertência, eu pensava no meu próximo encontro com meus amigos, fora dos muros, longe da cidade, e naquilo que nos permitiria escapar à vergonha.

Nós nos reuníamos no mais das vezes no bairro que fica logo a leste das instalações do porto. Os caminhos que levam para lá são desertos, é fácil esconder-se nos entrepostos danificados e nos galpões arruinados. Todo um sistema de convenções nos oferecia a possibilidade de nos encontrarmos mais tarde, quando um de nós não conseguia liberar-se. O encontro era então adiado em seis horas, e então passado para o dia seguinte. Aquela disposição dizia respeito sobretudo a mim, porque eu era requisitado de maneira imprevisível e cada vez mais frequente a acompanhar o comissário e seus bandos. Nesse caso eu tinha o consolo, quando Nadejda voltava, de ficar sabendo que alguém tinha sentido a minha falta. Mas a brincadeira cedia à bondade, e eu ganhava a coragem de esperar o próximo encontro com Deborah.

Um dia Nadejda acenou para mim e fui ter com ela nas Quatro Fontes, onde ela parecia examinar uma carga de favas e de pimentões, chegada providencialmente. Nós nos afastamos discretamente, caminhando o tempo todo que a conversa durou, falando apenas nos momentos em que estávamos sozinhos.

– Vamos embora – disse-me ela. – Não podemos ficar muito mais tempo onde estamos, e não encontramos nada diferente...

Fiquei em silêncio. O mundo hesitava, os altos muros de pedra que percorríamos erguiam-se ameaçadores, prontos para desabar em cima de mim.

– Não é só essa promiscuidade insuportável – continuou ela –, nem o medo, você sabe. Há algo mais grave: Ossip não pode mais trabalhar, e, quando ele não trabalha, não vive...

– É, aliás, isso que eles querem. Todos aqueles que não forem mortos, presos ou liquidados de algum jeito terão de ser destruídos espiritualmente, e é esse, no fim das contas, o verdadeiro assassinato, sua forma mais insidiosa e mais eficiente. Tremo ao pensar na multidão de escritores, de pintores, de pensadores, de criadores de todo tipo que serão impedidos para sempre de realizar aquilo que trazem em si e se arrastarão por uma existência miserável de mortos-vivos.

– Ossip estima que não temos mais o direito de suportar isso. No passado ele já me proibiu formalmente de suicidar-me, porque, o que quer que aconteça, o desespero sempre o deixou horrorizado. Ossip diz que, se ficarmos aqui, vamos nos deixar destruir, e assim aceitaremos nós mesmos essa destruição, e, no limite, viraremos seus cúmplices. E é isso também o que eles querem, eles querem aniquilar-nos com nossa cumplicidade, com nossa participação, com nosso consentimento, porque então serão eles que estarão verdadeiramente certos.

Subitamente Nadejda voltou para mim um rosto desfigurado.

– Ossip tem razão, Sahli. Temos de ir embora.

Um grupo veio ao nosso encontro. Fomos para outras ruas, e depois para outras ainda.

– Tenho joias que valem muito – continuou Nadejda –, que minha mãe me deu. Nós as negociamos com um barqueiro. Teremos um barco para... Claro que há um lugar para você. Ossip espera que você venha conosco.

Tomei a mão de Nadejda. Um maravilhoso sorriso iluminava sua tez rosada. Estávamos sozinhos e caminhávamos

em silêncio, uma mesma questão nos habitava, que tornava frágil a felicidade daquele instante. Fui eu que a enunciei:
– E Deborah? – falei num só fôlego.
Eu amava o olhar de Nadejda, mas tinha aprendido a ler dentro dele. O cinza das pupilas ficou mais agudo e mais duro, e minha vizinha virou a cabeça:
– Agora acho que cabe a você convencê-la.

*

Era noite, a doce noite de Aliahova, a noite de verão, de todos os verões do mundo. A sombra azul das vielas banhava nossos rostos, as pedras das fachadas vibravam na escuridão, dispensando uma espécie de luz invisível mais bela do que a do dia. Elevado por seu grande movimento silencioso, o mar soprava em nós sua respiração de algas e de sal. Parecia-nos, enquanto a oscilação imensa do universo nos atravessava, levando-nos docemente com ela, que os pequenos ódios e os desprezíveis enfrentamentos dos homens iam desaparecer, que poderíamos enfim viver no esplendor de nosso desejo e de nosso amor. Mas a luminosidade mais frágil daquela noite fazia com que eu me lembrasse da partida próxima de nossos amigos. O barqueiro queria aproveitar a lua nova, e o tempo estava contado.
– Sinto-me – disse eu a Deborah – cada vez mais incomodado. A atitude do comissário em relação a mim vai mudando pouco a pouco. Não sou mais o inimigo de classe que vai ser liquidado após ser obrigado a suar até a última gota de sua força. Os tapinhas com que ele me gratifica não visam mais a me

humilhar, eles não estão mais impregnados de hostilidade, eu os sinto, como direi, quase calorosos, e logo vão ser amigáveis. Mesmo que eu não demonstre o mesmo zelo, acho que vou me tornar um cidadão pleno. Imagine você que ontem ele me disse "até mais" e, esta manhã, ao chegar, ele me apertou a mão, e ainda fez isso na frente dos outros. E o comportamento daqueles paspalhos também mudou imediatamente. O que é que você acha disso?

– Que temos um pouco de descanso.

– Talvez mais do que descanso. Tenho a impressão de pertencer a uma categoria social muito particular, a das pessoas que precisam redimir-se, que têm alguma tara original, que permite que deles se peça mais do que dos outros, que se peça aquilo que não se ousa pedir aos outros. Pode-se exigir deles certos trabalhos que pedem uma inteligência mais viva e, como dizer, aquela energia sem reticência do ser inteiro, do ser que tem necessidade de salvar a pele!

– Você não estava lá agora mesmo?

– Sabe o que me valeu outro dia a honra daquele aperto de mão? O homem que pusemos para fora era um escritor solitário, creio que um historiador. A mansarda que ele ocupava no segundo andar de uma casa antiga era bem ampla, mas estava coberta de livros e sobretudo de um grande número de manuscritos, o resultado, disse ele, de uma pesquisa de quarenta anos. Enquanto a torrente mista de carregadores e de novos locatários, dois casais, um dos quais pelo menos era de bêbados, subia a escada e nós colocávamos um monte de tralha na sala, o velho senhor recebeu a ordem de ir embora, com o direito de levar aquilo que pudesse carregar sozinho. Como ele se aferrasse a seus documentos, eles foram arrancados dele e jogados pela janela, e gritaram-lhe que ele fosse catá-los lá embaixo se quisesse. Quando nosso glorioso bando enfim saiu para tomar um trago, o infeliz, que parecia quase cego, procurava, tateando, no meio de um círculo de crianças, seus papéis espalhados pela rua. Deborah colocou sua mão no meu braço. Percebi, de maneira física, seu sofrimento, que era culpa minha. Mas eu queria atingir meu objetivo e aquele não era o momento de condoer-me.

– Esta manhã – continuei – foi mais simples. Não havia ninguém a desalojar: os ocupantes estavam todos mortos! O lugar, aliás, tinha seu charme. Um antigo pavilhão, com as persianas fechadas, com muros cobertos de hera, separado da rua por um jardim invadido pelas ervas daninhas, dissimulado por arbustos entremeados e espessos, que parecia fora do mundo. Quando empurrei a porta, achei que ela ia cair na poeira, e a casa junto. Era, ao que parece, a sede da Sociedade Teosófica.

– Ah! – disse Deborah –, nós os conhecíamos bem. Uma dezena de velhos vivia lá em torno do mais idoso. Era um homem de ideias confusas, mas dotado de uma capacidade extraordinária de influência. Com seu fervor e com a espécie de certeza que emanava de sua presença, ele literalmente mantinha vivos os outros membros da confraria, em sua maioria já quase sem forças. Alguns não ficavam mais de pé, e só conseguiam levantar-se quando ele chamava. Mas todo aquele mundinho mantinha ainda uma atividade intelectual intensa, discutindo o dia inteiro, a noite inteira, a maneira como o universo derivava do princípio supremo.

Deborah me olhava rindo.

– Está vendo, eles eram um pouco como você! E depois – continuou ela –, um dia vieram prender o venerável patriarca, precisamente ele, e somente ele. Na semana seguinte, todos os outros morreram... Foram os vizinhos que os enterraram.

– E o que aconteceu com o patriarca?

– Não se sabe.

Estávamos sentados no banco do palácio dos Pregadores, com as costas apoiadas na pedra fria e rugosa. Pela primeira vez em muito tempo, eu não tinha medo do espaço aberto da praça. Como o imigrante clandestino que finalmente recebe um passe livre, minha questionável atividade ao lado do comissário do bairro dava-me como que uma identidade, o direito de estar ali e de andar livremente pela cidade. Eu me entregava cada vez mais de bom grado àquela estranha impressão de segurança cujo caráter eu julgava, ai!, deveras provisório.

Abri os olhos: a Senhoria estava lá, luzindo vagamente na luz pálida daquela noite, e era como se eu a visse pela primeira vez, como se fosse preciso outra vez seguir com o olhar o trajeto que levava de cada faixa de sombra àquela, mais apagada, que lhe seguia, como se eu tivesse de reconstruir, a partir da fonte vacilante da luz, o desenvolvimento das formas e os volumes da concha mágica.

Fechei os olhos: não havia mais nada, e perguntei-me se a morte era semelhante a esse escurecimento da tela, se um simples fechar das pálpebras tinha o poder de abolir todas as coisas.

– Ossip e Nadejda vão partir – disse eu a Deborah.
– Eu sei.
– Eles nos propuseram ir com eles. Minha intenção é aceitar. É tarde demais para lutar, para organizar-se. A cidade está inteira nas mãos dos nivelistas. Não há mais nada a fazer aqui além de submeter-se e, para aqueles que, como nós, são suspeitos, ser amordaçado e outra vez amordaçado. Será preciso aceitar todas as humilhações, os trabalhos mais vis. E todos só serão inocentes na medida em que carregarem esse bando de vagabundos e de incapazes que cobre a cidade. Podemos escolher entre a degradação e a morte. E mesmo aqueles que tenham escolhido a degradação, não tenho certeza de que vão salvar a pele. Esse reizinho do quarteirão também vai ter de prestar contas, um dia ele vai sacrificar um de seus ajudantes, ou um amigo, ou a mulher, se for necessário. E então, depois que ele tiver sido útil, vão se livrar dele, dele e do que restar da sua equipe. Porque é nisso que repousa o novo modo de governo que se está instalando, você sabe bem, no medo, o medo que não pode acabar nem por um momento. Em todas as escalas, cada qual, em sua hora, os responsáveis pela cidade serão mortos, para que aqueles que estão a seu lado encolham um pouco mais os ombros e obedeçam ainda melhor a um regime cujo único objetivo será manter-se a si mesmo indefinidamente. Temos de ir embora, Deborah!
– Você tem razão, Sahli. Embarque junto com Ossip e Nadejda. Essa oportunidade talvez seja a última. Vou ajudar vocês.
– Mas... você vem com a gente?

Deborah voltou lentamente para mim seu rosto banhado de luz, seus grandes olhos abertos me fixaram intensamente, um sorriso enfim delineou seus lábios. E depois, como da primeira vez, ela estendeu a mão para mim, roçando minha bochecha e meus lábios. Eu já me inclinava para ela, mas, com a palma da mão, ela me deteve.

– Não vou, Sahli. Eu queria muito. Ah, sim, como eu queria! Mas não posso.

– Um laço mais forte do que aquele que nos une prende você aqui?

– Outra coisa. Aquilo que antigamente chamavam de dever.

Ela endireitou a coluna:

– Mas você, Sahli, você tem de ir embora. É absolutamente necessário. Eu quero. Eu não suportaria que você ficasse aqui por minha causa.

Eu percebia o tremor em sua nuca.

– Você sabe muito bem – disse eu – que nunca vou deixá-la.

*

A partida de Ossip estava bastante próxima. Nós nos dedicávamos a ela sem deixar transparecer nenhum dos preparativos que fazíamos todos os dias. O principal problema era aquele que apresentei a nossa pequena comunidade prestes a se dissolver. Tinha sido combinado que eu abandonaria a casa ao mesmo tempo que meus amigos, para não ter de explicar seu súbito desaparecimento. Eu não podia, aliás, suportar a ideia de ficar muito mais tempo sob as ordens do comissário, e de passar lentamente para o lado dos carrascos. Deborah tinha-se encarregado de encontrar para mim um novo asilo – aquilo era, segundo ela afirmava, o mínimo que podia fazer. E ela não tardou a anunciar-me, como se fosse a coisa mais natural – mas seu rosto estava radiante – que o problema tinha sido resolvido.

– Você vai ficar bem, você terá, creio eu, um novo e verdadeiro amigo. É alguém muito diferente de Ossip. Ele não tenta, como direi, afirmar-se a si próprio... uso esses termos em seu melhor sentido... nem produzir nada que traga sua própria marca. Enfim, não se trata de um criador. Pelo contrário: é alguém que se apaga, que se esqueceu de tudo, até do próprio nome.

Transportamos clandestinamente nossos parcos objetos, dissimulando-os em geral numa bolsa com que íamos fazer nossas compras. Tínhamos escolhido um esconderijo num entreposto abandonado. Quando voltávamos, nossas bolsas estavam inchadas de legumes e de frutas. Os diversos exemplares dos poemas de Ossip tinham sido espalhados entre mãos seguras. Nadejda me deu um, que guardei junto a meus manuscritos. Ela também quis me dar um rubi, mas, quando vi seu tamanho e sua beleza, recusei aquela oferta generosa demais.

– Você não pode recusar. É para Deborah.

– Então dê-o você mesma – disse eu.

E logo a verdade ficou clara.

– Ela não quis.

Nadejda enrubesceu.

– Não é pela joia. Mas ele pode um dia ser útil para vocês, como no nosso caso. Quem sabe, um dia, ele não vai salvar a sua vida?

Sua voz tornou-se imperativa:

– Nós precisamos pensar nesse tipo de coisa antes de ir embora, você entende? As lágrimas embaciavam nossos olhos. Tomei a pedra e coloquei-a na bainha de meu punhal.

Na véspera da partida, Ossip veio falar comigo na minha metade do quarto, pedindo que eu fosse ajudá-lo a carregar o vinho. Os vizinhos estalaram a língua ruidosamente, e nós fizemos, ao passar por eles, uma saudação de conivência.

Dirigíamo-nos para um daqueles cabarés do baixo Tinto que eu frequentava nos tempos de Denis.

– É preciso – dizia Ossip – que tudo fique claro entre nós. Vamos partir para cumprir a última tarefa de que ainda somos capazes: denunciar por toda parte as atrocidades de que fomos testemunhas, com a esperança de que essa advertência tenha utilidade para outras pessoas, e que lhes poupe, se quiserem, de conhecer o calvário desta cidade. Aqui tudo vai perder-se, inclusive o testemunho que se puder dar daquilo que se passa, e a lembrança dos massacres não sobreviverá a suas vítimas.

No dia da partida, tudo aconteceu como queríamos. O comissário teve a feliz ideia de nos convocar desde a manhã, e voltamos no pleno calor, molhados de suor, exaustos. Fui me deitar num colchão de palha que me tinha sido dado de presente havia pouco, enquanto os camaradas cozinhavam sua papa. A tarde já estava avançada quando me levantei. Meus amigos tinham saído, e eu sabia que eles não mais voltariam à grande morada que foi, por um momento, sua imagem. Nadejda tinha deixado algumas tortas de carne, que ela fazia melhor do que ninguém, e ela me recomendara que desse cabo delas. Eram os últimos sinais de sua presença naquelas partes. Minha garganta se fechava, e eu me forçava a engolir, deglutindo lentamente, à maneira de Ossip. A vida estava, creio, nas coisas mais simples, e é por isso que elas são capazes, em certos momentos, de nos transtornar. Eu me recordava daquele dia já longínquo em que corri até a casa de minha mãe, tarde demais para encontrá-la ainda neste mundo. Na modesta residência que ela ocupava, seus objetos familiares estavam dispostos em seu lugar cotidiano, e cada qual remetia a um gesto, a um hábito, a uma necessidade desaparecida, traçando no vazio o buraco imenso da minha dor. Através da janela, eu via o oceano banhado de sol. Muitas vezes esse espetáculo terrível vinha até meus olhos, e tento afastar sua lembrança porque agora me parece que não tenho mais nada a fazer, eu também, além de morrer.

As partidas clandestinas por via marítima multiplicavam-se em Aliahova, e começaram a aparecer patrulhas no porto. Os movimentos das raras embarcações que ainda navegaram eram rigidamente controlados. O barqueiro decidiu levantar âncora na aurora, porque esse era o momento em que, julgando que seu serviço tinha terminado, os guardas exaustos iam deitar-se. Era preciso aproveitar aqueles poucos instantes em que a vigilância relaxava para esquivar-se no cinza da primeira manhã e ficar fora do raio de alcance. Com seu rápido veleiro, o piloto julgava-se perfeitamente capaz, uma vez que saísse do canal, de escapar de quaisquer perseguidores.

Ossip, Nadejda, Deborah e eu íamos nos encontrar perto do nosso esconderijo, por volta da metade da noite. Meus amigos estavam lá quando passei pela paliçada. Praticamente não falávamos, antes adivinhando nossa presença através da escuridão. Às vezes dávamos as mãos, e as apertávamos com força. Como o tempo corre nesses momentos! Apesar de nosso silêncio, aquela noite passou como um sonho. Na direção do oriente, o céu já empalidecia. Abandonamos nosso esconderijo. Nosso proceder havia sido fixado em todos os detalhes. Deborah – que, junto com Ossip, fez diversas vezes o reconhecimento do caminho – caminhava à frente. Silenciosa, ela ia com cuidado ao longo das cercas e das paredes, parando a cada encruzilhada, antes de retomar o passo. Ossip ia com Nadejda, e eu protegia a retaguarda com o punhal na mão. Nós tínhamos concordado em lutar se as coisas fossem mal. Enquanto meus amigos resistissem, eu atacaria seus agressores pelas costas.

O barqueiro iria esperar-nos no interior de um antigo estaleiro de reparos desocupado. Era um hangar imenso, meio em ruínas. A superfície que ele cobria estava coberta de barcos fora de uso, dentre os quais alguns se reduziam a carcaças vazias. Ali se acumulavam desordenadamente pranchas quebradas, mastros, lemes, âncoras antigas, pedaços de vela e cordas gastas. Era um verdadeiro labirinto, no qual era fácil dissimular-se e fugir. Adivinhamos na escuridão os contornos disformes do estaleiro desocupado quando um homem pulou à nossa frente. Imediatamente, largando no chão as bolsas, precipitamo-nos contra ele, quando Ossip reconheceu o dono do barco. Em voz baixa, ele mandou que o seguíssemos rapidamente e sem fazer barulho: uma patrulha que tinha vasculhado o antigo arsenal vinha em nossa direção. Ziguezagueando correndo pelos entrepostos, seguimos nosso guia até a estiva revirada de uma embarcação, que estava ali para ser repintada. Era preciso rastejar para debaixo dela, e isso marcou o começo de uma longa espera. O dia não demoraria a levantar-se, a inquietude nos tomava. O homem saiu para fazer reconhecimento, após ter recomendado que não saíssemos dali por razão nenhuma. Como eu outra vez puxasse a minha arma, Ossip me sussurrou que confiava em nosso companheiro: ele também ia exilar-se definitivamente; seu irmão, por ter recusado-se a ceder seu barco para um banco, fora massacrado.

Enfim o homem retornou:

– O caminho está livre – disse ele, sem fôlego.

Corremos rapidamente até uma pequena construção de tijolo que controlava o acesso ao píer e que antigamente servia de guichê da polícia portuária. Com o rosto vívido e a respiração ofegante, Nadejda e Deborah não se distanciaram. A alguns metros de nós, mal visível na penumbra, o casco cinza da tartana que levaria meus amigos balançava levemente, e o ranger das amarras respondia ao bater das ondas.

– Vamos entrar no barco e partir imediatamente – disse o homem.

Era preciso que nos separássemos. Procurando nossos rostos e nossas mãos, abraçamo-nos longamente. Dei ao marinheiro a bolsa de Nadejda. Na superfície mais clara do cais, três formas agitaram-se um momento e foi com dificuldade que nós os vimos subir a bordo. A vela já estava levantada, cheia do sopro da aurora. A massa escura começou a deslizar lentamente. Eu seguia, com a garganta apertada, o movimento a cada instante mais rápido do navio e a passagem de sua enxárcia pela confusão imóvel de uma floresta de mastros. Eu queria correr como um louco pelo molhe, entrever uma última vez os traços de meus amigos, apertá-los contra mim com todas as minhas forças, gritar que eu os amava e que eles estariam em mim quando eu morresse. Mas a tartana virou-se e seguiu para o canal, e, como a ideia de que agora ela escaparia a qualquer perseguição me reconfortava um pouco, perdi-a de vista no momento em que ela ultrapassava o quebra-mar.

Deborah segurava meus pulsos. Examinávamos a sombra de um olhar perdido, procurando o último sinal de uma presença à qual não era possível renunciar. E então, de repente, múltiplos reflexos dançaram numa superfície invisível. A leste, a aurora sanguinolenta dava lugar a uma alta tapeçaria de ouro cintilante. A testa amarela do sol saiu da água. Até o horizonte o espaço clareou-se de uma vez, ondas de luz brincaram no marulho, e outra vez o mar sem limites se apresentava a nós. Um dia, pensei eu, milhares de homens escravizados virão até uma praia contemplar a imagem imóvel de sua liberdade.

Enfim, no brilho do dia, vimos a grande vela branca da tartana, singrando para o oeste, invulnerável. Enquanto meus olhos se abriam desmesuradamente, julguei perceber, na extremidade da linha escura da ponte, como um ponto minúsculo, a imensa silhueta de Ossip.

★

Felizes os povos que têm uma fronteira a defender, que viram o rosto de seu inimigo! A estação se alterava lentamente, à claridade ofuscante de agosto haviam sucedido as brumas douradas de setembro. Embrutecida pelo excesso de calor de um verão que não acabava nunca, feito uma vegetação estagnada, abafada por uma umidade opressora, Aliahova lentamente apodrecia. Mas, assim como um organismo doente que fica mole, fatigado e enfraquecido por seu sono, com seu grande corpo imóvel percorrido por tremedeiras, sacudido pela febre, sem conseguir suportar a si mesma, a cidade ia despertar, voltando contra si, num último sobressalto, suas últimas forças.

Isso começou quando houve a volta às aulas das crianças! Curiosa volta! Nas salas com vidros quebrados, abandonadas há um ano à poeira e aos ratos, subitamente ressoaram os cantos revolucionários. Nos pátios cobertos, os jovens inocentes tinham dado lugar a recreações mais educativas: separados em dois campos, armados de espadas de cartolina, com expressão furiosa, meninos e meninas imitavam a luta do bem contra o mal, quer dizer, dos jovens guardas revolucionários contra a burguesia sedenta de sangue. Entre duas provocações dirigidas à divindade, as aulas teóricas eram usadas para atividades inteiramente novas. Consistiam principalmente em responder a complexos questionários sobre a vida dos pais, como organizavam a vida, no que trabalhavam, quais eram suas distrações, e, de maneira geral, sobre seu comportamento social e sua maturidade política. Convidadas a tornarem-se agentes e mantenedoras da história em marcha, as crianças recebiam uma lista de recomendações, de prescrições, de exortações a ler, ou a fazer com que fossem lidas à noite em casa. No dia seguinte, elas tinham de fazer um relatório da missão ao professor, indicando se as instruções haviam sido seguidas, se a atitude dos pais se modificara. Caso contrário, eles seriam convocados diante do conselho de classe, a fim de justificar-se e corrigir-se. Em suma, a escola não estava mais separada da cidade, encontrava-se no coração de todas as lutas.

Essa função nova não devia ser explicada por discursos, e sim aplicada na prática. Em Fonte-Calado a professora nem sequer deixou os adolescentes entrar. Foi na soleira da porta, de saia vermelha e mãos na cintura, que ela os recebeu. Sem dizer uma palavra, foi até eles, abrindo as bolsas e jogando seu conteúdo no chão. Livros, agendas, estojos de canetas e de lápis de cor, compassos e outros instrumentos cobriram o pátio.

– Tudo isso – disse ela com voz neutra – acabou. Agora vamos cuidar de coisas sérias. Sigam-me.

O pequeno grupo surpreso caminhou pela cidade, até a Empresa Geral de Forjas do Mestre Bertrand, situada intramuros, para o grande desprazer dos vizinhos que não apreciavam nem seu ruído nem os aprendizes sempre dispostos a brigar na saída do trabalho, ou a seguir as meninas e a importuná-las. É preciso dizer que a oficina de Bertrand, antigo artesão, tão hábil nos negócios quanto era com as mãos, não empregava menos do que dozoito companheiros, e era uma das últimas que ainda funcionavam em Aliahova, a tal ponto que os pedidos eram muitos e que, para satisfazê-los, trabalhava-se num ritmo que começava a parecer excessivo aos operários, apesar das gratificações e de outros suplementos que Bertrand lhes dava.

Foi então sob o vasto hangar esfumaçado, iluminado pelas altas chamas das forjas ofegantes, ressoando com cem marteladas sobre as placas de ferro torcidas pelo fogo, que irromperam, bem no meio da manhã, a professora e suas turmas.

Sem nenhuma hesitação, como se já conhecesse aquelas bandas de longa data, a jovem foi plantar-se diante do Mestre Bertrand e, olhando-o sem piscar, declarou-lhe peremptoriamente que ele era um explorador e que, por conseguinte, o conselho de classe ordenava que encerrasse imediatamente sua atividade criminosa e fechasse sua oficina.

Nos rostos cobertos de suor, avermelhados pelo reflexo das brasas avivadas por enormes foles, a estupefação foi generalizada. Mais estupefaciante ainda foi aquilo que se seguiu: Bertrand, um colosso cuja mão era mais larga do que o torso de sua interlocutora, e que aparentemente poderia esmagá-la com dois dedos, Bertrand, que seus companheiros contemplavam aterrorizados, esperando uma das gargalhadas que ele sempre soltava, um palavrão que faria tremer as paredes e derrubar alguns vidros, ou ainda que, levantando a inconsciente criatura que se mantinha postada diante dele com a mesma insolência tranquila, fizesse-a girar várias vezes antes de jogá-la cinco metros porta afora, esse Bertrand, então, não fez nada disso; ele levantou uma sobrancelha, depois outra, franziu a testa e esfregou longamente a orelha. Em sua têmpora o suor corria mais abundante, um brilho passou diante de seus olhos, e então, então sim, ele obedeceu, dirigindo a cada um, com uma voz alta e clara, a ordem de parar de trabalhar e de voltar no dia seguinte para o pagamento.

A pequena turma dos invasores infantis de uma só vez subiu ao nível de sua prestigiosa chefa. Executando uma meia-volta quase militar, ela instintivamente começou a andar e saiu de cabeça erguida. O Mestre Bernard ficou por último, assegurando que todos os fogos tinham sido apagados. Deixando passar seus companheiros de sempre sem olhar para eles, fechou ele mesmo a porta dupla de ferro, com precaução e com lentidão suficiente para que ficasse sozinho na rua.

Então ele refez o caminho que havia seguido naquela manhã, como todas as manhãs. Hugo, seu amigo de infância, filho, como ele, de um agricultor, companheiro marceneiro e depois também mestre, e que possuía, a poucos passos da fundição, a mais bela marcenaria da cidade, que recebera, uma semana antes, a mesma estranha visita que teve a insolência de mandar embora, Hugo, na rua que havia sido desertada pelas fofoqueiras, pelos companheiros e pelos estudantes, ainda estava ali, na praça onde ele havia vislumbrado, pela luz cinza da aurora, na mesma posição, de cabeça baixa, braços a balançar, joelhos no ar, pernas dobradas, pendurado pelo sexo na grade de seu estabelecimento.

E foi assim que, naqueles primeiros dias indolentes de setembro, a morte saiu da clandestinidade. Andando junto com a intimidação, de braços dados, ela agora percorria a cidade com a cara descoberta, silvando pelas ruas, batendo nas vidraças, surgindo nos pátios, nas esplanadas, bem no meio da agitação e dos negócios cotidianos. Era pleno meio-dia, na praça do Mercado de Ervas, quando os últimos vendedores estavam lá, e também seus clientes, e toda a gente humilde que tinha acabado de sair do trabalho, quando foi fixado num ponteiro, no relógio da grande torre, o cadáver desconjuntado de Farioli. No mesmo instante foi pescado no porto o corpo inchado do escritor reacionário Eghias, que tinha sido visto no dia anterior, no Círculo Literário da cidade (o qual, diga-se de passagem, foi fechado definitivamente naquela mesma manhã, às 10 horas, por ordem do Comitê dos Jovens Revolucionários, Terceira Subseção, Divisão Leste). Naquela última saída, Eghias, vestido em hábito de cerimônia, com os dedos carregados de anéis ancestrais, chegou, em suas bravatas, a atacar diretamente os nivelistas, afirmando que três quartos das pessoas são imbecis, e que dar-lhes o poder seria inaugurar uma nova era na história da humanidade, a era do cretinismo. Que o povo aliás nunca exerceria o referido poder – isso seria óbvio demais –, mas sim aqueles que pretendem falar em seu nome. De tal modo que a única mudança consistiria na substituição da antiga ditadura por uma nova, e por uma nova hierarquia diferente na medida em que seus membros não seriam mais escolhidos pela educação, pela cultura e pelo talento, e sim em função do grau de tolerância que teriam para com seus novos senhores. Eis o que Eghias explicou a noite toda a quem quisesse ouvi-lo. Só que ninguém quis ouvi-lo e, enquanto ele falava, a sala foi ficando vazia, à exceção de um único ouvinte, um jovem admirador, que ainda estava lá quando, no meio da noite, vieram pegar Eghias para amarrar-lhe um tijolo ao pescoço e jogá-lo do porto.

O jovem foi preso. Alguns julgaram reconhecê-lo na primeira charrete que no dia seguinte atravessou as ruelas da cidade alta. Naquele dia, data do equinócio, o Tribunal Revolucionário fez pela primeira vez uma sessão pública. Houve a surpresa de ver, em meio a seus membros, ao lado dos chefes revolucionários ou de seus delegados, alguns dos dignitários do antigo Parlamento, seu primeiro presidente ladeado pelo substituto, o procurador-geral, e também um certo número de altos magistrados vestidos, além de tudo, com a toga com três fileiras de arminho. O crime não é forçosamente repugnante à legalidade, e esta pode, ocasionalmente, fazer-lhe deferência. O fato é que, na doce luz de um fim de tarde de setembro, na hora, também daquela vez, em que as ruas estão cheias, uma estranha procissão dirigiu-se ao castelo. Empurrando um pesado veículo carregado com umas vinte pessoas, de pés e pulsos amarrados, com o olhar ausente, que já não parecia pertencer a este mundo, seus ferros, que batiam contra o pavimento soltando faíscas, ajudados por uma multidão de energúmenos urrando pela morte, cada qual empurrando o carro balançante como se fosse uma questão de honra, a cada vez que, na confusão, conseguia aproximar-se dela, seis vezes três magníficos garanhões caracolaram à frente da parelha, que enfim, coberta de suor e de poeira, chegou à esplanada do castelo onde aconteceria a execução, a primeira de uma longa série.

Mas o acontecimento mais extraordinário daqueles dias febris, aquele que teve maior impacto sobre a população e finalmente marcou o verdadeiro triunfo da morte, seu reconhecimento oficial e, conjuntamente, o da nulidade da vida individual, foi a prisão feita uma semana depois pelo mesmo Tribunal supremo. Diante dele, no banco dos réus, um chefe revolucionário! E não era qualquer um: era ninguém menos que Choquet, que havia ordenado, organizado e realizado, como líder do grupo, os massacres do Tinto, isto é, a aniquilação, em três dias e três noites, de alguns milhares de pessoas que lá mantinham sua residência principal ou secundária, mas, de qualquer modo, suntuosa. Após circunstâncias obscuras e que por fim pareceram difíceis de compreender ao Tribunal, o jovem foi colocado numa prisão, da qual foi tirado naquele dia. Sorrindo, com a voz bem empostada, dirigindo-se sucessivamente ao pequeno grupo severo dos juízes sentado no estrado, e depois à impressionante multidão de jovens rostos estendidos em sua direção, Choquet explicou que sua ação não tinha nada de grandioso, que era antes a de um militante sério e, por conseguinte, preocupado com o bem público, e que tinha, é verdade, sacrificado tudo em nome dele.

A silhueta massiva de Racono, que presidia o tribunal, mas que principalmente representava no júri a força formidável dos nivelistas, agitou-se.

– O que é que o senhor entende por "preocupação com o bem público"?

Era isso que Choquet esperava. Ele havia usado de propósito essa expressão vaga, sabendo que Racono, por mais astucioso que fosse, por mais experiente nesse tipo de disputa, ia cair na armadilha.

– Aplicar sem reserva, sem nenhuma reserva – ele destacou essas palavras –, as teorias de Tilino.

Um murmúrio de aprovação percorreu o imenso auditório. Fosse a maioria nivelista, ou os ultranivelistas, cujo chefe tinha sido inculpado, todos na verdade reclamavam Tilino para si, e Choquet tinha acabado de ganhar a partida.

– Afinal – continuou ele com voz doce –, o que é que Tilino nos ensina, senão que a sociedade se divide em duas classes, a dos exploradores e a dos explorados, sendo que a primeira deve ser aniquilada? Sua única contribuição, se lhe permitimos usar essa palavra, sua única contribuição, portanto, contribuição dele, Choquet, tinha sido possibilitar que essa prescrição fundamental fosse colocada em prática de maneira imediata e eficaz, e isso graças à intervenção da geografia. Porque sim: se é extremamente difícil seguir, no labirinto dos negócios, a pista daqueles que os manipulam e que deles se beneficiam, bastava perceber que esses senhores viviam quase todos no Tinto para ter a ideia simplíssima... foi a que ele teve... de ir lá pegá-los logo de manhãzinha. E pronto!

Choquet, santarrão, voltou para o público silencioso seu rosto regular, iluminado por dois grandes olhos ingênuos. Uma professora de túnica vermelha levantou-se e gritou: "Viva Choquet!". Toda a sua turma, à sua volta, fez o mesmo, e depois todos os demais, e foi um clamor formidável.

Com a cabeça inclinada sobre alguns papéis que cobriam a mesa da presidência, pesadamente apoiado nos cotovelos, impassível, Racono esperou por bastante tempo o fim daquela tempestade sonora.

– Alguém – perguntou ele enfim com voz forte – deseja ser ouvido pelo Tribunal como testemunha?

Uma questão interessante: aqueles a quem ele se dirigia dormiam havia alguns meses debaixo de algumas pás de terra.
— O Tribunal — continuou Racono — vai retirar-se para deliberar!

Ainda que tivessem defendido diversas vezes as deliberações públicas com participação da plateia, os jovens ultranivelistas que visivelmente compunham a daquele dia permaneceram em silêncio, contentando-se em ficar lá, como tropa vigilante, pronta para lutar pela libertação de seu chefe.

Assim que ficou a sós com seus acólitos, que tremiam, Racono interrogou seu primeiro assessor, ex-primeiro presidente do antigo Parlamento, o honorável Andrônico, que enxugava a testa, farejando uma armadilha, bastante incomodado, de todo modo, por ter de ser o primeiro a falar.

Procurando os olhos de Racono, ele esperava alguma indicação, que este não parecia ter grande pressa em lhe dar. Entregue a si próprio, Andrônico refletia rapidamente, mas apenas duas certezas — e a segunda chegava a ser uma certeza? — ocupavam sua mente: primeiro, Racono odiava Choquet e só esperava uma oportunidade para liquidá-lo; segundo, será que aquele era o momento, num ambiente cheio de seus partidários? Era preciso falar:
— Hum... — disse ele. — Esse jovem é evidentemente simpático...

Ele ia acrescentar: "mas", "mas sua ação não foi" — ele hesitava entre "excessiva" e "irrefletida" quando Melagro, ex-aristocrata e quarto assessor do Tribunal Revolucionário, ex-primeiro assessor do ex-Parlamento, Melagro, interpretando mal o pensamento de seu antigo superior hierárquico, e não compreendendo que este havia começado por uma antítese, esquecendo que seu próprio irmão com toda a sua família tinham sido massacrados no Tinto, e que ele mesmo devia sua salvação ao fato providencial de que sua esposa, a pretexto de uma crise nervosa, havia bruscamente decidido, na véspera daqueles dias memoráveis, retirar-se para sua casa de campo, aonde ele a seguiu para vigiá-la, suspeitando de que ela tivesse ido encontrar um amante – Melagro, a quem ninguém pedira opinião, achou boa ideia encadear:

– Simpático... Eu diria mais, eu diria: sincero... e até: puro. O que me impressiona naquilo que alguns denominam seu crime é que ele justamente não é um crime. Afinal, um crime sempre faz parte do lamaçal da vida privada, suas motivações são pessoais, e sempre mais ou menos sórdidas. Por outro lado, o crime pretende atacar alguns indivíduos determinados, aos quais o assassino está ligado por sentimentos de ódio, de vingança, como saber? Não há nada disso naquele que... nisso que... no caso que devemos julgar! O acusado agiu à luz de uma Ideia, e, além disso, da ideia mais elevada, mais nobre, mais universal que existe: o bem público! Ele... ele quis preparar o caminho por onde ia passar a História!

Levado pela torrente de suas palavras, Melagro esbarrou numa consequência imprevista, grandiosa, que formulou da seguinte maneira:

– Aquilo que resulta da mera aplicação da ideia universal do bem público, independentemente de qualquer consideração pessoal, é... é um ato político!

Racono soltou uma imensa gargalhada, à imagem de sua envergadura de velho fazendeiro.

— E vejam só! – gritou ele. – A resposta foi encontrada. E quando parou de rir:

— Excelente fórmula! – continuou, à meia-voz, enquanto seus vizinhos empalideciam. – E que poderá voltar a ter utilidade!

E foi assim, ao que parece, que tomou forma o extraordinário julgamento do Tribunal Revolucionário, conhecido depois pelo nome de "Julgamento do Equinócio", cujos longos e tortuosos considerandos, redigidos pelos Andrônicos e pelos Melagros, explicavam com satisfação que a liquidação global de muitos milhares de pessoas, desde que fizesse abstração de qualquer consideração pessoal e não manifestasse interesse por nenhuma delas em particular, não era evidentemente um crime, mas um ato político!

*

Enquanto me contava esses acontecimentos, e muitos outros, uns que testemunhara, outros lhe haviam sido relatados, ou que um vergonhoso rumor sussurrava pelos pátios quando a noite caía, o rosto do irmão Otto animava-se com todo o esforço que ele fazia para tornar plausível, de algum modo compreensível, esse tecido de absurdos e de loucuras que agora compunha a história cotidiana de Aliahova. Originário das grandes planícies da Ermânia, estrangeiro na cidade como eu, fascinado por ela, buscando ali o aprimoramento espiritual que desejava com todas as suas forças, desde sua chegada ele pulava de surpresa em surpresa. Isso dava à sua fisionomia um ar de doloroso espanto, que eu não conseguia deixar de comparar, na lembrança, ao júbilo de Denis, considerando os grandes feitos revolucionários a que tínhamos o privilégio de assistir, como se fossem os costumes e as manobras de um bando de macacos, ou ao olhar nem tão mais indulgente de Ossip, cuja retidão interior e força própria não conseguiam levar a sério aquela agitação de polichinelos ambiciosos e de tribunos hipócritas.

Otto havia feito seus primeiros votos, a ordem em que ele tinha entrado pouco caso fazia daquilo que antigamente era chamado de obras. Cada qual deveria antes esforçar-se para seguir a Via, isto é – segundo aquilo que consegui entender ao longo de nossas conversas tão breves –, transformar-se a si próprio afastando da alma pouco a pouco todas as preocupações habituais dos homens, a fim de liberar em si o lugar para o fundamento mesmo de seu ser. Não se tratava, como se dizia erradamente, de abolir a individualidade, mas de devolvê-la a ela mesma e à sua essência absoluta e divina. Então, como o problema era principalmente o dessa transformação que cada qual deveria realizar em si mesmo – o que bastava para tornar absurda a ideia de uma salvação política –, Otto foi para Aliahova porque aquela cidade extraordinária se propunha ser – segundo o prior que o havia guiado no começo – a encarnação material do trajeto que era preciso seguir, tornando possível o esforço a ser feito, suscitando-o e estimulando-o a cada passo. Por isso é que essa prestigiosa metrópole outrora possuía numerosas construções de forma octogonal de grande beleza, chamadas batistérios, nos quais o iniciado, inteiramente nu, entrava numa bacia situada no centro da construção a fim de receber aquilo que permanece quando nos despojamos de tudo: a plenitude sem limites da vida. Os claustros também abundavam, oferecendo seu espaço de luz e de sombra àqueles que ali iam prosternar-se, longe do mundo, permitindo-lhes ouvir o apelo imenso que vem do silêncio, e deixar-se invadir por ele. E, dizia Otto, os meros degraus que se devia subir para penetrar no santuário, as trilhas escarpadas que levavam aos ermitérios ocultos nas montanhas distantes, nada daquilo é acaso, mas instituição corporal do discípulo, na disposição de ser que convém. É por isso que, quando ele se deu conta de que quase todos os edifícios nos quais ele pretendia modelar os movimentos de seu corpo e de seu espírito haviam sido saqueados, confiscados ou fechados – de todos os batistérios de Aliahova ele só encontrara dois, dos quais um havia sido transformado em estábulo, enquanto o outro servia de local de reunião aos jovens guardas do bairro, com a bacia central servindo de urinol –, Otto compreendeu que o saque dos monumentos sagrados não obedecia apenas a algum ódio cego pelo passado ou pela beleza: a vontade de eliminar até a possibilidade mesma de uma vida espiritual operava e funcionava sistematicamente na cidade. Como disse, Otto falava de tudo isso sem cólera. No rosto de amplo relevo irrigado pela bondade, rugas imprevistas subitamente traçavam os estigmas da idade e do sofrimento.

Nós morávamos no segundo andar de uma estreita casa de madeira, um dos últimos vestígios da modesta Idade Média que eu tanto amava. Viam-se as varandas apoiadas em mísulas da fachada na rua do castelo, naquele ponto em que, modificando sua inclinação, ela começa a subir para a cidade alta. Deborah havia me levado ali na luz pálida de uma aurora desolada. E foi então que senti pela primeira vez quanto o ser mais desarmado e, aparentemente, mais estrangeiro a este mundo pode conter em si uma força incomparável. O irmão Otto não ignorava nada de nossas dificuldades, mas a serenidade de sua atitude nos dava coragem. Falamos pouco. Contudo, quando Deborah nos deixou, o fluido misterioso que emanava dela já me ligava à antiga morada e a seus habitantes.

No térreo ficava uma mulher que preparou todas as nossas refeições enquanto lá ficamos, e que cuidava dos nossos quartos. O primeiro andar era ocupado em princípio por seu filho, um marinheiro que não navegava mais, sua mulher e seus três filhos. Digo em princípio porque a família morava a maior parte do tempo numa casinha em meio a hortas das quais tirava, aparentemente, o mais claro de seus recursos. Entendi também que os pais fugiram da cidade para tirar as crianças da escola. Assim, nossa morada era na maior parte do tempo silenciosa, ao mesmo tempo que escapava de eventuais requisições. A velha, que de início achei que fosse a governanta, ou uma mulher simples, pouco a pouco revelou-me sua excepcional inteligência, assim como a nobreza de seu coração. Ela era na verdade a proprietária da casa, mas, pressentindo o que ia acontecer, aproveitou-se da passagem de um sobrinho pelo gabinete do potentado para recuperar seus títulos de propriedade e escondê-los, mudando sua condição para a de simples locatária, enquanto o imóvel ficava atribuído a um senhor Bartolomeu, cuja pista se perdera e não corria o risco de ser encontrada pela excelente razão de que ele nunca existiu fora dos registros do cadastro. Muitos outros subterfúgios contribuíam para tranquilizar-me. Quando – enfim – tive permissão para sair, ela mesma se assegurou de que a rua estava vazia, de que a hora era propícia, que meu novo disfarce permitiria que eu não fosse reconhecido por ninguém, antes de abrir a porta e de me deixar passar. Mas aquela criatura de traços rudes, de pele bronzeada, de roupas sem forma e sem cor, que parecia uma camponesa que veio à cidade para trabalhar na casa de alguma família de fidalgotes ou de ricos proprietários imobiliários, escondia em sua alma outras preocupações, e foram elas que enfim nos uniram numa afeição mais profunda. Um dia, quando eu descia nossa pequena escada de madeira, mais íngreme do que a de um navio de alto-mar, encontrei-a sentada, segurando com a mão uma criancinha de cinco anos a quem ela tentava ensinar as verdades primeiras de sua religião. Como se, para manter um depósito sagrado fora do abismo do esquecimento, não houvesse nenhum outro vínculo além do olhar imperioso de uma antepassada de respiração delicada mergulhando nos olhos escancarados de um ser obtuso, aberto com todas as suas forças para o desconhecido e para o inconcebível. Reconheci Lídia, a neta da velha, a quem ela mandava repetir e aprender de cor, mesmo que não entendesse.

– A mãe – perguntei – não poderia ensinar-lhe tudo isso em alguns anos?

– Minha nora? Até parece! Ela mesma não sabe nada disso. Além do mais, veja bem, se tem tantos vadios aqui no bairro, é por causa dos pais, que só pensavam em comer e beber. Ah, meu senhor! – disse-me. – Somos muito infelizes, estamos perdidos!

Eu também gostava do timbre subitamente alegre de sua voz, saudando a chegada de Deborah. Ela se divertia, segurando-a ali, implicando com ela, fazendo-a levar, na visita, algumas flores ou algumas das frutas que tinham ficado tão raras em Aliahova. Passos leves subiam a escada. Otto, se estava comigo, esquivava-se usando algum pretexto. Deborah entrava, tão bela que o mundo subitamente desaparecia. Eu esquecia as expressões amedrontadas, os montes de terra recém-revolvida, os grandes planos delirantes, os bandos ensandecidos, os rostos ameaçadores de seus líderes. Eu esquecia a natureza inocente, as longas aleias de álamos dividindo a terra amigável, os altos desfiladeiros das montanhas, o brilho dourado dos campos quando o sol declina. E mesmo o arquejo do mar e a lenta respiração do vento na planície não eram mais, contra a minha bochecha, do que o hálito da jovem.

Uma noite, contudo, acordei num sobressalto. Uma detonação acabava de soar tão forte que todo o ar foi sacudido. O rugido da explosão se concluiu com a queda das vidraças no chão e com o tilintar de mil cacos de vidro partido. Sentado em meu leito, interroguei os primeiros instantes de silêncio quanto à origem do sinistro. Bateram de leve na porta. Otto me recomendava não andar descalço. Decidimos procurar notícias. Também de pé, com uma vela na mão, nossa anfitriã só pensava, no meio do desastre em sua casa, em pedir que fôssemos prudentes. Do lado de fora ouviam-se gritos de pânico. Precipitando-se da cidade alta, silhuetas ensandecidas fugiam de todos os lados. Colamos nos muros para evitá-las. Quando veio um grupo munido de lanternas, vimos os rostos assustados, as mulheres em roupa de dormir, homens portando objetos heteróclitos, crianças que choravam. Subindo contra o fluxo daqueles que desciam, progredíamos com dificuldade. As calçadas estavam cobertas de cacos de vidro e de telhas, e tivemos de ir pelo meio da rua. Caminhávamos com os punhos para a frente, para afastar os corpos que se lançavam a toda velocidade e que, como animais assustados, surgiam de imprevisto à nossa frente. Às vezes nos colocávamos em algum canto para deixar passar um bando mais numeroso. Numa dessas paradas, um homem cuja presença sentimos subitamente ao nosso lado nos disse que vinha do castelo. Era o paiol que havia explodido, derrubando as muralhas que o cercavam e também todas as casas vizinhas. Havia mortos, muitos feridos, mas nenhum socorro, e ele estava indo ao centro da cidade na esperança de encontrar pessoas mais calmas, dispostas a se organizar. Recuperando o fôlego, ele nos deixou bruscamente.

Não conseguimos penetrar na esplanada, pois um cordão de guardas ameaçadores proibia a sua entrada. Voltando, fomos pelo lado, esperando chegar ao local da explosão dando a volta no castelo. Foi então que as primeiras casas destruídas nos apareceram, obstruindo as ruas com seus escombros, que às vezes tinham muitos metros de altura. Marionetes desamparadas tentavam abrir algum caminho através daquele labirinto de vigas e de destroços. Por uma alta janela plantada no céu no alto de uma parede que ficou de pé, como se fosse um pico fantástico, uma lamparina continuava a derramar sua luz pálida. Interrompido por gemidos cuja origem não se conseguia adivinhar, ou por um grito isolado, um silêncio terrível se estabelecia pouco a pouco naqueles lugares desertados pelos vivos, quando, atrás de nós, um bando correndo irrompeu. Eram outros guardas, mandando evacuar imediatamente o bairro inteiro. Fomos para uma viela na qual ainda era possível passar pelos blocos de pedra das muretas derrubadas. Ela subia, em meio aos jardins, o largo outeiro do castelo, ao longo de cujo fosso conseguimos caminhar, indo para o leste. Havia desconhecidos conosco. O tempo inteiro topávamos com pedras caídas, pelas quais passávamos com dificuldade. Uma outra barragem de guardas nos obrigou a abandonar aquela espécie de caminho, cuja direção pelo menos conhecíamos. Descendo de novo ao labirinto das ruelas irreconhecíveis, vagamos diversas horas, tropeçando em obstáculos invisíveis, esfolando as mãos, sussurrando conselhos àqueles que nos seguiam tateando.

    A aurora, porém, nos levou aonde queríamos ir. A gigantesca muralha esburacada do paiol emergia lentamente diante de nós. Estávamos apoiados na parede maciça de um contraforte quando senti, contra minha mão, alguma coisa mole. Voltando-me, vi acima de nós o desenho de formas estranhas. Afastei-me para ver melhor. Na sombra, aquilo que pareciam tapetes pendurados a um gancho invisível – tapetinhos de quarto, disse Otto. Nossos companheiros tinham-nos alcançado e um deles de repente deu um grito. Na superfície em que corriam os trêmulos reflexos da manhã, quatro corpos nos apareceram, lançados pela explosão, chapados contra a muralha, completamente achatados, apenas os crânios formando ainda uma vaga proeminência. Filetes esverdeados corriam dos ventres vazios, e eu tinha os primeiros sinais daquelas entranhas liquidificadas na minha mão viscosa.

Na cidade se dizia que aqueles eram os cadáveres dos terroristas que explodiram o paiol. Afinal, ninguém duvidava de que a explosão tivesse sido intencional. Sem dúvida o pavio do detonador tinha sido preparado para incendiar a pólvora em alguns segundos, e não em quinze minutos, como disseram aos ingênuos adolescentes encarregados daquela missão monstruosa. Transformados em tapetinhos de quarto – a expressão de Otto estava em todas as bocas – eles não corriam o menor risco de vir a falar: um segundo crime apagou a prova do primeiro.

Se alguém ainda tinha alguma ressalva a esse respeito, os acontecimentos que se seguiram encarregaram-se de esclarecê-lo. Passado o grande golpe inicial, o que viria agora seriam pequenos toques, um corrigindo o outro. Após a formidável catástrofe que tinha destruído uma parte da cidade – e antes de tudo matado a quase totalidade dos oficiais, suboficiais e soldados da antiga guarda, aquela que estava alojada no castelo e nos prédios adjacentes, de modo que a última força organizada capaz de eventualmente opor-se à quadrilha revolucionária tinha sido eliminada –, múltiplos desastres se produziram aqui e ali destinados a provocar o terror, cuidadosamente escolhidos, cuidadosamente dosados, sua frequência e sua importância obedecendo a um ritmo progressivo em que não era mais possível não enxergar a aplicação de um programa. Quase sempre eram incêndios que visavam às pequenas empresas. O bairro das oficinas se iluminava toda noite. Um depois do outro, os entrepostos de Hugo, de Bertrand, de tantos outros foram tomados pelas chamas. Preso à sua portada, onde apodrecia lentamente, empesteando o bairro, o cadáver de Hugo ardeu como uma tocha. Quanto a Bertrand, ninguém nunca mais voltou a vê-lo, e ele de todo modo não estava no meio da multidão daqueles que observavam, com os olhos brilhantes, o furioso fogo que ia aniquilando os fortes braços de ferro agora incandescentes das forjas que até então haviam-no controlado.

Então tiveram início os grandes incêndios de Aliahova. Antes mesmo que o fogo começasse, antes da caída da noite, bandos de jovens guardas, com toda uma população questionável – todos aqueles que, nunca tendo feito nada, vilipendiavam o universo inteiro, cuspindo em tudo sua hostilidade sistemática, típica dos medíocres, assim como o veneno de sua inveja –, dirigiam-se em coro para a próxima fogueira e para seu suposto lugar. Às vezes eles se enganavam, quando uma informação falsa circulava por algum motivo só conhecido dos mais celerados. Eles então eram vistos correndo a toda para a outra ponta da cidade maldita, com medo de perder a primeira parte do espetáculo. Sem dúvida, se o mundo não tivesse imperfeições, eles ficariam muito incomodados, por não terem nada para odiar, nem para recusar. Graças a Deus as coisas eram cheias de defeitos, oferecendo-lhes todos os dias a ocasião para uma virtuosa vituperação. Aglomerando-se nas esquinas, excitando-se, saudando-se uns aos outros, eles corriam em massa para entregar-se a seu júbilo de incendiários. Quanto mais houvesse obras-primas em Aliahova, mais seu furor teria alvos. Não se tratava mais de tocar fogo em construções utilitárias e, é verdade, no mais das vezes feiíssimas (ainda que as carcaças calcinadas das oficinas e das lojas não oferecessem uma pintura muito mais reconfortante). Antes, eram as mais imponentes construções do centro, seus monumentos mais famosos, que agora eram objeto, noite após noite, das devastações dos vândalos. Ninguém tinha ainda ousado atacar a Senhoria, mas muitos temiam por ela. Eles estimavam que tínhamos chegado à execução da terceira parte de um plano secreto, o qual no fim das contas visava à alma mesma da cidade e que era sua razão de ser. De fato, palácios, fortalezas, mercados, hotéis, tudo aquilo que tinha a ver com a vida aristocrática, civil e militar da cidade foi entregue ao fogo purificador. O grande céu noturno de Aliahova enrubescia à luz das brasas, que nele projetavam seus jatos de centelhas, ocultando o brilho das estrelas. Parecia haver uma grande cortina púrpura estendida acima de um gigantesco sacrifício sanguinário. Aquele que, para fugir a esses horrores, corresse para casa, fechando as janelas a fim de não ouvir mais o crepitar das chamas mais altas do que as torres, via seus reflexos dementes desenhar nas vidraças seus arabescos de morte, todos os cômodos se iluminavam de repente, uma luz horrível abria os olhos que não queriam ver.

    Mas o fogo devorador do ódio precisa de um alimento renovado. Ai! Aliahova tinha tantas igrejas quanto bastassem para aquelas noites de cólera. Então a exultação era extrema, não era só a beleza que era profanada, mas algo de misterioso e que devia ser o infinito, a julgar pela imensidão da paixão que ele atraía contra si. Os sinos soavam ao máximo, chamando aqueles que iriam calá-los para sempre. Nos campos, os guardas já tinham desapropriado as charretes, os animais, os pesados troncos de carvalho, as braçadas de lenha. Dos campos, das aldeias, de todas as partes da cidade vinham, guiados pelo toque do sino, as longas filas dos zeladores da insensatez. A imensa pira foi edificada na cruzada do transepto, em volta do abside, no segredo das criptas. Muitas vezes, para divertir-se, aqueles que colocavam em movimento o pesado cone de bronze martelado pelo badalo, puxando com toda a força a corda que os agitava, subindo e descendo com ela debaixo das altas naves, esperavam, para saltar de lado, o rugir das chamas do braseiro. Na sapiência, inebriados pelo martelar dos sinos, pela fumaça que os envolvia, pelos clamores da multidão que batia as mãos ao ritmo do balançar de seus corpos no vazio, aqueles que queriam prolongar seu prazer, ou aumentar seu prestígio, soltavam-se tarde demais. Aspirados pela fornalha, alcançados subitamente pelo fogo, eles caíam com um grande grito, derrubando as enormes pilhas da pira, enquanto as chamas redobravam.

Elas agora se elevavam até as abóbadas, seguindo a linha das arestas, acariciando os arcos das galerias, envolvendo as colunas com uma espiral sanguinolenta. Como gigantescos lagartos incandescentes passando suas línguas desmesuradas na face nua das pedras para capturar alguma presa dissimulada, elas vasculhavam as sombras dos cantos, iluminando as abóbadas de suporte, alongando-se até o ponto mais alto da cúpula. Elas se desenrolavam pelas vigas, enrolando-se em si mesmas, aureoladas por uma franja cintilante, dispersando sua espuma de fumaça avermelhada. Assim como a luz, o calor tornava-se intolerável, as vigas caíam e enfim eram consumidas em meio aos hurras! Contra o céu havia então um braseiro mais ardente. Oscilando no vento, chamas imensas repetiam as volutas das arcadas, das naves, das rosáceas, arrancando às trevas por um instante as formas ampliadas de alguma catedral invisível. Enfim, tendo apanhado da tempestade de fogo, o teto desabava, espalhando num tumulto as mil peças de seu quebra-cabeça, mil vigotas disjuntas, mil pedaços de madeira em brasa que dissolviam-se no chão numa poeira de flâmulas e de cinzas.

Porém as altaneiras paredes das naves, em grandes pedras que traziam cada qual a marca de um operário, os rígidos contrafortes das laterais sempre resistiam, erguendo contra a noite suas faces imaculadas, insensíveis às mordidas demoníacas do fogo e aos urros dos homens. Então os olhares se dirigiam para mais alto, para a pesada massa escura do sino, suspensa no vazio, imóvel e estúpida, como a carapaça negra de um inseto amedrontado que recolheu as patas e parou de se mexer. As imperceptíveis mudanças de cor da calota opaca eram observadas. Elas não eram apenas os reflexos do incêndio a brincar em sua superfície, a temperatura terrificante que vinha da fornalha amolecia o metal. A esfera se deformava lentamente sob seu próprio peso e, como a parte interior de uma gota que vai cair, semelhante a uma pera ou ao traseiro de uma mulher robusta, ela se encurvava, se esticava e começava a fundir-se.

E depois o enorme besouro, a gota formidável se soltou. Nos rostos ensandecidos, cujos lábios se moviam vagamente, aquilo foi quase uma decepção. Não houve nenhum ruído. O sino escorregou lentamente pelo lado, achatou-se, feixes de metal líquido escorreram pelos degraus do adro, avançando solenemente na direção dos espectadores satisfeitos como fluxos de lava ou como os tentáculos de algum monstro prestes a engoli-los. Ninguém viu, ninguém ouviu as miríades de gotículas incandescentes fundindo-se ao chão como balas de fogo, cegando os olhos, esburacando os crânios, derrubando fileiras inteiras da multidão.

Porém os corpos repletos de metal soltavam no dia seguinte seu fedor na praça inundada de sol. Seus cadáveres misturavam-se àqueles que por toda parte corrompiam-se, ao longo das muralhas, nas esquinas, nas ruas. Porque as execuções continuavam e não havia mais o cuidado, na aurora, de levar as vítimas para as fossas dos campos. A cidade oferecia um estranho espetáculo naqueles dias de loucura. Os acessos ao castelo ainda não tinham sido liberados, os escombros ainda obstruíam as ruas. A explosão do paiol havia arruinado os aquedutos, perfurando os tubos subterrâneos. A água jorrava ao acaso antes de acumular-se nos buracos. No bairro baixo havia terrenos inundados, a água tinha invadido os porões, os pátios, de onde vinha um odor insosso. Os esgotos transbordavam, ratos mortos flutuavam em meio a grandes poças, onde entravam as crianças em andrajos com seus barquinhos de papel. Os raros passantes circulavam com dificuldade em busca de alguma padaria ainda aberta, de uma mercearia, de um pouco de lenha. Mas, incendiadas, pilhadas, fechadas por ordens, uma após a outra, as lojas tinham desaparecido. E não havia água nenhuma para beber, exceto a das poças estagnadas. Quando a embriaguez dos jogos sanguinários da noite passava, e, por trás dos muros dos palácios ou das favelas, a população acumulada em cômodos lotados acordava de barriga vazia, ela começava a agitar-se. Realizando ataques, grupos ameaçadores se espalhavam pelas hortas e pelos campos ao redor, sitiando fazendas, exigindo batatas, leite, pão, galinhas. Quando voltavam, os guardas, aos risos, tomavam-lhe os frutos de suas exações. Havia enfrentamentos. A situação piorava a cada dia. A morte tinha vestido seus trapos mais antigos. O que vamos virar, diziam os imbecis, se não há mais o que comer? E os riscos de epidemias são grandes, acrescentavam os sábios. Aqueles que refletiam perguntavam-se quem tinha decidido tornar qualquer vida impossível na cidade, e por quê.

Corria então o rumor, um rumor inacreditável e mesmo assim tão forte que não precisou ser espalhado e atravessou as ruas vazias, ignorando as distâncias, vencendo muros e portões fechados, clamando por toda parte a notícia fantástica: a cidade seria evacuada, sim, esvaziada de todos os seus habitantes! Era para constranger os recalcitrantes que a água tinha sido cortada, que o abastecimento havia sido suspenso, que o espectro da fome tinha sido brandido. Mas por que, dirá você, esse projeto insensato, por que lançar nas estradas uma população inteira, desprovida de tudo? Esse era precisamente o objetivo: arrancá-la do passado, da cidade, de sua cultura. De tudo aquilo que os homens, ao longo das gerações, tinham inventado para fazer, valendo-se de inteligência, de coragem e de dedicação, da insuportável existência algo de belo e tão capaz de felicidade, e preferível à morte. Sim, era tudo isso que deveria ser destruído, todas aquelas construções e acomodações, aquele bem-estar e aquele conforto, aqueles quartos quentes e aquelas camas macias, todos aqueles objetos inúteis e perversos, aqueles livros, aqueles pensamentos individuais, aquelas pinturas, aquelas formas da inteligência, e a inteligência mesma, tudo aquilo que é superior e que um camponês ignaro não podia mais tolerar – tudo aquilo que é burguês! burguês! burguês! E para dar lugar a quê? A longas filas de grosseirões, todos iguais, andando descalços, revirando, como fertilizante, seus próprios excrementos, com suas próprias mãos! Não era essa sua opinião? Pois ninguém tinha perguntado. Você vai entrar na roda, com belos chutes no traseiro, ou então vai ser jogado na vala comum.

Quanto a mim, eu me perguntava o que é que eu tinha vindo fazer no meio dos loucos. Será que ela adivinhava minha pergunta silenciosa?

– O Grande Chanceler quer ver você – disse-me um dia Deborah quando chegou. – Você aceitaria encontrá-lo? Seria possível esta noite.

*

Indiferente, ao que parece, aos obstáculos que tinham surgido de todos os lados, evitando sem ver as vielas congestionadas, as escadas cobertas de vidros quebrados, levantando sua longa saia ao passar pelos córregos que tinham surgido aqui e ali e que corriam em meio às ruas, colocando com segurança o pé nos blocos de pedra vacilantes que haviam sido postos para passar por eles, caminhando de maneira silenciosa e rápida, sempre prudente, Deborah deslizava pela sombra das arcadas, e eu experimentava, ao segui-la, o mesmo sentimento de segurança daquele que se fia, numa passagem difícil, no instinto de um animal doméstico. Nós íamos para o bairro dos mercadores e, por mais que eu conhecesse a sinistra história daqueles últimos meses, minha emoção se reavivava ao rever os mercadinhos, as galerias cobertas, o entrelaçamento das ruelas onde passei tantas vezes. No lugar da atividade tumultuosa, dos gritos dos vendedores, das conversinhas dos camelôs, dos rostos alegres dos curiosos, do brilho das luzes da noite iluminando grandes pórticos em que se amontoavam frutas multicores e panos estampados, de todas aquelas piscadelas da vida que o cercava, que o acompanhava, que o interpelava, que o tomava pelo braço, antes de deixá-lo desapontado, porque, decididamente, o encanto daquela confusa balbúrdia que é seu idioma escapava-lhe, não havia mais do que o silêncio dos estabelecimentos vazios, a parede de corrediças abaixadas e aquelas grandes poças de lama com reflexos apagados. E eu me perguntava se tinha sido eu mesmo que tinha vagado, na companhia de Denis, em meio a todo aquele povo ocupado e alegre, agradecendo-lhe com um olhar, um sorriso, por ser o objeto renovado do nosso maravilhamento e, no fim das contas, a afirmação daquilo em que eu acreditava.

Chegamos ao pé da enorme colina. Caprara erguia à nossa frente sua fantástica silhueta, estalando contra o céu suas asas de pássaro noturno. Rastros de luz desenhavam a bossagem das pedras, o ocre da fachada vibrava levemente. Subimos a escada num só fôlego. Outra vez a vasta morada estendia sobre nós sua paz misteriosa. Paramos um instante. Nas altas abóbadas reinava o mesmo silêncio que eu tinha ouvido tantas vezes e que dava àqueles lugares não sei que aspecto irreal, àquele que neles penetrava na ponta dos pés a impressão de estar tão longe do mundo que nada nunca mais poderia atingi-lo. Deborah se dirigia para a grande escada de mármore. No luar quase imperceptível filtrado por uma abertura invisível, a longa espiral branca estendia sua curva inimitável, como uma cascata petrificada que de si oferecia apenas as formas e a superposição de seus volumes mágicos. Quando, chegando ao ponto mais alto, demos a volta para a fileira dos corredores, uma emoção intensa se apossou de mim e foi como se, no meio da escuridão, meus olhos se abrissem. Eu ia ver o Grande Chanceler, naquele lugar aonde eu havia ido tantas vezes, imaginando-o em mil lugares diferentes, chegando ao ponto até de duvidar de sua existência, quando ele estava ali mesmo, talvez não mais distante do que o outro lado da porta! Aquela súbita proximidade me deu medo. Já tínhamos chegado ao fim do labirinto, e os lábios de Deborah, roçando-me a bochecha, me recordaram que, daquela vez, eu tinha deixado meu disfarce.

Reconheci a grande sala, a janela estreita, os bancos de pedra abertos na própria parede, o desenho geométrico do antigo pavimento, iluminado por um raio de luar. Uma silhueta alta e escura vinha em minha direção. Fui tomado pelo braço, sendo levado até o cavalete que servia de escrivaninha. Duas palmas me pressionavam gentilmente os ombros, obrigando-me a sentar-me, apesar de meus protestos, na única cadeira. Balbuciei algumas palavras de gratidão pela honra que tinha recebido ao ser convocado a Aliahova.

– É verdade – sussurrou uma voz muito baixa –, nós havíamos escolhido você há muito tempo.

O olhar de uma acuidade e de uma inteligência quase ferozes que se pousou sobre mim era insuportável, e eu teria virado o rosto se não fosse pelo indefinível sorriso que vagava pelo rosto do asceta. Inclinado para mim, com suas longas mãos de dedos compridos mal roçando a borda da mesa, ele me olhava o tempo todo diretamente. Eu via a extrema fineza de seus traços, a perfeição do nariz e dos lábios, das maçãs do rosto que pouco se destacavam, e pensei, não sei por quê, em Deborah. Mas era a cor da pele que me fascinava, uma pele quase transparente, que, em vez de receber a claridade, irradiava-a, como se o corpo que ela envolvia fosse de outra espécie; e, sob os finos traços rosados que animavam suas bochechas pálidas como as nuvens de um céu de aurora, não era o sangue pesado e espesso dos mortais que corria, mas, parecia-me, algum princípio imaterial e o sopro do espírito.

Enfim o homem recuperou sua alta estatura. Afastando-se da mesa, começou a percorrer a sala, e seu caminhar era tão leve que eu imaginava um ermitão retorcendo os pés nus sobre a areia de um deserto cúmplice. Até a aurora ele andou assim, às vezes parando, interrompendo sua fala com longos silêncios que eu aproveitava para repetir para mim mesmo aquilo que ele tinha acabado de dizer e para inscrevê-lo no mais profundo do meu ser. Eu estava tão persuadido de que aquele que eu pude encontrar naquela noite, cuja marcha inexorável eu experimentava como um dilaceramento, sabia tudo não apenas de nossa situação e de seus mínimos detalhes mas também do futuro e talvez até algo além, que não pertencia nem ao passado, nem ao futuro, e em cujo caminho ele me empurrava. Diversas vezes ele foi sentar-se num dos bancos ao lado da janela. Sob os raios celestes, seu rosto escorria de luz, mas, perdido em si mesmo, seu olhar não via nada, exceto aquela espécie de certeza que dele emanava. Como o tempo passava, tive o sentimento de que ele renunciava a me explicar tudo, e talvez a obter meu assentimento, contando comigo para guardar em minha memória e transmitir aos outros aquilo que ele ia fazer, cuja natureza ele não chegou a especificar.

– Assim – disse ele ao fim de um longo silêncio –, Aliahova vai morrer. Como chegamos a este ponto? Fenômenos estranhos se produziram, que escaparam a nossas análises, contra os quais nada pudemos fazer. Foi como um desgosto generalizado em relação a tudo que, ao longo das gerações, havia iluminado a vida das pessoas, indicando-lhes o caminho a seguir, os obstáculos a evitar, estimulando-as na busca do bem. Aqueles que ensinavam todas essas coisas estiveram presentes o tempo inteiro, eles continuaram a falar, mas ninguém mais lhes dava ouvidos, o que eles diziam era motivo de chacota, era como se simplesmente não existissem mais. Durante esse tempo surgiu uma nova linguagem, não tão nova, para dizer a verdade, porque ela se limitava, no fim das contas, a assumir a posição contrária da anterior. A afirmar que aquilo que é mau, condenável, não é a pulsão bruta, a violência cega, a sexualidade nua, a vontade de fazer o mal, a vingança, o estupro, a cupidez, a mentira e o assassinato, que tudo isso, pelo contrário, é belo e moral, constitui o fundo do nosso ser e o que há de melhor em nós. O que é vil, desprezível, o que deve ser aniquilado, é aquilo que um passado execrável tinha por toda parte oposto à força, aquilo com a ajuda de que ele pretendia transformá-la a partir do interior, moderá-la, negá-la, colocando assim em seu lugar a reserva, a humildade, o pudor, a tolerância e o respeito dos outros, o perdão e, para tudo dizer em uma palavra, o amor.

– Evidentemente é muito fácil abandonar-se ao impulso imediato, é dificílimo superá-lo. Aqueles que pregam a libertação dos instintos tiveram direito à aprovação dos indivíduos mais abjetos, os quais tomaram a palavra por toda parte, com tanto mais arrogância quanto mais tinham sido impedidos de falar até então, detendo-se com complacência naquilo que há de mais baixo, nas nuances de uma sensualidade escabrosa, acusando vivamente a moral e tudo aquilo que até então os havia obrigado a silenciar seus vícios. No mesmo momento, os pensadores mais eminentes, as sumidades da cidade, que eram ouvidas com respeito nos cenáculos, nas conferências, nas aulas, cujos livros às vezes eram lidos, calaram-se bruscamente. Alguns deles, mais ainda, foram dar ouvidos aos histriões e falastrões, seguindo seus passos, repetindo suas tolices, a fim de não serem totalmente esquecidos.

– Há outra razão para esse conjunto de fatos estupidificantes a que você assistiu, assim como eu. Trata-se, acho, do horror do homem por aquilo que o ultrapassa. Toda diferença é insuportável, sobretudo quando ela não é de ordem natural. Assim se explica o furor com que foram atacadas todas as formas mais elevadas de espiritualidade que se sucederam em Aliahova e que fizeram de nós aquilo que somos. Veja só, duas forças dirigem o mundo, o amor e o ressentimento. Diante daquilo que é superior, existem precisamente duas formas de agir: o amor, que nos leva para ele, que nos abre para ele e que nos transforma em sua substância; o ressentimento, que se recusa a reconhecer seu valor, que o rebaixa para colocar em seu lugar sua própria baixeza.

– Existe uma pessoa que conhece bem o ressentimento, porque foi petrificada por ele: o sinistro Niets. Ele começou colocando o inferior no lugar do superior, pretendendo que, aquilo que tem valor é o animal com suas garras, a besta, a suprema besta loura, como ele diz. E isso porque é preciso menos tempo para dar um salto e devorar uma presa do que para escrever um tratado de metafísica! Mas esse falso profeta levou a astúcia ainda mais longe, invertendo não apenas a escala de valores, mas também a explicação que se pode dar a ela. Enquanto era o ressentimento que motivava em sua alma celerada o descrédito sistemático daquilo que é nobre e divino, e sobretudo do amor sem limites que, ébrio de si mesmo e tomando-se por ser de toda coisa, sem nada querer excluir de si, fez-se amor de tudo, e também do fraco, do doente, e até do inimigo, ele afirmou, ao contrário, que essas doutrinas sublimes eram obra dos seres mais imperfeitos, pelo que ele entendia os mais fracos do ponto de vista biológico, que as tinham inventado para proteger-se contra os fortes, convencendo-os a poupá-los e até mesmo a servi-los.

O Grande Chanceler parou de repente e, olhando-me e rindo, deu-me um exemplo:

— Aparentemente, são os recém-nascidos que colocam o amor no coração dos pais, para que estes lhes deem de comer em vez de jogá-los no rio!

— Esses absurdos — continuou ele mantendo o sorriso — foram confirmados, se ouso dizê-lo, pelos trabalhos supostamente científicos de um suposto médico, Duerf, de triste fama, um obcecado sexual, como você sabe, um doente mais doente do que o mais doente dos doentes. Como todas as pessoas que sofrem do mesmo mal, ele via a sexualidade por toda parte, explicando tudo por meio dela, ou por seu infeliz recalque. Era preciso perceber esse recalque, é verdade, e ele julgava fazê-lo imaginando que a sociedade reprimia as tendências sexuais de seus membros a fim de sobreviver e de desenvolver-se. Como se a sociedade fosse uma terceira pessoa, como se ela tivesse interesses, objetivos, problemas diferentes daqueles dos próprios indivíduos! Como se o princípio do recalque pudesse estar nela sem que estivesse primeiro neles! Mas se ele está em nós, é toda a teoria que cai.

Outra vez ouvi o sopro leve e puro de seu riso. E depois foi como se uma súbita lassidão se apossasse dele:

— Pouco importam, aliás, essas elucubrações. O que conta, o que me deixou perplexo na época, foi sua fulminante difusão, o fato de que elas foram repetidas por aqueles mesmos que tinham por missão defender os valores e mostrá-los a todos. Como se produziu essa singular inversão? Como a *intelligentsia* veio a encarniçar-se contra aquilo que constituía sua razão de ser e, de certo modo, a negar-se a si mesma? De todo modo, foi isso que ela fez, e de diversas maneiras. Ao afirmar que só existe a força material... o que bastava para colocá-la fora do jogo, por ser totalmente desprovida dela..., que as ideias não possuem consistência alguma em si mesmas, sendo apenas produtos ou disfarces dessa força, seja ela a dos instintos ou da classe mais forte, ou de tudo aquilo que se quiser.

Outra vez o rosto de meu interlocutor foi iluminado por um sorriso.

— Poderíamos, é claro, devolver a essas pessoas sua própria pergunta, indagar-lhes que força então as move a afirmar essa ideia de que as ideias não são nada. Você sabe que há cerca de um século aconteceu algo grave em nossa cidade. Aqueles que eram responsáveis pelos valores, e que chamávamos de clérigos, levavam uma vida inteiramente dedicada a essa tarefa, vivendo à parte, renunciando inteiramente a quase todos os prazeres dos homens. Por outro lado, eles eram dispensados dos trabalhos materiais, ficando livres para consagrar toda a sua energia às coisas do espírito. E então essa condição perigosa e privilegiada subitamente acabou. Afirmou-se que o pensamento continuava ao mesmo tempo em que se partilhava a existência confortável de todos, e a cama das mulheres. Só que, veja só, era preciso ganhar a vida! Aqueles que seguiram esse caminho tornaram-se inevitavelmente professores de escola. E não ficaram nem um pouco contentes. Eles, os mais inteligentes, eram também os mais pobres. E isso aconteceu precisamente no momento em que nada mais importava no espírito de seus concidadãos do que o dinheiro. Com suas roupas deformadas e seus grossos sapatos, eles faziam cara boazinha em meio aos mercadores que passavam por eles com ar condescendente. Então eles se enxergaram com os olhos com os quais eram vistos: o espírito não passa de uma ilusão, a matéria é tudo! Os primeiros a urrar essa verdade que os fazia ranger os dentes e que lhes agitava a bile, os preceptores ulcerados, eu já falei quem foram: Niets, Duerf!

– Cem, mil infelizes, que eram como eles, que se insultavam a si mesmos, repetiram a longa litania das vituperações. Eles a cantaram em coro com seus alunos. O que eles cantavam? Como o espírito não é nada, e como só contam os bens materiais que estão na posse dos burgueses, mas que eles, eles também desejavam, eles, os servos dos filhos desses burgueses, como a única substância e a única essência é a riqueza, a boa e verdadeira riqueza, as casas e os vestidos, as terras e os cavalos, o ouro e os braceletes de prata, que havia então a fazer senão dividir tudo isso, repartindo tudo igualmente entre todos? Quando se trata daquilo que sente e que experimenta aquele que seguiu seu próprio caminho e ficou acordado até tarde da noite, daquilo que ele percebe da beleza do mundo e compreende de seus mistérios, quando se trata do amor, o que pode significar a igualdade? Mas os porcos e os perus, as mulas e os jumentos, isso pode ser contado, pesado e comparado. Cada um terá a mesma ração de batatas congeladas, o mesmo número de metros quadrados para compartilhar com aqueles que o vigiam. Eis o que ensinam a seus alunos, àqueles que vinham da cidade, àqueles que vinham do campo: a igualdade! A igualdade encontrara sua terra prometida no sentido literal da palavra: bem no chão!

– O vento empesteado de inveja começou a soprar em todas as hortas, agitando as alfaces, as longas espigas de milho, a água dos pântanos para onde fugiam os patos temerosos, as folhas dos álamos, cujas fileiras cortam a planície do Levante. Quando, no fim da semana, voltavam para casa, para alguma festa ou porque ainda outra vez haviam decidido fazer greve, os filhos insolentes repreendiam rudemente pai e mãe, chamando-os de imbecis. "Você tem dez arpentos de terra, enquanto os vizinhos têm vinte, e os Capelli, do outro lado do rio, têm trinta, e da melhor terra, nada de pedra e urtiga, que nem essa merda em que a gente está. Vocês suam sangue e água o ano todo, feito uns idiotas, e são os mais desprezados da região. De todo modo, não contem conosco para fazer esse trabalho." "O que vocês querem?", perguntavam os velhos, tremendo. "Vocês têm forquilhas, não têm? Para abrir a barriga do senhor Melagro, que é dono de toda a colina do Granião, com os vinhedos e o vale logo atrás, com a floresta de oliveiras. O que nós queremos? Que todos os fazendeiros possuam a terra, que todos eles tenham trinta arpentos, da mesma qualidade... e as mesmas férias que as pessoas da cidade!"

– Esses imbecis – continuou o Grande Chanceler após uma pausa – acham que os nivelistas vão dar a terra aos camponeses! Em todo caso, seus discursos deram frutos. O campo, que constituía, com o comércio, o principal sustentáculo do regime, começou a ficar do lado da revolução, e isso no momento mesmo em que, na cidade, a situação não parava de agravar-se. Não estou falando da situação material, ainda bem próspera, e aliás mais próspera do que nunca. Mas o descontentamento se insinuava em todas as classes da sociedade, principalmente entre aqueles que nunca tinham conhecido aquele conforto. Era um mal-estar vago, disforme, sorrateiro, profundo, que contaminava todos pelo contato, alterando por toda parte o esplendor da vida por meio da denúncia do que existia. Por que o mal-estar? Porque nenhuma realidade espiritual aparecia mais no fundo do coração dos homens como a alegre razão de sua existência, como sua essência mesma, seu único sentido possível e legitimação. Inútil dizer que eu era o único que dizia isso! Cada um de meus concidadãos ouvia uma explicação diferente. O objeto de seu ressentimento era claro, evidente, era tudo que seu vizinho possuía e que ele mesmo não possuía. Você vê, o rancor crescia junto com os bens desse mundo! O menor incidente desencadeava o furor dos invejosos. Nas ruas eram lançados bandos de jovens que quebravam tudo em seu caminho... Infelizes! Eles não sabem que universo de penúria e de miséria está sendo preparado para eles.

– Foi então – continuou o Grande Chanceler – que duas coisas importantes aconteceram na minha vida. A primeira foi eu ter sido convocado pelo governo. Hesitei, porque nada me inclinava para essa tarefa. Devo dizer-lhe que, tendo perdido minha esposa vinte anos antes, tomei a decisão de dedicar-me àquilo que doravante me parecia o essencial. Entrei para uma ordem, à qual dei minha fortuna, para não ter mais que me ocupar dela. Retornar àquilo que eu havia decidido abandonar não tinha grande significado. A inquietude, contudo, a angústia era geral. As pessoas à minha volta insistiam para que eu aceitasse, a fim de, diziam, salvar a cidade. Ainda que eu fosse cético quanto às possibilidades de um povo que perdeu até a ideia de seu destino espiritual, aceitei. O Alto Conselho, do qual me tornei membro, era composto de pessoas de negócios. Seu presidente era o da corporação dos fabricantes de tecidos. Os representantes dos proprietários imobiliários, da indústria, dos bancos, das grandes empresas ocupavam os principais departamentos. Havia também um jurista renomado, encarregado de fazer com que as operações que discutíamos se conformassem às leis e, em caso de impossibilidade maior, de colocar as leis em conformidade com essas operações. Também havia a contribuição dada à demagogia. Ao meu lado sentava-se uma criatura encantadora, que, segundo me disseram, era líder das empregadas descontentes! Que assembleia! A discussão mais interessante a que assisti dizia respeito à questão de saber se a venda dos produtos deveria ser deixada aos atacadistas, aos semiatacadistas ou aos varejistas, discussão de que me lembro porque foi interrompida, os líderes das profissões relacionadas tentaram, naquele dia, atear fogo ao palácio onde estávamos reunidos. Falou-se, é verdade, em liberdade: na liberdade das referidas empregadas de ir à praia e banhar-se com os seios nus, reivindicação que minha vizinha defendia com furor. Nenhuma preocupação de ordem elevada surgiu diante de mim naquele dia, e, se chegamos a falar da universidade, foi, acho, por causa da apreensão que ela suscitava.

— Como me fizeram perguntas sobre esse assunto espinhoso, limitei-me a dizer só uma frase, propondo que o salário de todos os professores fosse dobrado imediatamente. Grande foi a surpresa de todos aqueles que esperavam um discurso por eu ter-me colocado imediatamente do seu lado. Mas a soma demandada era vultosa, e os rostos, graves. Foi meu vizinho da direita quem forçou a decisão. Ainda que só ocupasse um cargo subalterno no governo, ele representava, na verdade, a todo--poderosa corporação dos armadores, que estava na origem da imensa prosperidade de Aliahova e também, devo dizer, de sua grandeza. Sua filosofia, tal como a encontrei no que dizia aquele que tomou a palavra e veio falar comigo na saída da reunião, pode ser assim resumida: uma vida espiritual, ao menos para o povo como um todo, isto é, compreendida como um corpo de atividades múltiplas, estéticas, científicas, religiosas, etc., só é possível quando repousa sobre uma riqueza material considerável, a qual, por sua vez, só faz sentido se serve de suporte a essas atividades superiores. Desculpe-me – acrescentou ele ao despedir-se – por ter defendido essa opinião na frente de um monge.

— Mas é isso que penso também – respondi.

— Nosso grupo, então, contou suas moedinhas com uma careta, e fui encarregado de contatar os responsáveis pelas diversas corporações de professores. E foi então que veio uma segunda surpresa. Quando, após múltiplas dificuldades... não vamos discutir com um governo como esse, para que ir ter uma conversa que não vai servir para nada, etc., consegui encontrá-los e comuniquei nossa proposição mirabolante, aqueles que estavam de pé à minha frente se recusaram a sentar, permaneceram impassíveis, e seu olhar, confesso, me deu medo. Um deles, enfim, o delegado mais jovem, o dos professores do primeiro nível, desde então ele ficou falado, não sei se o nome dele lhe diz alguma coisa: Choquet? Choquet então me encarou com seu ar angelical. Ele tinha olhos grandes, dulcíssimos, nod quais eu julgava ver um brilho de alegria.

– Os professores – disse ele lentamente – não pediram aumento.

– E, após ter esboçado uma saudação irônica, eles me deixaram lá. O problema deles, compreendi um pouco tarde demais, não era melhorar as coisas, mas avivar o descontentamento entre as mesmas pessoas que seriam encarregadas de propagá-lo por todo o país.

– Após essa conversa, que marcou para mim uma data na longa história de nossa decadência, os acontecimentos sempre estiveram à nossa frente, desfazendo nossos planos, tornando nossos cálculos desprezíveis. Quando, já sem fôlego, pensamos em concordar e tê-los conosco, uma brusca reviravolta nos tirou nossa presa, que fugiu a toda velocidade numa direção imprevista e nos deixou perplexos, a cada dia mais desencorajados. E isso valia para as coisas pequenas e para as grandes, supondo que era possível distingui-las, porque o menor incidente trazia, escrito na testa, o fim de nosso mundo e o sinal precursor da barbárie. Assim foi na história tragicômica do grande bonzo. Você sabe que no tempo de seu esplendor Aliahova estava aberta a todas as formas de espiritualidade, sem afastar nenhum estímulo que viesse de fora, nenhuma ocasião de permanecer desperta. Afinal, uma espécie de esclerose pode habitar o esforço mais intenso, e o egoísmo pode invadir o próprio amor. Então, após várias gerações, uma ordem estrangeira obteve autorização para se estabelecer entre nós e até para aqui erguer seu templo. O que distinguia aqueles monges era sua extrema ascese, e também práticas antiquíssimas, dentre as quais algumas podem parecer obsoletas. Mantido por doze virgens, um fogo queimava no coração do santuário e não podia apagar-se. O chefe daquela comunidade, que por um momento suscitou o interesse e até um verdadeiro fascínio entre aqueles que sempre acham que podem encontrar fora aquilo cuja presença não conseguem reconhecer em si mesmos, era precisamente o grande bonzo de quem estou falando, e que morreu um dia, ou melhor, uma noite, subitamente, não exatamente enquanto meditava, mas nos braços de uma de suas vestais. E afirmou-se até que outros jovens participavam de suas brincadeiras, e que aquilo se tratava nada mais, nada menos do que de uma orgia.

— Bom, então — continuou o Grande Chanceler após levantar os ombros —, o que você acha que aconteceu? Que o caso foi abafado? Que afetaram tristeza, compaixão pela fraqueza humana? Como em todas as notícias em que se pode ler o anúncio da decomposição de nosso universo, aquela se espalhou por toda parte, provocando em sua passagem não alguns sorrisos de quem fez pouco da história, mas um verdadeiro júbilo, uma espécie de êxtase vinda do mais profundo dos seres, em que todos se regozijavam e que lhes dizia: você, no fim das contas, não passa de um animal, de uma besta, e os seus instintos são o que você tem de melhor! Quanto àqueles que pretendiam viver de outra realidade, dita superior, eles não eram, isso estava claro, mais do que hipócritas, tartufos, todos aqueles monges que celebravam um espírito que ninguém tinha visto ainda, numa esquina da rua ou dentro de um tubo de ensaio! Vocês, padres ascetas, vocês são iguais a todo mundo: como nós! como nós! como nós!

– E quem... – outra vez o Grande Chanceler voltou-se para mim – quem dizia essas coisas? Os próprios padres, os próprios monges! Muitos deles se juntaram ao interminável cortejo que Colovieso organizou e conduziu até o templo da Calma Interior, cujo teto tentou derrubar para que ali coubesse um imenso falo de pedra que seria o símbolo dos novos tempos e antes de tudo da nova destinação do santuário. Em meio aos gritos, uma turba histérica perseguiu as vestais que não tinham participado das orgias, querendo fazer delas as primeiras funcionárias de um bordel.

– Mas se a apologia e a liberação dos mais baixos instintos podiam provocar cenas semelhantes a essa que estou relatando, o mesmo não se dava com o trabalho, objeto de ressentimento em toda parte, como se fosse um fardo insuportável, ou, para dizer melhor, um escândalo. Não se via nele nada além de uma invenção diabólica destinada a conter esses instintos, a impedir os homens de entregar-se a eles sem reservas. Não era possível ir até um guichê postal, à caixa de uma tesouraria, estou falando do tempo em que os serviços públicos ainda funcionavam parcialmente, sem sentir um incômodo, a surda hostilidade daquele com quem você precisava tratar, que fazia cara de quem não estava vendo você, de quem não entendia o que você queria, antes de comunicar alguma inconveniência momentânea que impedia que você fosse atendido. E aquela inconveniência aparentemente momentânea remetia a um defeito permanente, a uma imperfeição na organização da empresa inteira, imperfeição essa que não era devida a uma causa circunstancial, mas dizia respeito, no fim das contas, ao sistema. Em suma, pouco a pouco, era nossa civilização inteira que estava sendo questionada, e que devia ser transformada de cima a baixo. Você entrava numa loja quando o dono estava ausente, e o empregado, que esperava que você fosse até ele, não apresentava toda a cadeia de implicações que levava ao necessário abalo de todas as nossas instituições, mas era sempre o mesmo mau humor, uma incompetência deliberada, e, enquanto você saía de mãos vazias, não conseguia deixar de pensar, diante da semelhança dos argumentos ou de sua conclusão, que uma propaganda incansável repetia por toda parte as mesmas palavras de ordem, alimentando por toda parte esse descontentamento crescente.

Interrompendo suas idas e vindas pelo vasto salão, o Grande Chanceler fez uma nova parada:

— Sim — murmurou ele, com uma voz ainda mais baixa, que parecia invadida de um desencorajamento sem limites —, Aliahova tornou-se o lugar onde tudo pode acontecer...

— E o que vai acontecer?

A alta silhueta escura, que, como reparei, pela primeira vez na escuridão, portava as vestes eclesiásticas que haviam desaparecido totalmente da cidade, voltou-se lentamente na minha direção:

– A revolução percorreu a primeira metade de seu caminho, a da desordem e da decomposição, da crítica e da oposição sistemática, com as consequências desejadas: a paralisia progressiva de todas as atividades, o despertar e o desencadeamento da violência. Ela vai agora fazer a segunda metade de seu trajeto, e aquilo que se aproxima de nós a largos passos vai deixar estupefatos os ingênuos que acham que estão inventando o futuro: será exatamente o contrário do que eles esperam. Ainda não acabaram os gritos contra as supostas agressões à liberdade, e prepara-se um regime que vai abolir todas as liberdades, em que a ideia mesma de uma violação da liberdade individual não terá mais nenhum sentido, porque a ideia de individualidade já não terá nenhum sentido. Pregou-se a liberação total do desejo, a rejeição a seus entraves... que sem dúvida não eram outra coisa senão o conjunto de caminhos escolhidos pela natureza para sua realização mais nobre... essa suposta liberação terminará no controle absoluto do instinto por um poder político! Por toda parte foram denunciados os excessos da polícia, o controle dos militares, a severidade da justiça, o poder do Estado, e eis então um Estado em que o Estado será tudo, um Estado militar e policial, em que um homem será mandado para uma colônia penal por um sim, ou por um não, ou por menos ainda: para aterrorizar seus semelhantes e para que eles fiquem calminhos. As reivindicações materiais foram exasperadas, cada qual está convencido de que não tem o que devia, que precisa disso e daquilo também, mas a penúria que se estende por toda parte à nossa volta vai tomar todos os domínios, o menor utensílio vai ficar impossível de achar, será preciso trocar uma lamparina a óleo por alguns quilos de trigo. Em vez de ficar deitadas nuas nas praias, as mulheres vão ficar plantadas em longas filas silenciosas diante de lojas vazias. Há gritos e agitação, faz-se uma manifestação ao menor pretexto, agora vamos aprender a calar a boca e a derrubar os muros. Os escritores não sabem mais o que inventar para que se fale deles, qual escândalo contar com prazer, qual instituição denegrir, qual realidade sagrada da vida profanar, eles vão andar certinho, vão recitar piedosamente o catecismo de seus novos senhores, rastejar diante deles, ou desaparecer na obscuridade. Toda hierarquia foi recusada e a hierarquia mais rigorosa, a mais assustadora de todos os tempos, vai se estabelecer... o que estou dizendo, ela está no lugar, suas engrenagens já estão se ajustando na escuridão, numa escuridão da qual ela jamais sairá! Será enfim preciso libertar a sociedade de sua divisão em classes, e essa sociedade vai ser cortada em duas, de um jeito como nunca foi. De um lado haverá o rebanho que só vai poder obedecer, e de outro, aqueles que sabem o que é bom para ele, que conhecem os segredos da história, as leis das coisas, e que se encarregarão de aplicá-las. Porque aí está, veja só, aquilo que vai diferenciar essa nova casta dirigente da antiga: ela não será mais composta de homens, mas sim de autômatos, e, em vez de repousar sobre a fragilidade humana ou de levá-la em consideração, vai funcionar como um organismo cego e todo-poderoso, como um aparelho monstruoso que avança segundo o ritmo de seu mecanismo interior, triturando tudo à sua passagem e, em primeiro lugar, aqueles mesmos que achavam que estavam protegidos dele por servi-lo.

– Mas, dirá você, como esse regime de ferro vai sair da confusão atual, da licenciosidade e do desregramento, da recriminação permanente, das exigências sem fim, dos incômodos cotidianos, das destruições, dos atentados? Na verdade, eu digo: é precisamente daí que ele está nascendo, de toda essa decomposição, e a podridão será o laboratório dessa ordem nova e terrível. Porque, veja bem, não se pode brincar indefinidamente com a vida, ela tem seus prazos, suas necessidades profundas, que não aceitam ser ridicularizadas. É preciso beber, comer, agasalhar-se e ainda outras coisas. É preciso que a água volte a correr nos aquedutos, que haja farinha e lenha nas padarias. Veja o estado da cidade e você compreenderá por que a cada dia são mais numerosos aqueles que pensam, ainda que não ousem dizê-lo em voz alta: chega!, chega disso! Que aspiram ao estabelecimento de um poder implacável, à grande limpeza necessária. E, enquanto eles vêm e vão, de cabeça baixa, resmungando entre os dentes, empurrando com o pé, raivoso, as pedras que barram o caminho, outros, escondidos atrás das persianas fechadas, olham-nos e contam, contam o número de seus futuros partidários! Os revolucionários, hoje, parecem profundamente divididos, dilacerados em facções rivais. Durante a noite, combates encarniçados opõem os bandos que se odeiam. A tal ponto que alguns dentre nós chegaram a crer que a salvação viria do próprio mal, porque, em seu furor cego, ele se volta contra si e se autodestrói. Ou ainda porque ele seria ameaçado pelo mesmo perigo que o bem, e que a força que o move e que o habita estaria também ela dedicada ao declínio inevitável, àquela espécie de fadiga que desgasta sorrateiramente toda atividade, a mais nobre e a mais vil, conduzindo-a inevitavelmente à ruína.

— Não era essa a minha convicção. Porque, do tumulto renovado, da efervescência e da perturbação, eu via preparar-se a cada dia o caminho que leva a seu exato oposto. Gesticuladores e nivelistas podiam enfrentar-se, os primeiros trabalhavam para os últimos, e os últimos sabiam disso. Tivemos a prova de que muitos deles se misturavam aos extremistas e aos agitadores, urrando com eles, fomentando a desordem a fim de levá-la a seu paroxismo e de fazer surgir, de seu próprio excesso, aquela necessidade de ordem a que eles responderiam com seus planos mirabolantes já prontos, sua organização forte, aberta ou secreta, com seus capangas, sua polícia, sua hierarquia, seus técnicos preparados há muito tempo para ocupar todos os postos importantes, seus chefes e seus ajudantes.

— Essa nova ordem — disse eu —, cuja vinda inevitável o senhor está descrevendo, em que medida ela vai ser diferente da antiga? E a digressão pela sedição e pelo assassinato terão servido para quê?

— Os nivelistas não deixaram livres históricos como Colovieso e toda a claque dos anarquistas e dos niilistas, somente para provocar a exasperação da gente honesta e o desejo de um retorno à calma, àqueles grandes equilíbrios de que a vida não pode se distanciar por muito tempo. Se eles fizeram de si mesmos cúmplices da destruição, foi porque tinham necessidade dela, e eles precisavam em primeiro lugar suprimir o antigo estado de coisas que repousa sobre aquilo que se chama de valores espirituais, isto é, é preciso que fique bem claro, um conjunto de obras ou de normas que, em cada domínio da sensibilidade, da inteligência ou do coração, que sempre surgia daquilo que um indivíduo, o melhor, tinha ele mesmo inventado ou produzido de melhor. Aquilo que chamamos de cultura é uma cadeira escarpada que ergue contra o céu formas fantásticas saídas de uma imaginação ébria, a civilização tem os olhos fixos nessas distâncias fabulosas e se esforça para progredir em sua direção. A história não é uma sucessão incompreensível de fatos absurdos, de catástrofes, de intrigas e de assassinatos. Por trás desse afresco sanguinário e imbecil, desenrola-se uma outra aventura, a de um espírito obstinado, que lentamente edifica os degraus de um caminho que leva até ali. Foi ele quem um dia soprou no homem o desejo de dividir seu pão e suas vestes com seu próximo, quem ensinou às mulheres ao mesmo tempo o pudor e o dom total de si mesmas, quem abriu nossos olhos para a verdade no local onde ela habita, no tempo sagrado em que ela fez sua morada, isto é, em nosso irmão, na luz da Vida. Sim, é tudo isso que eles tentam aniquilar... para concretizar seus desígnios celerados.

– Então o que eles querem?

A voz saiu tão baixa que, apesar do impressionante silêncio, tive de prestar muita atenção, cuidar de cada sopro imperceptível das sílabas, que pareciam perder-se num abismo de angústia.

– O que eles querem?... Uma coisa assustadora, o direito de ferir seu semelhante... o poder!

– Mas – respondi – poder nenhum é absoluto, isto é, totalmente abstrato. O senhor mesmo o disse, as pessoas precisam comer, é preciso produzir objetos indispensáveis, regular toda essa atividade. E o poder, de certa maneira, sempre existiu, não se pode evitar tomar decisões gerais...

– É verdade. Só que uma organização que se limita aos bens materiais, que torce o nariz para a formidável contribuição dos séculos, para todo o legado espiritual da humanidade e para toda a sua elaboração pelos grandes gênios da história, só pode ser, apesar de sua complexidade, uma organização primária, uma civilização primária, e é nela que estamos entrando. O que deixa isso claro é que tudo hoje em dia se torna político, e tudo que é político é podre. De fato, quando a única atividade intelectual que subsiste diz respeito às coisas materiais e à sua disposição, então não há mais atividade intelectual, e a ordem do espírito desapareceu. Você diz que sempre houve algum poder, que não é possível ficar sem a determinação da produção dos bens, de seu consumo, o que é que eu sei? O poder precisamente não visa a nada diferente. Durante esse tempo as pessoas pensavam, sentiam, rezavam, tinham uma alma. O paradoxo da sociedade nivelista, cuja sombra ameaçadora se ergue sobre nós, é, no exato momento em que ela nega essa alma, pretendendo reduzi-la a ela, vasculhando o segredo dos corações, impondo a cada um suas visões, seu culto, uma única crença, a crença de que ele não é nada e ela é tudo, de que todos, por conseguinte, são semelhantes... "todos iguais"! Eis por que eles urraram com os lobos, por que eles atiçaram as brasas incandescentes da inveja, despertando o verdadeiro ressentimento, que não visa, no fim das contas, ao número de frangos ou dos arpentos de terra, e sim ao fundo dos seres. Que eles possam ser diferentes, que haja em algum deles um não sei o que de aristocrático na sensibilidade e no olhar, uma certa distinção do espírito e do coração, aquilo que se ousa propor como modelo, é exatamente isso que é intolerável. Vai ser tudo aplainado pela equalização, e a equalização só pode se estabelecer como princípio pelo nível mais baixo. Que a preocupação e o prazer de todos se tornem então o cozido de sábado. E aí estará a condição do poder, uma massa informe, homogênea, da qual não se ergue cabeça alguma, nenhum pensador que pretenda expor suas ideias, nenhum artista que invente algo que os outros não consigam captar à primeira vista, que represente alguma coisa diferente da mediocridade imediata. E quando os ícones sagrados tiverem sido queimados junto com as igrejas, e todas as obras de arte pichadas ou quebradas, você verá erguerem-se em seus lugares as efígies gigantescas e grotescas dos mestres da morte e, diante delas, o desfile interminável das imensas multidões reduzidas à imbecilidade.

Sobre o precioso pavimento de pedras incrustadas cujos sofisticados desenhos eu não conseguia acompanhar, a claridade do céu se transformara em um luar indistinto e acinzentado. Senti o frio da aurora tomar todo o meu ser.

– É esse então – disse eu com um aperto na garganta – o futuro próximo de Aliahova?

– Ainda prevejo alguns episódios. Os nivelistas mesmos estão profundamente divididos. Após ter tomado o poder, que eles querem de qualquer jeito, e que enfim abrirá a cada um de seus chefes e subchefes a porta de seus cobiçados privilégios, uns vão instituir uma burocracia policialesca todo-poderosa que regulamentará a penúria e todo esse universo medíocre cujo ressentimento invejoso pelos menos vai poder se acomodar. Os outros vão levar a loucura até o fim. Se eles querem destruir tudo, absolutamente tudo, é para mudar a vida mesma. Imagine isto: pessoas que pretendem saber melhor do que a vida aquilo que ela quer! E que, para realizar seus projetos delirantes... tomando eles também o poder... vão colocar na linha de fogo exatamente aqueles que não sabem nada: as crianças! Atrás deles ficará o velhote amedrontado que odeia tudo que não consegue compreender, e que, infelizmente, não compreende quase nada, exceto suas lembranças infantis, o cheiro dos repolhos, dos porcos e do seu esterco!

– O senhor está falando dos ultrarradicais que estão preparando o êxodo em massa da população, tornando a cidade inabitável antes de reduzi-la a cinzas?

– Exatamente deles, e que estão conseguindo!

Levantei-me e fui direto para a silhueta em movimento que não tinha parado de ir e vir durante a noite toda. Paramos, um em frente ao outro. Senti, contra mim, a respiração mais rápida: da sombra emergia vagamente a palidez de um rosto magro, e olhos febris me encaravam com perplexidade.

– Mas enfim – disse eu subitamente com violência –, o senhor, que enxerga as coisas tão bem, que sabe de onde elas vêm e para onde elas vão, por que o senhor não fez nada? Por que não combateu o universo imundo que se aproxima, que já chegou? – Continuei: – Não seria preciso ao menos tentar alguma coisa?

— Combater? Você quer dizer usar de armas, organizar um exército voluntário, milícias secretas, enviar espiões ao inimigo, contar com informantes, mantê-los por meio da chantagem. E ao mesmo tempo conduzir a política que tornaria a luta eficiente, fazer alianças com o mais forte em cada momento, só para abandoná-lo no mês seguinte, ou até golpeá-lo quando ele perder utilidade e se tornar incômodo, calcular, fingir, preparar armadilhas, usar inocentes, sacrificar os amigos. Fazer, em uma palavra, aquilo que eles fazem, ser como eles! Se entrássemos na arena, nós seríamos apenas mais um bando dentre aqueles que se massacram entre si.

— E depois, vou fazer-lhe uma confidência, nesse joguinho de traição, nós seríamos derrotados! Afinal, para apunhalar pelas costas aquele a quem acabamos de dar a mão, é preciso uma alma de têmpera distinta da nossa. É preciso, como direi, sentir um certo prazer na mentira, em todos os seus preparativos secretos, gostar da sombra e dos desígnios tortuosos, das reuniões clandestinas e dos planos que só você conhece, adivinhar o ponto fraco do irmão para poder dar-lhe o golpe no lugar certo e na hora certa, quando enfim ele nos dá sua confiança! Nada tem sucesso no mundo sem a cumplicidade do mal. Não, nós não fomos chamados a isso, a deslealdade não é o nosso ofício. Mesclar-se ao enfrentamento já é perder nossa razão de ser. Ao recusá-lo, começamos a viver.

— Quando não houver mais conventos, nem seminários, e quando o último templo for fechado ou transformado em depósito de lixo, nem um livro em que seja possível decifrar a verdade, uma única obra em que salte a diferença criadora do gênio do homem, quando, desde a mais tenra idade, as crianças aprenderem que tudo é matéria e moléculas e equivalente entre si, que nada de espiritual existe... exceto a ilusão de que existe... o que vai restar então da sua vida, onde o senhor espera que ela vá despertar, quando o lugar onde ela habita e que chamamos de alma não passar de um objeto de zombaria?

– Sei disso tudo. Quantas vezes não pensamos nisso, durante longas noites! De modo algum descartei o combate espiritual. Foi nele que, dia após dia, a terrível evidência se mostrou a nós. No começo, diante da aparição das elucubrações mais loucas, na verdade no mais das vezes bem medíocres, pensávamos que no fim das contas é normal que as ideias passem e que, entre aquelas que contam com o prestígio da novidade, algumas sejam estúpidas ou perigosas. Elas não passam, dizíamos, de bolhas de sabão que explodem no ar sem sequer deixar na parede seus reflexos iridescentes. Nós mesmos, para manter o contato com a juventude, fingimos levar a sério essas doutrinas superficiais, e usamos a linguagem do momento. Mas enquanto elas proliferavam e sua plateia não parava de crescer, todas essas opiniões que faziam tábula rasa do passado deixavam ver através de si, apesar de sua confusão, um mesmo fundo. E, assim como em múltiplas poças é o mesmo céu de tempestade que se reflete, aquilo que líamos nelas era, como dizer, uma espécie de lassidão até então nunca experimentada, um colapso da vida não passageiro, mas durável, definitivo, e todos os fenômenos cuja chegada nos alarmava, o desgosto pela profissão, o horror ao esforço, a ausência de qualquer exercício voluntário, físico, intelectual ou espiritual, essa apatia visível por toda parte era apenas sua expressão e seu resultado. E mesmo o ressentimento que dilacerava as classes da sociedade e que os revolucionários atiçavam a fim de derrubá-la, essa derrubada, o desejo da destruição, a sede do nada enraizavam-se na consciência obscura do vazio interior. E também o gosto pela política, essa aspiração a um poder forte, terrível talvez, mas que estaria encarregado de tudo, essa nostalgia de um modo de vida coletivo, isto é, a abdicação de qualquer existência pessoal, a crença no determinismo e na marcha inflexível da História e, por toda parte, em regras e em leis em relação às quais nada há a fazer senão submeter-se, a afirmação, enfim, de que tudo é material e de que o homem mesmo não passa de uma máquina, tudo isso vem, se ouso dizê-lo, da mesma fonte, tudo isso é sinal da mesma falência. Denunciei a *intelligentsia* da nossa época, e certamente ela traiu sua missão, citei Duerf e outros, eles não foram nada mais do que rolhas na superfície do mar, desse mar imenso que começou a retirar-se e que vai nos deixar, como destroços, num leito de areia ressequida, no deserto que se aproxima.

– Veja bem, existe no fundo da vida uma certa doçura, um sentimento de despreocupação e de segurança... como dizer? Uma certeza absoluta que nada, ao que parece, jamais poderia abalar, que corre nos corpos dos vivos, atravessa seus membros, suscita seus movimentos e os torna leves, que, ébria de si mesma e de sua própria alegria, sempre projeta uma nova empreitada, o desenho daquilo que ainda não existe, uma existência maior e mais plena, onde a felicidade de ser será ainda maior. E é essa força que, pela primeira vez, cambaleia, aqui, nesta cidade...

– Por quê?

Uma mão de infinita ternura pousou-se em meu ombro, o rosto aproximou-se novamente do meu, o sussurro tornou-se tão perceptível, era tão claro o que ele dizia, que aquelas palavras ainda hoje estão em mim:

– Por quê... Pois é, por quê? Comecei a vislumbrar uma resposta quando a questão me apareceu em sua forma mais precisa e exata: por que aqui, em Aliahova, aqui onde a vida tinha chegado a um grau de desenvolvimento, de profusão, de altura e de riqueza que nunca até então ela tinha atingido em parte alguma... pois é, por que tinha sido precisamente aqui que ela ia soçobrar e nos levar com ela? É que... esse triunfo, esse sucesso excepcional de que nossa cidade é a ofuscante testemunha, não se manifestava somente no domínio da criação artística ou da experiência espiritual. Com essas formas superiores e, em muitos aspectos, como sua condição e também como seu resultado, desenvolveram-se técnicas de todo tipo, um formidável dispositivo instrumental, de procedimentos engenhosos e eficazes, cada qual tomando o lugar de uma pessoa e de seu esforço, tornando-os doravante inúteis! E foi assim que a tensão interior da vida, essa força de olhar acurado e de determinação invencível que tinha lutado, suportado as intempéries, a fome, o inimigo, o obstáculo, indo até o fundo de si mesma e, para viver, até a morte, essa paixão que invadia todo o ser e que o lançava adiante foi substituída por toda parte por mecanismos que funcionam sozinhos, e nada mais há que olhá-los funcionando. Trata-se de uma história estranha, cada progresso da vida voltou-se contra ela mesma, cavando com seus passos a cova onde ia enterrar-se.

Considere a atividade em sua forma mais elementar, o esporte: todo mundo fala dele, ninguém o pratica. E você vê a multidão sentada nas arquibancadas do estádio para assistir aos feitos de alguns histriões muito bem pagos, isso quando não vai jogar dinheiro para eles, e depois voltar à noite, secretamente infeliz, porque, acha ela, seus favoritos não ganharam, mas na verdade porque ela não fez nada, porque ela perdeu o sentido do sofrimento e por isso mesmo da alegria. Veja todos esses balofos denunciando a fome, da qual eles não têm a menor ideia. Como é simplista a ideologia materialista que pretendia explicar a maldade moral e as desordens do espírito pela miséria física! Nenhum faminto jamais foi neurastênico, e é esse mundo repleto de tudo que vacila e que sente vertigens diante de seu próprio nada. Porque aquela potência de amor feroz que não parava de operar tendo em vista o bem dos seres e a melhoria das coisas está agora oculta embaixo das múltiplas realizações que suscitou, e foi completamente perdida de vista, a tal ponto que, o que é ainda pior, nega-se que ela exista. Não é mais questão de abrir-se a ela, de invocar sua vinda, de dar graças por ela, de fazer silêncio no meio do dia e ficar escutando-a. Tudo aquilo que recorda essa fonte secreta de tudo que existe, ou o procedimento daqueles que querem reencontrá-la e mergulhar novamente nela, tornou-se objeto de execração. E também tudo aquilo que procede evidentemente dela, toda obra diferente, toda marca de superioridade. Eis porque, como tudo o que se conhece hoje são os bens materiais, desencadeia-se o ressentimento, porque serão queimados os claustros e os conventos e a própria cidade.

– O fundador da ordem a que tenho a honra de pertencer e cujo comando tive de assumir foi um certo Atanásio. Dele só se sabe uma coisa: que obrigava os monges a vender seus cavalos e proibia-lhes o trabalho manual, que tem a ver com o dinheiro, aumenta o bem-estar e engendra o progresso. Que lucidez! Na sala em que um luar turvo lutava com o círculo da escuridão, fez-se de novo o silêncio, subitamente tão pleno de angústia que me pareceu que a noite que acabava levava consigo os últimos restos de nossa esperança.

– O espírito – perguntei – pode então morrer?

– Alguns, e um de nossos melhores escritores, dizem que o homem inventou Deus para não precisar se matar, e que esse ídolo sublime só subsistirá pelo tempo durante o qual a inteligência astuciosa que o produziu preservar, em seu desejo de sobreviver, a força de enganar-se a si mesma.

O Grande Chanceler voltou-se para mim, quase ameaçador, seu rosto se inclinou para o meu, e vi pulsarem as veias em seu pescoço ressequido.

– Eu pergunto a você – continuou ele –, e se viver sem querer matar-se, se isso fosse Deus?... Nós confiamos num princípio espiritual, e nada do que está ligado a ele, nada daquilo que amamos nem do que queremos perecerá.

– Então o que é que eu devo fazer?

– Contar tudo que você viu aqui, e também o que vai acontecer... muito em breve.

Ergui um olhar de interrogação para aquele que subitamente parecia habitar uma calma sobrenatural. Um sorriso indefinível foi a única resposta à minha espera.

Entendi que nossa conversa tinha acabado e inclinei-me para sair. Mas a mão pousou de novo em meu ombro, guiando-me com uma pressão imperceptível pelo labirinto de corredores pelos quais meu hóspede deslizava sem um ruído, avançando com tanta facilidade que parecia ver na escuridão o segredo das passagens.

Paramos no alto da grande escada. Senti a pressão mais forte de sua palma e, como eu o deixasse, seu braço erguido desenhou no espaço indistinto o sinal de uma bênção.

Eu havia chegado como que num sonho ao fim dos degraus quando ouvi, soando estranhamente debaixo da imensa abóbada, estas palavras estupidificantes:

– Ah, já ia me esquecendo... – disse a voz. – Cuide bem de Deborah!

Voltei-me, mas a alta silhueta negra havia desaparecido atrás da balaustrada de mármore.

*

Diz-se que, em Aliahova, no tempo de seu esplendor, as mulheres, para melhor exercer seu fascínio e tornar seus olhos ainda maiores, não hesitavam em usar o veneno ao qual depois se deu o nome de beladona. Verdade ou lenda, essa lembrança me vinha à mente a cada vez que eu me encontrava com Deborah, de tanto que sua sedução parecia resultar de alguma magia subterrânea, de alguma aliança mágica entre natureza e artifício, e, por mais que eu reconhecesse no rosto encantador cujos traços eu percorria avidamente tudo aquilo que eu já havia admirado nele, era como se alguma coisa desconhecida e que até então permanecera escondida de mim surgisse de repente à minha frente, como se o instante mesmo em que eu fizesse essa descoberta tivesse precedido todos aqueles que eu viveria, cujos únicos fim e objetivo seriam levar-me de volta ao lugar de meu maravilhamento. Eu ainda dormia quando o hálito de Deborah me tirou de meu sono, seu olhar imenso me encarava com atenção e eu me perguntava o que é que pertencia ao domínio do sonho, do velho homem cansado que me havia contado durante a noite o destino assustador da cidade, e ao daquela mulher indizivelmente bela que se inclinava sobre mim. Ela me censurou, rindo, por ter se esquecido de nosso encontro, e foi bater papo com Otto enquanto eu me vestia às pressas. Tínhamos combinado almoçar juntos e passar aquele dia sem nos preocuparmos mais com o resto do mundo, mas somente conosco e com aquela felicidade que parecia tornar-nos invulneráveis como ela. Todos os restaurantes da cidade tinham fechado as portas, mas, companheiro habitual da fome, o mercado negro já tinha aparecido e já crescia. Dizia-se que, nos acessos ao porto, os pescadores se encarregavam de cozinhar em suas cabanas o peixe que pescavam nas raras saídas autorizadas, ou clandestinamente à noite, levando os filés marinados. Bastava deixar-se reconhecer por um deles para que ele o convidasse à sua casa, e, com a porta fechada, facilmente se chegava a um preço por tamanho de qualquer presa ainda fervendo na panela. Circular pela cidade sem dúvida não deixava de ser arriscado. No tempo em que as ruas ainda estavam cheias de vida, a graça irreal de minha companheira atraía para ela todos os olhares, e eu sempre temia, porque bastava uma pessoa para nos reconhecer e nos pôr a perder. Mas Deborah agora se dissimulava, mudando todo dia de disfarce, no mais das vezes adotando o véu das mulheres nômades dos planaltos, uma marca de henna entre os olhos, um albornoz escuro lançado sobre o caftan bordado. Quem, portanto, teria conseguido reconhecer, debaixo do véu escuro, o rosto deslumbrante que, parecia-me, só viria a colorir-se para mim? E depois os curiosos eram cada vez menos numerosos. O terror e a fome tinham esvaziado as praças. Nas pontas das ruas os mercados ao ar livre exibiam seus espaços nus como emblemas da morte. Adivinhava-se, atrás das fachadas, recuadas nos pátios, caminhando com pressa numa rua vizinha, criaturas muito próximas, mas amedrontadas, fugindo mais do que nunca a qualquer encontro, e isso era verdade tanto para os animais quanto para os homens. Expulsos dos esgotos inundados ou obstruídos, bandos de ratos de pelagem imunda corriam ao longo dos muros, os gatos não ousavam mais miar, desaparecendo por algum alçapão assim que viam você. Por toda parte, e até nas entranhas da terra, uma vida desesperada espreitava, aproveitando o silêncio para pôr o nariz para fora e lançar-se na busca de qualquer alimento imaginário antes de calar-se ao menor sinal de alerta. E mesmo a brisa do mar, quando soava pelas árvores, parecia soprar diante de si um pânico mudo.

  Eu tinha ouvido Denis contar que, durante uma viagem que ele fez muito jovem à longínqua Norcádia, o país mais setentrional do mundo, onde, no verão, o sol não se põe, aconteceu-lhe uma vez de ser acordado por uma luz que ele julgou ser a da manhã. Tendo-se levantado, vagou pela vila desabitada, primeiro maravilhado, surpreso, passando por suas casas fechadas como se fossem um cenário de teatro, ouvindo o silêncio dos parques desertos, antes de chegar ao porto e ver um mar absolutamente plano. E então uma espécie de terror tomou conta dele, ele começou a gritar, a correr atrás de qualquer criatura que fosse, colocando, assim como quem dorme e quer sair de um pesadelo, todas as suas forças na fuga, até o momento em que, sem fôlego, caiu nas lajes de um píer. É preciso admitir que naqueles dias de perturbação Aliahova parecia a capital nórdica abandonada à sua claridade polar e nós não sabíamos muito, Deborah e eu, se nos movíamos no espaço do sonho ou no espaço da loucura.

Como nos aproximávamos do porto, reconheci um antigo pórtico, em que uma pedra projetada trazia, gravada em si, o brasão da cidade. Ele levava a um pátio que um olmo centenário abrigava com sua folhagem majestosa. Em sua sombra estavam dispostas as mesas de um restaurante mantido por uma mulher, ainda jovem e quase obesa, mas surpreendentemente viva e ativa, que preparava pratos deliciosos. Foi ali que Deborah e eu fizemos juntos nossa primeira refeição. Voltamos ali várias vezes para misturar-nos a um público de frequentadores discretos, ligados, ao que parece, pelo mesmo gosto por aquele local retirado. Não conseguimos resistir à tentação de ir revê-lo, mesmo se fosse preciso descobri-lo abandonado. Qual não foi nossa surpresa, após cruzar o pórtico, ao reencontrar o espetáculo que amávamos, os numerosos convivas, o burburinho das vozes, os garçons indo e vindo com os braços carregados de pratos! Puxei Deborah para o último lugar que ainda estava livre. A dona nos viu e, após ter servido alguns clientes, veio até nós com uma bandeja. Ela me devolveu o sorriso, inclinou-se sobre a mesa para colocar nela as entradas e soprou-nos com voz baixa:

– Vocês não podem ficar aqui. Vão embora rápido!

Fiquei sem palavras. Deborah pegou minha mão. Esquivamo-nos, tomando cuidado para evitar os olhares que nos acompanhavam. Na rua deserta começamos a correr, cortando à direita e depois à esquerda, como havíamos nos habituado a fazer.

– O que foi isso? – perguntei assim que ficamos longe e que tivemos certeza de estar sozinhos. – Parece que ela nos reconheceu apesar de nossos disfarces.

– Ela viu, de todo modo, que nós não fazemos parte de sua nova clientela.

– O que você quer dizer?

– Que aquele charmoso lugar agora serve de cantina aos novos senhores. É por isso que ele reabriu, que há fartura de alimentos, e você viu aquelas caras? Eu já ia dizer que tínhamos de ir embora quando ela mesma veio nos avisar do perigo.

Tínhamos perdido a fome.

– Vamos ao Zagoro – disse Deborah.

A oeste da cidade, o litoral mudava de aspecto. Ali não havia mais o deserto das areias, a curva fugidia das longas praias, o mar sem cor que parece perder-se numa ausência de forma. As colinas verdejantes do Tinto precipitam-se ali até a margem, que elas recortam em uma sucessão de pequenos golfos e de promontórios de calcário esbranquiçado sobre os quais avançam, até o limite da terra, desafiando o céu, o exército dos pinheiros gigantes. Toda aquela costa sinuosa está repleta de imprevistos, cada desvio revela uma paisagem nova, limitada, é verdade, mas semelhante àquele jardim primitivo que dizem ter sido o paraíso. Pequenas planícies abrem-se sobre uma enseada de seixos, uma vegetação luxuriante, da qual emergem as silhuetas dos álamos, fileiras de juncos descoloridos dissimulam construções branqueadas a cal. Cada baía abriga um porto em miniatura. Feitos de pranchas finas, os frágeis embarcadouros ficam no nível da água. Colados no rochedo, curtos píeres oferecem seu ponto de ancoragem aos navios que se refestelam numerosos naquelas águas protegidas. Naquele dia não vimos nenhum, o que não foi surpresa. Aquelas costas de fantasia eram frequentadas desde a primavera pelos habitantes do Tinto, que tinham repintado as antigas cabanas dos pescadores para fazer delas suas cabines de banho. E as embarcações levadas para a terra no inverno, que os operários desempregados do arsenal vinham consertar, não eram mais as pesadas barcaças de antanho, mas veleiros de primeira. O que tinha sido feito deles? Quem eram agora seus proprietários? Senti um aperto na garganta.

Deborah, porém, ao meu lado, parecia cativada pelo charme daquela região marítima. E enquanto passávamos diante de algum albergue de janelas fechadas e cuja pintura já descascava, ou, percorrendo aqueles campos idílicos, adivinhávamos através de suas frescas cercas de folhagem moradas inteiramente abandonadas, era a estranha solidão daqueles lugares outrora reservados ao prazer e o silêncio em que se haviam calado as confidências ou os risos de uma multidão elegante e fútil que vinham fazer a nosso amor a oferenda de sua doçura um pouco triste.

 Será que ela, como eu, experimentava a alegria imotivada que às vezes se mistura à melancolia? Deborah começou a cantarolar canções de lamento muito diferentes das bobajadas da nossa época. Ouvi como se fosse a primeira vez o escorrer sombrio e áspero da voz subir e descer ao ritmo de uma respiração que não era mais a sua, mas a do poema ao qual ela emprestava a vibração de todo o seu ser. As palavras muitas vezes me escapavam, perdidas na brisa, recobertas pelo marulhar sedoso das ondas. Mas elas também não tinham mais importância quando se tratava, muito além delas e do lugar onde elas se formavam, da influência e do assombro da vida, de sua primeira apreensão muda, de sua pulsão obscura para o objeto desconhecido do sofrimento. Reconheci a canção da noiva negra, que ninguém sabia de onde vinha e que partia sem deixar pistas.

A noiva negra passou.
Seu nome, como a luz,
já se apagou...

dizia a canção de que eu tanto gostava, porque aquela mulher misteriosa e inatingível, era ela que, por algum favor incompreensível do destino, caminhava a meu lado, com os pés nus nas ondas, as sandálias na mão, e não tentava de modo algum me deixar.

Foi então que Deborah me contou do *chantre* Manolis, que compôs esses versos pouco antes de ficar louco. Havia muitos anos que ele se recusava a ver seus amigos, considerando-os responsáveis pela corrupção de uma sociedade que ele não reconhecia em nada. E foi precisamente no momento em que estes começavam a amá-lo por ele mesmo, e não mais por sua glória hipotética, ou pelas longas noites passadas bebendo e cantando juntos, que ele se afastou deles encolerizado, antes de abandonar a própria mulher, que não tinha deixado de servi-lo. Assim é a vida, dizia Deborah, ela acaba produzindo nas almas mais sensíveis uma obnubilação cada vez maior quando se acha que ela vai revelar-lhes enfim seu próprio segredo e o das coisas.

– Imagine – disse ela pensativa – que ele queimou todos os seus poemas com as próprias mãos!

Deborah tinha amarrado de novo a sandália, e com um golpe seco atingiu uma pedrinha que foi rolando até a água.

– Eu sou como Ossip – disse ela com energia –, detesto a destruição em todas as suas formas. É verdade que crimes desse tipo, cuja ideia é difícil de suportar, foram cometidos em todas as épocas. Há muitos séculos, o governante da cidade mandou destruir todas as representações sacras. Meu pai diz que o esplendor de Aliahova ultrapassava então tudo que a imaginação podia conceber de mais sublime. Os mais belos ícones que o curador mostrou a vocês, o resplandecente teognosto que você tanto admirava na casa de Ossip, os afrescos da

Grande Khora antes de serem tapados com cal pareceriam insignificantes comparados aos mosaicos que recobriam de alto a baixo o interior das basílicas. A luz não iluminava mais as cenas pintadas, mas irradiava delas segundo a sábia disposição de uma miríade de cubos de vidro com nuances, reflexos e efeitos que variavam ao infinito, acompanhando cada momento, cada passagem de nuvens, como se a eternidade do signo sagrado inscrito na parede tivesse escolhido somente entregar-se ao olhar deslumbrado do catecúmeno por uma imagem que seguia o ritmo mutante do mundo que ainda era o dela. Sim, foi o conjunto dessas obras maravilhosas que se decidiu destruir sistematicamente, e isso numa época de fé, quando o governador era crente, com a concordância dos chefes religiosos. E os pulsos dos artistas que haviam concebido essas obras-primas foram cortados, para garantir que eles nunca as recomeçariam!

– É verdade – continuou Deborah, com o rosto marcado por uma expressão sombria –, é verdade que havia uma aparência de razão naquele comportamento monstruoso. O fascínio exercido pelos mosaicos era tão grande, tão grande seu poder persuasivo, que a cada dia uma multidão cada vez mais numerosa se aglomerava nas portas dos conventos. Bem, os monges não pagam impostos e estão dispensados do serviço militar. A cada conversão, o Tesouro Público ficava com um contribuinte a menos, as defesas da cidade ficavam com um soldado a menos, isso no mesmo momento em que a cidade era ameaçada por hordas bárbaras, por todos os povos invejosos de sua grandeza e de sua magnificência. Eis por que, dizem, os conselheiros do governador incitaram-no a tomar

essas medidas de salvaguarda, que eles consideravam inevitáveis... Hoje em dia é bem pior, o único motivo é o ódio...
Coloquei minha mão no ombro de Deborah:
– Não vamos mais pensar nisso. Olhe só a beleza deste dia. Olhe só o mar.

O outono em Aliahova é como um verão que não vai acabar nunca. As brumas de setembro se foram, caçadas pela tempestade do equinócio. Então vêm dias imóveis, cada qual semelhante àquele que o antecedeu. É tão perfeita a transparência do ar que as distâncias parecem próximas, as cores começam a viver com uma intensidade nova, as formas adquirem um contorno tão vigoroso que você tem a impressão de estar vendo o mundo pela primeira vez. Os sons reverberam, o silêncio torna-se audível. Sobre o esqueleto mineral dos grandes paredões calcários que se inclinam para a planície, sobre os edifícios de pedra da cidade, sobre os parapeitos, o céu se estende como uma cor pura. E quando chega o dia dos mortos, é na curva dos vales que é preciso perder-se para descobrir, com as primeiras folhagens de ouro, a marca da mudança. Mal e mal, por nuances imperceptíveis, porque o ar da manhã é mais fresco, o firmamento mais desesperadamente azul, você é advertido de que uma ameaça mora no verão, que o tempo passa apesar de tudo, até o momento em que o vento quente vindo de além dos mares vai soprar como um louco, chicoteando a toda a nortada glacial que lança contra ele seu desafio e se precipita a seu encontro descendo pela planície. Então o céu vai se enrolar em si mesmo como uma onda gigantesca levantada por correntes furiosas, relâmpagos a atravessarão como espadas ensanguentadas antes que ela se abata de uma só vez sobre a terra estupefata, para nela lançar sua desolação por toda parte.

Senti contra minha pele suada o colarinho de minha roupa. O ar estava morto, à nossa volta a paisagem se escondia pouco a pouco, a profundeza dos planos, a precisão das formas, a sombra, bem perto de nós, de um loureiro num muro inundado de sol, todos os detalhes encantadores do lugar onde tínhamos parado se apagaram, afogados numa espécie de bruma cor de zinco que invadia tudo.

– Vamos voltar – disse Deborah.

Procurei sua mão, mas ela já estava correndo à minha frente, tão rápido que tive dificuldades para alcançá-la. Eu achava que ela estava fazendo uma brincadeira quando, chegando aonde ela estava, vi seu rosto lívido, seus lábios exangues e seu olhar perdido na distância.

– Não é nada – disse eu baixinho –, é só uma tempestade, podemos nos abrigar numa dessas cabanas abandonadas.

– É exatamente isso!

E como eu perguntasse do que é que ela tinha medo, a única resposta que obtive foi sua respiração ofegante e a continuação daquela corrida frenética cujo ritmo, como eu bem percebia, não conseguiríamos manter até chegar à cidade distante.

O barulho do mar cobria o dos nossos passos sobre as pedrinhas em que batia a água, mais furiosa a cada instante. O vento sul soprava com violência, espalhava a bruma, curvava até o chão os troncos das árvores, suas folhas fugiam subitamente como um voo de pássaros ensandecidos. Enquanto íamos ao longo de um pequeno porto cujo antigo píer desgastado avançava em forma de arco na direção do mar, as trombas-d'água abateram-se sobre ele, submergindo-o inteiramente. As nuvens passavam acima de nós a toda velocidade, estendendo-se para todos os lados, assumindo formas estranhas, imediatamente abolidas. Ora era a forma do rosto de uma mulher ou de sua cabeleira desgrenhada, ora a de um dragão, com a boca envolvida em fumaça, ou ainda vagando de lado através do espaço branco, as duas asas cinza de uma grande águia. Como o som de uma trombeta soprada por um guerreiro inebriado, os rugidos do trovão sacudiam o ar, e seu ribombar se propagava até os flancos abruptos da montanha, antes de refluir para nós num clamor surdo. Os relâmpagos se multiplicavam, iluminando o ar, e os regatos, correndo mais cheios, lançavam sobre grandes superfícies tumultuosas seu sinistro avermelhado, como se tivessem o poder de transformar as águas em sangue. Entre um relâmpago e outro, bruscas perspectivas cruzavam-se até o firmamento salpicado de incontáveis globos iridescentes, até um sol invisível. Por cem vales abertos no céu, brotava por um instante uma luz de ouro, nimbando de clarões mágicos os acúmulos monstruosos de nuvens, e, quando um raio se colocava sobre a terra, arrancando à noite uma parcela de pântano, de mato, um tufo de grama, seu brilho fugidio revelava a nossos olhos fascinados a vida secreta das plantas, os grandes pinheiros estremecendo numa claridade irreal semelhante à da manhã.

Nesse ínterim, a tempestade ficou duas vezes pior. Sobre o mar de verde incandescente, uma muralha de basalto tapava o horizonte. Era a frente do tornado, e vi-o avançar em nossa direção precedido de relâmpagos e de vapores. Em vão tentei levar Deborah para um abrigo. Ela estava obstinada em seu caminho, andando de maneira lenta e constante até não aguentar mais, indiferente à tempestade, começando de novo a correr quando retomou o fôlego.

Subitamente estávamos no olho do furacão. Um turbilhão se elevou da terra no lugar mesmo onde estávamos, projetando no ar uma nuvem de poeira, de galhos, de cascalho, que vieram bater contra o nosso rosto ao mesmo tempo que um jato de água do mar tão violento que quase caímos. Enormes ondas turvas lançavam na praia sua crista ameaçadora antes de desabar a nossos pés, num tumulto atroador. Eu temia alguma corrente, e consegui convencer Deborah a irmos mais para a terra. Voltando-nos, vimos subir da superfície espumosa um vapor de alabastro que se transformou em fumaça; suas espirais esbranquiçadas por sua vez subiram, ferindo o ventre das enormes nuvens que se enrolavam em volutas que se confundiram com os cumes nevados de uma gigantesca montanha cujos grandes contrafortes se entrechocavam, misturando-se uns aos outros antes de desaparecerem numa noite súbita, ao mesmo tempo que ao longe um sol de ouro desenhava mundos novos. Eu olhava estupefato a alquimia daquelas formas luminosas que subiam e desciam, metamorfoseando-se sem cessar, clareando-se e escurecendo-se sucessivamente, enquanto, semelhantes a uma serpente gigante que acorda e desenrola a fantasmagoria de seus anéis multicoloridos, as forças imensas do universo escapavam das coisas em que tinham estado semiadormecidas para soltar de um só golpe sua força irrefreável.

E como titubeássemos debaixo da borrasca demencial, colando-nos aos arbustos que nos arranhavam na passagem, cegados pela chuva torrencial, vencendo sem ver mil riachos que acabavam de nascer e que nos cortavam o caminho, agarrando-nos às pedras para evitar ser levados pela corrente, a mim parecia não haver mais nem alto nem baixo, que não era apenas o solo sobre o qual vacilávamos, mas a terra inteira que sumia debaixo dos nossos pés, atraída por algum turbilhão cósmico para tornar-se nada mais do que uma bolha insignificante, perdida em apenas um dentre muitos universos.

Nesse ínterim, escorada contra a tormenta, lutando com todo o seu corpo, Deborah continuava a avançar, e assim que o clarão de um relâmpago revelou à nossa frente um caminho sem obstáculos, ela voltou a correr até o momento em que caiu exausta em meus braços, com o rosto coberto de chuva e de lágrimas. Então, voltando para mim o olhar magnificado pelo terror, ela me suplicou que continuássemos, eu a pus de pé, e continuamos nosso caminho, parecendo dois cegos.

Quando nos aproximávamos dos portões da cidade, um traço de opala cortou em dois o céu de fuligem, deixando passar uma luz pálida que facilitou nosso progresso. O caminho de terra que seguíamos serpenteava entre os jardins ao pé do Tinto. Ele estava coberto de galhos partidos, de rastros de lama e de areia, que as águas haviam deixado ao retirar--se. Esmagávamos com os pés os frutos verdes que o vento arrancara das figueiras que correm ao longo das muretas de pedra. Sapos fugiam desajeitadamente quando nos aproximávamos. Esforçávamo-nos para contornar uma imensa poça no meio do caminho quando surgiu diante de nós a alta silhueta de um cavalo avermelhado descontrolado. Jatos de espuma correram quando ele passou e caíram em nós, enquanto ele já não era mais do que um fantasma esverdeado correndo sem rumo pela noite.

A escuridão retornou, nós avançávamos estimando o caminho, os pés se afundavam na terra móvel ou se encharcavam quando passávamos por um uádi, cuja superfície granulosa se confundia com a de seus rios provisórios. Às vezes, quando voltavam os relâmpagos, era, em seu crepitar terrificante, como se os pedaços de um mundo maravilhoso e terminado nos fossem apresentados por um instante. Então se iluminava um sino de uma igrejinha branca, uma praça em torno da qual aglomeravam-se casas humildes com fachadas acolhedoras, com telhados de ripas presas por pedras. Uma abóbada se erguia acima de um cemitério de tumbas deslocadas.

E então, subitamente, estávamos dentro da cidade. Ela estava absolutamente deserta. Rios de lama escorriam do Tinto. Não nos demos ao trabalho de evitá-los, a cada passo a água refluía de nossos calçados com um gorgolejar nauseante, ela corria pela nossa pele debaixo de nossas vestes informes. Deborah tinha voltado a correr, mas eu via, em seu rosto desfeito, que não era de modo algum uma força recuperada, mas sim a inquietude, que lhe dava aquela última energia. Quando eu a vi tomar a direção de Caprara, a angústia também me tomou. A interminável rua dos Mercadores parecia anunciar o fim do mundo. As lixeiras que não eram mais esvaziadas tinham sido derrubadas. Ziguezagueamos entre os montes de detritos no meio de pequenas poças oleosas. Ajudei Deborah, exausta, a subir as grandes escadarias da Villa Caprara. A enorme colina oferecia um espetáculo inacreditável. Sob a chuva que piorava, luzindo vagamente na claridade crepuscular, milhares de papéis engordurados, de detritos alimentares, de cascas de laranja, de cartolinas, de livros dilacerados, de pedaços de cadeiras quebradas cobriam o chão encharcado. Deborah lançou-se adiante soltando um grito. A porta majestosa, seus dois batentes colados contra a muralha, estava escancarada, a borrasca precipitava-se pelas altas abóbadas. Fomos direto para a escada de mármore. Nos últimos degraus uma comprida silhueta negra estava derrubada, de cabeça baixa, uma bochecha colada contra a pedra, os olhos fechados. Da boca corria um filete de sangue. O Grande Chanceler estava morto.

Ajoelhada diante dele, Deborah em vão procurava, pelas mãos, contra o coração, no olhar ausente, um último sinal de vida. Então, com o peito sacudido pelos soluços, com os cabelos desfeitos, com o rosto colado ao do morto, cobrindo de beijos sua testa, suas bochechas, seus lábios, suas pálpebras, deitada a seu lado, abraçando-o, antes de também ficar imóvel, ela mesma parecia ter deixado este mundo.

Enquanto eu contemplava aquele espetáculo estupidificante, ouvi atrás de mim o som de passos. Tirei meu punhal, feliz por lutar e por enfim poder morrer. Mas o surpreendente cortejo que vinha em nossa direção passou ao meu lado sem parar. Dois homens vestidos de preto, com o capuz cobrindo a testa, conduziam-no, seguidos de seis mulheres, com longos vestidos de linho fino e usando véu. Tendo chegado ao pé da escada, dois deles tomaram Deborah pelo ombro, levantando-a e afastando-a delicadamente. Os outros haviam estendido um grande pano branco no qual, com a ajuda dos companheiros, envolveram o corpo do Grande Chanceler. Então, cada qual tomando um lado do sudário, os homens, dessa vez se colocando no centro, onde o cadáver era mais pesado, e uma mulher apoiando Deborah, o cortejo foi na direção de uma das portas interiores do grande salão, o mesmo salão de onde tinha vindo. Saindo de meu estupor, quis juntar-me aos carregadores e reivindiquei minha parte do peso. O monge junto do qual eu estava descobriu o rosto: era o irmão Otto.

– Vá para nossa casa – sussurrou ele sem me ver. – Vou encontrá-lo lá.

*

Eu estava sentado, com os joelhos dobrados embaixo do tronco, as mãos cruzadas atrás da nuca, como me haviam ensinado a fazer no mosteiro da Alta Montanha, mas o corpo nada pode pela alma abalada em seu âmago, e a obra da paz não se realizava em mim. Eu ficava de olhos escancarados para o horror da visão que nada, nem a noite, nem o tempo do olvido, jamais me ocultaria, e aquela comoção ainda me paralisava quando Otto entrou no quarto. Ele se sentou pesadamente, com o fôlego curto, na borda da cama. Eu percebia nele, através da escuridão, pensamentos semelhantes aos meus, ou melhor, a mesma obsessão, e uma dor tão forte que sem dúvida foi ela que, sucumbindo a seu próprio excesso, levou-o a falar e a me contar o longo calvário daquele que ele amava.

– Eu estava aqui ontem, no começo da tarde, quando ouvi na rua idas e vindas que não eram habituais. Advertido por algum pressentimento funesto, decidi ir averiguar, apesar das reprimendas de nossa boa anfitriã, a causa daquela agitação. A cidade estava em comoção. Bandos de jovens cruzavam as ruas, vindos de todos os cantos. Uns vinham de longe, da planície, das colinas, da montanha, em longas carruagens puxadas laboriosamente por cavalos sem fôlego. Outros, mais numerosos, iam a pé, com o rosto desfeito, a camisa encharcada de suor. Outros enfim saíam das grandes moradias desapropriadas no centro da cidade. Os batentes do pórtico mal conseguiam voltar a fechar-se após o fluxo que por ele jorrara. Ao som de um apito, os adolescentes enfileiraram-se, e um deles, um pouquinho mais velho, ao lado deles, deu o sinal da partida, e o pequeno bando saiu andando. Esse espetáculo reproduziu--se ao longo de todo o trajeto que fiz pela Senhoria. Todos iam na mesma direção por itinerários cuidadosamente estudados, contornando as devastações, evitando as ruas obstruídas, os lugares inundados. Quanto mais avançávamos, mais numerosos eram os grupos. Era fácil ver que um plano presidia a aplicação de algum dispositivo de envergadura e, quando adentramos o bairro dos mercadores, tive a súbita e terrível intuição do que se preparava. Comecei a correr como um louco e, deixando o caminho pelo qual seguíamos, tentei, pelas vielas laterais, ultrapassar a multidão que o tapava. Mas, por mais que eu passasse por numerosas formações todas constituídas segundo a mesma ordem, sempre havia outras à minha frente, e foi assim até a colina de Caprara, que consegui subir apesar dos protestos ou das ameaças daqueles que eu afastava sem cerimônia da minha frente. A esplanada estava inteiramente coberta de pelotões de guardas, e aproveitei o pequeno espaço livre entre seus quadrados militarmente organizados para correr até o grande pórtico ao qual cheguei tremendo. Foi preciso um século para que eu me insinuasse no prédio, antes de ficar definitivamente parado, com as costas prensadas contra a parede, assim que pus os pés do lado de dentro.

– Aquilo que eu temia se desenrolava na minha frente. Acima de uma multidão tão densa que era impossível esboçar o menor movimento, e que respirar demandava esforço, uma espécie de tribunal se erguia nos primeiros degraus da grande escada. Um homem estava na beira do estrado improvisado, uma alta silhueta escura de rosto lívido, os olhos fechados no sofrimento, tão longe de tudo aquilo que o circundava, imerso numa tal ausência que, inclinados para ele, escancarados pela impaciência e pelo ódio, mil olhares em vão tentavam apreender sabe-se lá que segredo eternamente ocultado de seu furor.

– Seis homens estavam plantados atrás do Grande Chanceler, também de pé. Diferentes das caras ameaçadoras da massa agressiva que se apertava a seus pés, de todas aquelas carrancas contraídas por uma curiosidade sórdida, seus rostos mais refinados permaneciam impassíveis, e facilmente reconheci neles a ponderação, a expressão aberta, a ingenuidade fingida, a patifaria que caracterizavam os principais chefes revolucionários de Aliahova. Eu tinha chegado bem no meio do interrogatório, e entendi que, apesar do silêncio desdenhoso de sua futura vítima, eles se esforçavam para permanecer senhores de si mesmos e do grande espetáculo que tinham decidido oferecer à população estupidificada.

– O silêncio tornava-se opressor, o sol se tinha ocultado. Na tela noturna das paredes do imenso salão mergulhado na treva destacavam-se vagamente todos aqueles seres que pareciam não existir mais por si mesmos, nem querer nada mais do que abandonar-se aos transbordamentos e às delícias da festa que lhes era prometida. Eu observava com cuidado as figuras que via à minha volta, os lábios que tremiam levemente como que na suputação de um prazer, as bocas já deformadas pelo ricto dos torturadores, as expressões ávidas, e me parecia que cada uma delas estava ligada a todas as demais, habitada pela mesma sede de algum cataclismo iminente, fragmento de uma mesma violência ébria, contida durante tempo demais, prestes a ser liberada. Tamanha era a dureza dos olhares, seu brilho fixo, a rigidez fúnebre de todos aqueles carrascos em potência, que julguei estar contemplando em sonho o desfile sinistro das máscaras de papel de algum carnaval monstruoso. Porém, mais terríveis do que aquelas imagens medonhas, mais verdadeiras, ai!, do que suas caricaturas congeladas, por toda parte afloravam sob a carne mole os sentimentos reais demais daqueles que tinham vindo reunir-se diante das portas do nada. E eu me perguntava se eles sabiam o que faziam, o que estavam vendo, de que morte participavam ao deleitar-se com o martírio de um inocente, se é que não morriam eles mesmos! Sim, aquela multidão ensandecida era assustadora, fascinada pelo progresso inexorável de sua própria destruição, era nauseabundo o odor que vinha dela, como de uma alma que está apodrecendo!

– Porém a espera não podia durar indefinidamente. A assistência já dava sinais ao mesmo tempo de exasperação e de cansaço. Alguns começavam a arrastar o pé, outros a bater a mão. As sinistras marionetes alinhadas no estrado atrás do nosso mestre também se agitaram. Após um simulacro de interrogatório de que não fui testemunha e que ficou, ao que parece, sem resposta, os polichinelos hipócritas que acumulavam as funções de juízes e de animadores públicos haviam tentado, um após o outro, enredar o Grande Chanceler num daqueles diálogos invertebrados e sem fim cujo manejo eles aprenderam em nossa universidade tornada seu campo de treinamento antes que eles mesmos fechassem suas portas. Mas essas novas interpelações foram apenas insultos, e o Grande Chanceler opôs-lhes a mesma mudez.

– "Os seus discursos", disse o personagem do centro, com uma abundante cabeleira amarelada de mechas desordenadas, de bochechas inchadas e a quem um começo de corpulência conferiam, apesar de sua juventude, as primeiras marcas da decrepitude, "os seus discursos foram a coisa mais chata que eu já ouvi na vida. E dizer que era preciso engoli-los para poder fazer carreira e repeti-los em alta voz por toda parte, na igreja, na cama, no escritório".

– Enfim a assembleia relaxou, alguns risos zombeteiros apareceram aqui e ali e, de uma só vez, o desejo afundado na alma obscura da multidão enfim satisfeita foi um imenso clamor de alegria, um grito agudo vindo do fundo dela mesma. Então, como um fogo que começa no meio de uma floresta seca por uma onda de calor, e ultrapassa os guarda-fogos que os guardas florestais prudentes colocaram nela, o riso histérico recomeçou acima de nós, e ouvimo-lo reverberar pelos intermináveis corredores e através dos andares que, um após o outro, começaram a ressoar num eco satânico que ganhava todo o edifício, que, como então percebi, estava cheio, até o topo, de esquadrões de vadios.

– Sobre o estrado, os seis fantoches lívidos compreenderam que a fornalha que havia acabado de ser acesa não devia se apagar.

– "Não concordo com você, Gavrio", declarou com voz pastosa o ruivo que bamboleava a seu lado, "aquelas homilias não eram só entediantes, elas foram as coisas mais ocas jamais ejaculadas por todos esses moralistas que nos pentelhavam!".

– Na penumbra, mil rostos vazios se animaram, uma carranca retorcia os perfis horrendos, revelando, sob o ricto demencial, dentes semelhantes aos dos lobos. Um urro vindo de baixo silvou como uma nortada glacial, precipitando-se debaixo da escada branca em espiral, e aqueles que, no alto, nada tinham ouvido nem entendido, lançaram-se por sua vez na roda do júbilo imbecil.

– Nesse ínterim, o último juiz, aquele que estava à extrema direita, tomava evidentes cuidados para que fosse preservado o intervalo que o separava de seu vizinho bêbado que, feito um fantoche, continuava a se balançar perna ante perna.

– Era um homem jovem e esguio, cujo austera veste negra podia surpreender, de tanto que se assemelhava à do Grande Chanceler. Sob seus cabelos raspados, seu rosto emaciado não cedera em meio aos risos. Quando estes se acalmaram, ele deu um passo vacilante na direção do tribunal apostrofando nosso mestre com uma voz tão rude que, apesar do calor opressivo daquele salão sem ar, comecei a tremer:

– "Você fica calado porque é incapaz de responder, de dizer uma só palavra sobre aquilo que fez durante os anos em que foi o tirano desta cidade, o único a ter o direito de falar, de pregar e de ensinar o que queria, de distribuir cargos para os tartufos que macaqueavam as suas devoções. Ora, ora! Agora você está menos eloquente!"

– Então o Grande Chanceler voltou-se lentamente para aquele que o interpelava, e estas foram, acho, suas últimas palavras:

– "Dei testemunho da verdade."

– "O que é a verdade?", perguntou o homem de preto.

– Mas nosso mestre outra vez se calou e nada respondeu.

O irmão Otto colocou a mão na minha. Ele também se calou, com a garganta tomada por soluços. A tempestade se afastara, ela ainda rugia ao longe, atravessada por longos relâmpagos, que iluminavam com um clarão rosa a mobília desolada de nosso pequeno cômodo. Vislumbrei por um instante a fisionomia desfeita de meu amigo, suas pálpebras inchadas. Pelas bochechas pálidas, as lágrimas corriam devagar.

– O que é que ele poderia ter dito a eles – continuou, com dificuldade –, o que é que havia de comum entre eles e o mestre? Durante todo o tempo que durou seu suplício, e durante as horas que se seguiram, enquanto as mulheres cuidavam de seu corpo e nós cavávamos, no centro do pátio do nosso claustro, o túmulo em que o enterramos, perguntei-me por que ele havia sido morto daquele jeito, mergulhando a cada passo numa solidão cada vez maior, esforçando-se para não ver nada, e nada vendo já bem antes de ser cegado por seu próprio sangue, agindo como se não ouvisse e como se, de fato, ele nada mais tivesse a dizer, não apenas à multidão de seus inimigos mas também àqueles que, escondidos no meio dela, esperavam alguma espécie de sinal, alguma prova da verdade de tudo aquilo que ele nos tinha dito.

Otto soltou minha mão e, levantando-se com esforço, colocou pesadamente as costas contra a parede, ao lado da única janela.

– Não é só o espetáculo daquela multidão avançando de olhos fechados pelo caminho do assassinato, nem nossa própria covardia, que lhe fez perder a voz. Talvez – Otto procurava as palavras, articulando-as com dificuldade –, talvez aquilo que ele queria dizer não pudesse ser expresso em palavras, mas somente... somente por aquilo que ele ia fazer. Porque estou convencido de que foi ele quem decidiu tudo, que ele se prestou voluntariamente à inacreditável comédia que se seguiu.

– Que comédia?

– Foi como o desenrolar de um roteiro escrito há muito tempo. Enquanto o Grande Chanceler, nosso mestre, recusava-se a falar e, vindos dos bandos que ocupavam as primeiras fileiras, soavam os primeiros gritos de "Morte!", logo repetidos por um público em delírio, urrados pelo eco dos andares acima, o homem de preto deu um passo a mais em seu estrado, opondo à plateia surpresa um "não", que ele traçou delicadamente no ar com a ponta do dedo indicador. Em seus lábios pérfidos errava um sorriso tão inquietante que os mais ingênuos entre aqueles que se esganiçavam entenderam que havia coisa melhor a fazer.

– "Nós, revolucionários", dizia com um tom decidido aquele que, segundo entendi, deveria ser um dos tenentes do temível Velhardo, "não somos nem carrascos nem assassinos. Não queremos destruir, mas construir, e, no que diz respeito aos detritos do mundo antigo, antes de jogá-los no lixo, convém oferecer-lhes uma chance de reabilitar-se. Que faltou a esse velho pássaro despenado perdido no universo fantasmagórico dos espíritos de que se tornou um grande especialista? Que lhe faltou, na verdade, durante toda a sua vida? Faltou saber o que é cavar um buraco, malhar o trigo debaixo do sol, subir a montanha com os ombros carregados de sacas de esterco que, misturado à terra, vai fertilizá-la, permitindo-nos viver e comer. No fundo, tudo que lhe faltou foi um pouco de exercício e o sentido da realidade, que podemos perfeitamente dar-lhe, aqui mesmo, sem mais delongas. Eis então o que proponho: que ele seja obrigado a subir essa escada e descê-la quanto tempo for necessário para que essas boas verdades elementares assumam em sua cachola intumescida o lugar das quimeras que a recobrem!"

— Ao ficar sabendo do temível suplício reservado a nosso mestre, apertei — disse o irmão Otto — o coração com as mãos para protegê-lo de sua forte exaltação. Mas os imbecis à minha volta precisaram de um momento para compreender os refinados prazeres que se lhes tinham prometido e juntar seu entusiasmo ao dos líderes que gritavam a toda voz, agitando os braços no ar, gesticulando até onde era possível, à guisa de aprovação.

— E então, a um sinal do homem de preto, muitos deles, sobretudo aqueles que estavam à volta do tribunal, colocaram-se na extremidade de cada degrau, de modo a constituir uma espécie de cinturão de proteção em torno do lugar liberado para a passagem do supliciado. Percebendo em pessoas tão jovens uma expressão tão implacável, tive o sentimento de assistir ao estabelecimento de uma nova hierarquia, em que o desprezo pela sensibilidade e por toda forma de humanidade seria a regra, e na qual, contudo, o indivíduo, em cada um daqueles futuros chefes, vingar-se-ia num salve-se quem puder generalizado, doravante indissociável da ambição política e de seu arrivismo impiedoso.

— Enquanto isso, outros dentre aqueles aprendizes de carrascos receberam a ordem de desmontar o estrado. Eles começaram a trabalhar em uníssono, enquanto os juízes e sua vítima subiam um degrau. Foi então que o ruivo, que se tinha eclipsado, voltou coberto de um robe de veludo escuro, fechado na cintura por um cinturão incrustado de pedras preciosas. Uma corda azul fechava o colarinho. Das largas mangas bordadas com franjas de ouro e de prata escapavam finas luvas de pelica cinza-claro. Aquela era a antiga veste cerimonial dos Grandes Chanceleres de Aliahova, tal como fora concebida numa época em que o fausto das cerimônias tinha como objetivo dar à imaginação o gosto do infinito. Emergindo da roupa de bordados suntuosos cuja pesada capa parecia ficar de pé por si mesma, as feições caricaturais do histrião e seu cabelo hirsuto desencadearam risos. Aquele que tinha vestido o hábito deslumbrante tirou-o então com grande contorcionismo e, ajudado por dois acólitos, colocou-o em nosso mestre. Os clamores redobraram quando lhe foi levado, à guisa de chapéu, um longo cone de cartolina escarlate de onde pendia, preso pela pata a uma fivela, um sapo vivo.

– Descendo alguns degraus, voltando-se para o Grande Chanceler assim ridicularizado, o ruivo o saudou com gestos enfáticos, inclinando-se até o chão, multiplicando as genuflexões e outras marcas de respeito e de veneração em uso nas cerimônias sagradas.

– Enquanto isso, o personagem de preto ainda tinha uma palavra a dizer. Ele falou num tom quase jovial, de maneira a não perturbar a alegria geral. "Não esqueçamos", continuou ele com um sorriso indulgente dirigido a seu comparsa, 'não nos esqueçamos que não é nada fácil, por mais que o interessado tenha boa vontade, passar da condição de intelectual ocioso para a de trabalhador manual. É nosso dever ajudá-lo bastante."

– Ele esboçou um novo sinal. Quatro guardas se aproximaram pouco a pouco do Grande Chanceler. Mal ele tinha esboçado o gesto de voltar-se para os recém-chegados, eles se lançaram sobre ele e o golpearam com tamanha violência que, surpreso, desequilibrado, ele caiu para trás, e nisso sua cabeça bateu no mármore da balaustrada.

– Gritos irromperam por todo o prédio, que começou a ressoar como uma parede de granito socada pela agitação. Percorrendo todos os cantos, anunciando a todos o começo da condenação à morte, os ecos triunfantes do júbilo assassino retornaram aos ouvidos dos carrascos, redobrando seu ardor. Os guardas já tinham agarrado o homem de dores, ordenando que ele se levantasse e subisse. A frágil silhueta pôs-se em movimento com dificuldade, titubeando de um degrau a outro, as oscilações de seu corpo eram repetidas pelas do cone colorido, traçando no espaço zigue-zagues demenciais, enquanto o sapo, na ponta do fio estendido, ia de um lado para outro. Os chefes, os juízes, os guardas acompanhavam os passos do condenado. Ofegantes, uns de prazer, outros de terror, todos seguíamos com os olhos o estranho cortejo que percorria a vasta espiral que levava ao primeiro andar. Parecia a subida lenta demais para o gosto de muitos? Eles começaram a bater as mãos, acompanhando de um grito rouco cada vez que o Chanceler subia um degrau. Tamborins, tambores e gongos cuja presença não havia notado na escuridão repetiram a cadência, e era a um ritmo obsedante que cada qual na multidão parecia dar vida, ao mesmo tempo que a ele se entregava, o ritmo do próprio caminhar do supliciado. E quando, tendo chegado ao fim da primeira curva, o homem e sua escolta saíram de nossa vista, a sinistra algazarra continuou, instruindo-nos dentro de nós mesmos quanto à continuação do crime e a seus progressos.

– A bateria demoníaca às vezes parava. Então sabíamos que a caminhada também tinha sido interrompida, por alguma canalhice, alguma odiosa descoberta dos assassinos? Aquele não era o silêncio de antes, mas havia exclamações, invectivas, brincadeiras cujo sentido não captávamos, mas somente sua grosseria e seu caráter infamante. E então o martelar dos tã-tãs e dos gongos recomeçava, e ouvíamos até o fundo do edifício o barulho do furor e o trajeto do mártir.

– O ritmo se acelerou bruscamente. Devia ter começado a descida, nós todos espreitávamos o homem na virada da grande escada e, quando a silhueta baloiçante fez sua aparição em meio aos urras e assobios, entendi por que tudo foi tão rápido. Precipitando-se vários degraus de cada vez escada abaixo, atrás dele, os patifes armados de bastões atormentavam o Grande Chanceler, batendo-lhe na altura da cintura, obrigando-o a correr, fazendo-o correr o risco de, a qualquer momento, desequilibrar-se e sofrer uma queda fatal. É que o vulgo se entendia com espetáculos mais refinados, e sua paciência não suporta muito bem o tempo que a vida esgotada dá a si mesma para morrer. Assim, os organizadores daquela vergonhosa mascarada tinham decidido apressar as coisas. Mal ele chegava embaixo, e tinha de subir de novo. Os patifes alternavam-se atrás de nosso mestre, que agora era obrigado a subir a escada na mesma velocidade com que tinha descido.

– E a roda infernal continuava ao som ensurdecedor dos címbalos e dos tambores, escandida pelos aplausos e pelas vociferações da plateia de olhar ensandecido. Enquanto isso o admirável asceta resistia, inacessível às zombarias, atento a seu corpo, como um corredor que ignora o espaço e se abandona, de pálpebras abaixadas, ao uso da força que o habita e que não o abandona. Então o furor dos torturadores redobrou-se. Farejando o homem como se fosse uma criatura estranha, eles aproximaram dele suas fuças ameaçadoras, insultando-o, tentando dar-lhe algum golpe. Os mais pérfidos, quando ele descia, insidiosamente estendiam o pé para que ele tropeçasse. Mas ele, sem vê-los, mudava de direção, evitando suas armadilhas. Na multidão que se cansava de seguir o ritmo frenético imposto à sua vítima, a lassidão crescia ao mesmo tempo que a cólera. Apesar do alarido da orquestra, da gritaria, das interjeições, o tumulto ia perdendo força. Aproximando-se do homem de preto, o ruivo lhe soprou algumas palavras ao ouvido. Os dois juntos andaram até o meio da pista. A comitiva de nosso mestre parou. No rosto escavado de rugas pelas quais corriam finas gotículas de sangue, foi colocada uma faixa.

– Outra vez aguilhoado por seus seguidores, que o golpeavam com caniços, o cego partiu num caminhar incerto, erguendo-se com dificuldade de um degrau a outro, batendo ora contra a parede, ora contra o corrimão. E então, como se alguma coisa no fundo dele mesmo hesitasse, ele parou. Sua alta estatura inclinou-se perigosamente, as mãos abertas procuravam um apoio.

– "Olha, o Chanceler não se chancela", rosnou uma voz.

– Com aquele trocadilho zombeteiro, os risos voltaram por um momento. Dois brutamontes se aproximaram do homem que não conseguia ir adiante e, tomando-o pelos ombros, tentaram arrastá-lo ainda uma vez até o alto. As pernas pendentes batiam contra o rebordo das pedras, o grande corpo que eles levantavam já parecia privado de vida.

– Outra vez os tamborins soaram sua raivosa percussão, e as últimas imprecações nos deram a conhecer o cruel périplo da agonia. E foi um fantasma solitário que reapareceu diante de nós, descendo com cuidado, com extrema lentidão, as mãos levantadas como as de um funâmbulo erguido no ar. Ele estava quase embaixo quando, surgindo do lado, o ruivo estendeu bruscamente a perna:

– "Ó, vós, Grande Mestre do Saber, vós que a tudo conheceis, dizei-me: quem te dá essa rasteira?".

– O Chanceler caiu para frente e, tendo os braços diante de si como um mergulhador, desapareceu atrás da barreira ouriçada da multidão.

– Um formidável trovão abalou Caprara, como se um raio tivesse sido lançado contra ela. O brilho avermelhado iluminou um instante os rostos lívidos, e nas figuras inclinadas para nosso mestre caído no chão vi luzirem olhares dementes. Uma chuva torrencial se abatia sobre a cidade. Misturados ao rugir das águas, levados pela borrasca, os clamores da multidão que não tinha conseguido arrumar lugar dentro do prédio corriam pela alta abóbada. Um violento empuxo se exercia contra nós e tive a impressão de que seria esmagado contra a parede. Eram gritadas ordens na escuridão. Aumentando a pressão sob a qual corríamos o risco de morrer, os guardas moveram-se na direção da porta, a fim de impedir a entrada dos recém-chegados. Eles agitavam seus bastões acima da multidão, ameaçadores, prontos para bater. Ou por causa do medo, ou simplesmente porque não era mais possível mover-se, o empurra-empurra acabou. Vencida pelo tornado cujo furioso silvar já se ouvia, encharcada pelo temporal que piorava, a multidão reunida no terrapleno, que teve de contentar-se com os ecos do festim, sem dúvida não tinha outro recurso exceto fugir. Quanto a nós, aglomerados no paiol do imenso navio preso na tormenta, absorvidos na massa amorfa em que não se distinguia mais nada exceto o ofegar das respirações anônimas e aquele vago calor fétido liberado pela transpiração coletiva, ficamos imóveis, sem dizer uma palavra, sem ousar pensar. Às vezes o clarão de um relâmpago, o de uma tocha que um guarda acendia, tirava da sombra o rosto desabitado de meu vizinho barbudo ou, diante de mim, as costas imundas que me esmagavam o peito.

– Enfim a chuva pareceu diminuir, a tempestade se afastou, sopros de ar fresco passaram pelo pórtico, chamando-nos à vida. Aproveitando que o tempo havia melhorado, muitos foram embora, e o exemplo foi contagioso. Nesse meio-tempo, a guarda voltara à formação ao longo da grande escada outra vez iluminada pelas tochas. Entendi que o rebanho parado nos andares de cima estava impedido de tomar aquele caminho, e assim procurava outras vias. O amplo salão em que eu estava se esvaziava pouco a pouco. Enquanto a assistência se deslocava e que se começava a ver, entre os grupos que paravam aqui e ali à espera de sabe-se lá o quê, olhei com angústia o lugar onde o Grande Chanceler tinha caído e que ainda era tapado pela coorte dos guardas. Foi dada uma nova ordem, a de evacuar a área. Querendo ou não, os agrupamentos eram dispersados, os últimos espectadores eram empurrados para a porta.

Eu ainda não via nosso mestre, e fiquei colado na parede na esperança de fugir à atenção dos milicianos que vociferavam enquanto batiam nas lajes com suas lanças e com seus bastões. Foi então que sucedeu um acontecimento extraordinário, que me salvou. Alguém que estava se escondendo atrás de uma das imensas pilastras que suportam a grande abóbada tinha sido tirado dali. Ignorando aqueles que o interpelavam, o recalcitrante correu diante dos líderes ocupados em falar entre si. Ele passou na minha frente como uma flecha, e apenas entrevi, debaixo de uma cabeleira branca que voava, o olhar de fogo de um homem muito jovem. Ele já estava enfrentando os agitadores e seus guardas, chamando-os de carrascos e de assassinos. A estupefação lhe deu algum tempo. Então, de todos os lados, os guardas se precipitaram contra ele. Escapando às mãos que se abatiam sobre ele, deixando entre seus dados nada mais do que sua roupa, rasgada imediatamente, o corpo nu do jovem jorrou para fora da confusão, e em três saltos ele cruzou o salão e chegou à porta. Todos se lançaram em seu encalço, e eu junto: como uma estrela cadente na noite de São João, vimos o adolescente multiplicado em seus saltos fantásticos, com os membros luminosos a traçar no espaço obscuro da colina a louca curva de sua dança da vitória.

– Os brutamontes olharam sem dizer uma palavra o rastro de claridade que desaparecia na noite. Alguns ainda tinham nas mãos os panos dilacerados da túnica. Como a chuva voltasse, eles retornaram ao vestíbulo, vagando sem objetivo por um momento. Ninguém mais prestava atenção em mim quando achei um esconderijo. Foram apagadas as tochas.

Os últimos grupos foram embora. Fiquei sozinho no vasto espaço entregue ao silêncio e à escuridão. Então, avançando para a grande escada, vi nosso mestre completamente estendido nos últimos degraus, a cabeça baixa, o rosto inchado e coberto de sangue. Através de seus olhos vazios e escancarados, a morte me olhava. Dei um giro em torno de mim mesmo, perplexo, quando percebi no chão um quadrado de pano branco. Enxuguei o rosto querido e fechei suas pálpebras. Então corri a nosso convento para ali procurar ajuda e levar o corpo antes que os carrascos o tomassem. Quando voltamos, você estava ali.

O irmão Otto se calou. Ouvi sua respiração difícil, entrecortada pelos soluços de uma dor que não tentava se ocultar. Levantei-me. Pela vidraça, os últimos relâmpagos longínquos da tempestade se confundiam com os brilhos avermelhados da aurora. Em toda a minha consternação, uma pergunta não tinha parado de me assombrar durante aquela noite de pesadelo. Apesar da prostração de meu companheiro, decidi fazê-la a ele.

– Deborah – disse eu – foi terrivelmente atingida pela morte do Grande Chanceler. Como direi? Ela manifestou diante de seus restos mortais um sofrimento... um apego apaixonado que ultrapassa o de um simples discípulo por seu mestre...

A pesada silhueta de Otto ergueu-se e percebi seu rosto enfático.

– Mas... era o pai dela!

– Pai?

– Você não sabia?

★

A noite que aproveitamos para fugir foi mal escolhida. Eu estava impaciente para cruzar a fronteira, mas era preciso esperar que Deborah, esgotada por sua dor, tivesse recuperado alguma força a fim de poder enfrentar a longa viagem com que tinha concordado. Felizmente, tínhamos decidido partir antes do nascer da lua, e essa precaução nos permitiu escapar à armadilha que caiu algumas horas mais tarde sobre a cidade. Porque foi, percebemos no caminho, na aurora que se seguiu à nossa partida que aconteceu o êxodo de toda a população. Judith tinha me explicado que, numa revolução, são sempre os grupos extremistas que a puxam. Em todo caso, esses foram os mais loucos e os mais vis, mas um favor dos céus nos permitiu observar sua obra apenas de longe.

Otto tinha se recusado a separar-se daqueles de sua ordem que tinham enfrentado as perseguições. Pouco numerosos, eles se reuniam clandestinamente, longe do convento que foram obrigados a deixar. Por mais que eu tivesse mostrado o perigo a meu amigo, a impossibilidade de ele agir no universo que tomava forma diante de nossos olhos, ele permaneceu inflexível, opondo a minhas súplicas a obstinação de um sorriso pleno de bondade. Ele concordou em nos acompanhar até as portas da cidade, e foi ele quem levou Deborah até nossa casa, onde fizemos nossa última refeição em comum. A velha preparou aquilo que hoje constituía um banquete. Seu filho e sua nora estavam lá. Todos tínhamos lágrimas nos olhos e comíamos com dificuldade. Tendo chegado a escuridão, saudamos nossos anfitriões, apertando-os em nossos braços, trocando com eles promessas e votos. Prevendo a evacuação da cidade, estimando que em todo caso a existência ali se tornaria insuportável, eles esperavam retirar-se para sua choupana e ali viver dos frutos de sua pequena terra. Eles nos deram a entender que Otto sempre teria ali um abrigo.

Assim que chegamos ao lado de fora, tremi ao pensar em quanto esses projetos corriam o risco de revelar-se ilusórios. Ainda que as ruas estivessem habitualmente desertas àquela hora – que havíamos preferido por essa razão –, enquanto subíamos a rua do castelo as sombras se moviam à nossa volta, e, apesar da escuridão, entendemos, sempre nos deparando com grupos organizados, que se tratava de jovens guardas. A ajuda de Otto foi-nos preciosa. Trocávamos de calçada quando se aproximavam as patrulhas, que detectávamos pelo som de suas botas contra o pavimento, entrávamos numa viela quando um grupo maior nos impedia o caminho. Em suma, foi mais uma perambulação em zigue-zague, tornada muito eficaz pelo bom conhecimento da antiga cidade. E mesmo assim, se escapamos outra vez naquela noite, foi, creio, porque aqueles por quem passamos tinham outras preocupações. Eu suspeitava do início de uma operação decisiva e tive disso a prova quando, parando uns aos outros com a mão, estacamos bruscamente na entrada da pracinha da Panaghia. Diante da estreita fachada ainda intacta a que sua colunata em rotunda dava uma graça irreal, estava uma carroça de feno. À luz das tochas, adolescentes armados de forquilhas descarregavam-no antes de espalhar o conteúdo pelo interior da igreja. Comecei a tremer como uma folha.

– Eles vão queimar a cidade – murmurei para Otto. – Venha conosco!

Ouvi sua voz doce e tranquila, e aquelas foram as últimas palavras do monge que guardei na memória.

– Vou passar através das chamas!

Demos meia-volta e, por outros caminhos, chegamos às muralhas onde era preciso render-se às evidências: todas as portas estavam guardadas. Como ficamos em observação diante de uma delas, um comboio de charretes repletas também de palha veio do exterior e tentou passar. A carga era tão alta, estendendo-se tanto para os lados dos veículos, que eles avançavam com dificuldade, riscando as paredes, perdendo alguns feixes quando tentavam forçar a passagem. Foi a angústia que ditou minha decisão:

– Vamos ao mesmo tempo que elas!

Despedimo-nos de Otto bruscamente e, atravessando o espaço de luz entrecortada dispensada pelas lanternas presas aos comboios, esgueiramo-nos, recurvados, entre suas massas volumosas e a muralha, correndo o risco de ser esmagados pelas enormes rodas. Comboios aguardavam em fila do outro lado, numa estrada cheia de gente. Entramos num vinhedo que lhe passava ao largo, sumindo na terra, arranhando-nos nas vinhas, conseguindo nos afastar sem ser notados. Foi só então que percebi que segurava a mão de Deborah, e com força; então, voltando-me para ela, segurei seu rosto e enchi-o de beijos.

Era preciso chegar ao vale, que eu esperava subir pelos caminhos campestres. Rumores, vagos clarões, mugidos de animais, rangidos de carroças, gritos, às vezes cantos, assinalavam para nós a proximidade das estradas, e nós dávamos meia-volta em busca de outro caminho para o leste. Nas redondezas de uma cidade que serviria de acampamento a um bando, fomos cercados por silhuetas que se ocupavam com Deus sabe que preparativos. Uma companhia veio ao nosso encontro na trilha que seguíamos e só tivemos tempo de nos jogar numa moita. Outros grupos estavam próximos. Rastejando embaixo dos arbustos, afastando os galhos que se estendiam pelo chão, fomos dar num pequeno cemitério. Recuperamos o fôlego, apoiados numa estela, quando a superfície loura da terra subitamente se iluminou. Gravadas pouco antes, as letras se reuniram diante de nossos olhos estupefatos e lemos o nome de Cataldo! Levantei-me com precaução, temendo a proximidade de alguma tocha cujo brilho pudesse descobrir-nos. Mas eu não via fogueira nenhuma; o fraco luar que se estendia sobre o local das tumbas e que nimbava de rosa, acima de nossa cabeça, as fileiras de ciprestes que estremeciam de leve parecia uniforme e não vir de parte alguma. Foi então que, atrás das muralhas, uma imensa chama púrpura subiu ao céu. Afastando os ramos, observamos sem dizer uma palavra o espetáculo alucinante que dilacerava a noite: Aliahova queimava ao longe. Lançando uma claridade ofuscante sobre tudo que iria devorar, sobre os altos edifícios da Senhoria, sobre as torres, os palácios, os telhados, os sinos, o incêndio que se alastrava nos mostrava uma última vez, no instante de sua destruição, nossa razão de viver e tudo aquilo que amávamos. E vi seu reflexo na pupila dilatada de minha companheira!

Puxei-a. Passando rente aos muros do cemitério, esgueirando-nos debaixo das folhagens, ao longo das sebes e das cercas, através dos campos, conseguimos, após muitas tentativas, afastarmo-nos da cidade. Uma campanha deserta nos acolheu. Encontrei trilhas mais bem demarcadas, e até as estradas estavam livres. Avançávamos rapidamente, tirando uma espécie de felicidade daquela caminhada rápida e do movimento dos nossos corpos. A visibilidade aumentava, a paisagem emergia da escuridão. A claridade da aurora apagava os clarões do incêndio. A grande massa da cidade fortificada que marcava a entrada do vale aparecia acima de uma sinuosidade no terreno. Naquele lugar, a montanha desaba numa imensa pedreira, cujos estratos calcários resplandeciam aos primeiros raios do sol. Subimos o desmoronamento até uma pequena eminência cercada de carvalhos e de pinheiros.

Então, abaixo, a vasta planície estendia à nossa frente a opulenta camada de sua vegetação. Sob a luz que começava a roçá-las, destacavam-se as fileiras dos plátanos e dos eucaliptos, entre as quais cintilava a lâmina de prata de um riacho. A geometria dos campos quadriculados nos impunha sua evidência, confortando nosso espírito, levando a nossos corações a benevolência de sua harmonia. Entre os quadrados de terra cultivada, igualmente ladeadas de árvores, choupanas de argamassa espalhavam as manchas brancas de seus cubos minúsculos.

Mas os raios do dia e nossos olhares iam mais longe, até a cidade açoitada com toda a força pela luz. Contra a tela escura do céu noturno, a longa e alta muralha cingida por quatro torres e trespassada pelos três portões do Levante resplandecia como uma pedra de jaspe cristalino. Acima dela, entre os telhados e as flechas escarlate dos campanários, rios de sangue subiam lentamente no ar púrpura, e suas lentas ondulações vinham lamber uma enorme nuvem de fuligem de contornos alaranjados. O brilho da cidade era tamanho que parecia, naquele instante, que ela não precisava nem do sol, nem da lua para iluminar-se, e nem mesmo de nossos olhos. Inteira em brasas, ela se consumia, nutrindo-se, para morrer, de sua própria substância.

Aliahova! Não mais se ouvirá em tuas praças os risos das crianças, os gritos dos feirantes, o sussurrar dos namorados à noite, nem o do vento nas folhagens. Os poetas não mais lerão seus versos em teus teatros dourados, os artistas não mais edificarão teus santuários, tuas fachadas altaneiras! A luz não brincará mais em tuas escadarias de mármore, tuas ruelas não ressoarão mais com a alegre corrida dos aprendizes que saem do trabalho! Não mais se adivinhará, por trás das cortinas de linho branco de tuas casas antigas recém-pintadas, a esposa ajoelhada diante da cítara, cantando para o esposo o canto do amor!

Uma multidão de navios dispersos no metal cintilante do mar subitamente atraiu nossa atenção. A frota inteira de Aliahova, ou ao menos tudo aquilo que dela restava, e que apodrecia lentamente ao longo dos píeres desocupados, cem navios fora de uso, que seus proprietários haviam secretamente consertado, alijos e gabarras que não haviam sido de jeito nenhum feitos para vencer o oceano, carracas reapresentando-se para o dever, urcas arquejantes, lugres bojudos na parte do frente, xavecos adelgaçados, tartanas com velas triangulares, filibotes e *kraechs* vindos do Norte, malteses e faluas locais, galeotas confiscadas pelos civis, traineiras privadas do arrasto e arquejantes como besouros, barcaças carcomidas transformadas em navios de longo curso, naus disformes e todos os navios de todos os pescadores, todas as velas ao vento, todos os santos e todas as santas do paraíso, tudo aquilo que o ruidoso arsenal tinha produzido para fins diversos, tudo aquilo que resultava do labor da cidade, de suas expedições e de sua alegria, e que agora só servia para fugir, barcos, jangadas e canoas de todo tipo, os elegantes veleiros do Tinto, estavam todos lá, dispostos num vasto leque, com a proa virada para o alto-mar!

– Eles estão fugindo!

Ó, Valera, ó, Mario e tua bela mulher ruiva visível na multidão a teu lado naquele dia em que voltavas da pesca dos mortos, e teus filhos, e os filhos da velha, vós todos que enchíeis as praças do velho porto com o rude acento de tuas vozes fatigadas, clamando vossa alegria, que vós todos possais estar naquelas frágeis embarcações que o inferno dos loucos não deglutirá!

Deborah teve o mesmo pensamento que eu.

– Não há como Otto estar com eles – disse ela olhando a frota que se afastava. – O que será dele?

– Temo que ele não seja como o seu Deus; cedo ou tarde sua pureza o condenará à morte.

Eu quis ainda dizer algo, mas as lágrimas já corriam sobre o belo rosto emagrecido.

– Não – continuei –, a vida não morrerá jamais!

Mas, enquanto descíamos os degraus de mármore ofuscante da pedreira pontilhada de carvalhos verdes e de juníperos que tiravam naquele caos mineral estriado das sombras azuladas da manhã suas forças não se sabe de onde, a cidade apareceu diante de nós uma última vez. Absorvidas pela luz, as chamas não eram mais visíveis, e só o tremor do ar anunciava seu preguiçoso alastramento. As arestas orgulhosas dos palácios tinham perdido seu brilho dourado e vimos as vigas de suas cornijas, acres matérias de carvão, já brasas, balançando e caindo sem som. Diante das muralhas incandescentes, semelhantes a filas de formigas na areia, longas procissões negras se afastavam do forno crematório. E eu pensava naquela pobre multidão que carregava seus velhos e suas crianças, entregue à terra, e que ideólogos pretensiosos e ignaros, cínicos e ávidos, iam precipitar na desolação.

– No fim das contas – disse eu calmamente a Deborah –, o destino do indivíduo não é o mesmo do mundo.

O vale estava mergulhado na noite. Uma vegetação cerrada se entrecruzava acima da trilha e não era possível ver o céu. O ar estagnado entre os escarpamentos era tão úmido e tão frio que experimentávamos a sensação voluptuosa de quem entra numa água congelada. Prosseguíamos ignorando nosso esforço e o cansaço. Aquela embriaguez durou o dia inteiro, cujo passar só percebíamos pelo jogo dos raios nas folhagens douradas. Ruído nenhum se ouvia, exceto o pé ante pé dos pássaros nos galhos mais baixos. Eles fugiam quando nos aproximávamos, e eu ficava surpreso com seu voo desajeitado e lento. Às vezes também uma água escorria debaixo de uma pedra reluzente.

O vento passava acima de nossas cabeças, deslizando pelas encostas, inclinando levemente o cimo das árvores. Era difícil imaginar que aquele mundo pacífico, onde cada coisa parecia aquiescer a alguma lei consubstancial a seu ser e dispensadora de sua beleza, pudesse existir tão perto daquele que deixávamos. Assim percorremos maravilhados aqueles lugares onde a hostilidade e o medo não tinham mais curso. Eu desconfiava daquela facilidade quase irreal, e fizemos diversas paradas.

O sol ainda estava alto quando chegamos na planície. No ar puro da tarde que caía, volutas de fumaça avermelhada subiam lentamente. À nossa esquerda, ao longe, o Ermitério ardia. E foi no momento em que voltei o olhar para o encantador pequeno campanário branco com seu minúsculo sino que eles desabaram. O fogo tinha passado para os grandes pinheiros suspensos pelos entablamentos de calcário, e, engolindo-os um depois do outro, a trilha sanguinolenta subiu o cume, que inflamou-se de uma só vez, ao mesmo tempo em que o horror e a inquietude me oprimiam. O incêndio não tomou a direção do desfiladeiro, mas os incendiários não estavam longe. Deixamos aquele caminho. Desenterrei as provisões que tinha enterrado e obriguei Deborah a comer. Eu pensava na maneira de contornar aquele último obstáculo quando um ruído de passos se fez ouvir. Escondidos atrás de um rochedo, seguramos a respiração. Tentei estimar o tamanho da tropa que passava sem deter-se e que se lançava para o vale. Eu não tinha dúvidas de que ela estava vindo do Ermitério, e a questão era saber se tinha ficado alguma guarda no desfiladeiro. Decidi esperar a escuridão para ter certeza. Começamos a andar com cuidado, e eu levava meu punhal na mão para golpear o primeiro que aparecesse. Quando chegamos a alguns metros do ponto mais alto, deixei Deborah, larguei minha bolsa e avancei furtivamente, recurvado, com todos os músculos tensos. Os calcários recortados da passagem projetavam a claridade da noite na terra vermelha da trilha. Uma massa escura a fechava, e quase bati contra ela. Era o cadáver de um soldado, talvez aquele que vi dormir perto da fogueira do campo. Sua garganta estava aberta, e pude enxergar a imagem do céu em seus olhos revirados. Imóvel, ouvi o silêncio por muito tempo. Voltei para pegar Deborah e cruzamos a fronteira.

Eu tinha examinado os mapas. O caminho atravessa um vale deserto, recoberto de bosques, rico em água e em fontes, onde se abrigam os cervos. Depois, é preciso dois dias para chegar aos planaltos. É lá que queríamos chegar. Uma população altaneira habita aquelas extensões imensas. Eu tinha consagrado minhas pesquisas, meus primeiros trabalhos ao estudo de seu modo de vida. Conhecia as preocupações daqueles antigos nômades, sua simplicidade, sua hospitalidade. Cultivando a terra, cuidando de seus rebanhos, eles davam graças, maravilhando-se com essas mercês e vivendo numa admiração de todas as coisas. Um pudor nativo, uma pureza espontânea davam às relações entre os homens e as mulheres um cunho fraternal e alegre. Eram trabalhadores rústicos, que não temiam nem o cansaço nem o calor do dia. E quando vinha a noite e o sol se deitava detrás das florestas de faias, sua luz os iluminava, envolvendo seu rosto com uma auréola dourada. Eu conhecia seu idioma, e eles nos receberiam entre eles.

Do mesmo autor leia também:

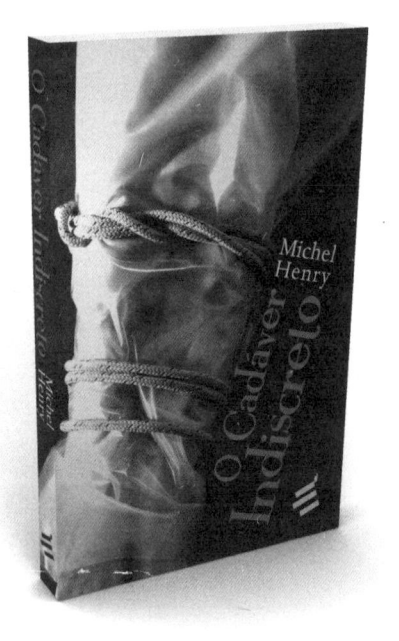

O Jovem Oficial foi o primeiro romance publicado pelo filósofo francês Michel Henry, autor de uma importante obra filosófica. Na história do jovem oficial da marinha encarregado de livrar o navio dos ratos que o infestam, tudo é simbólico. Cabe ao leitor descobrir onde está o Mal, onde está Deus, e como o homem age entre essas duas forças.

O cadáver de um tesoureiro é encontrado em um hotel e um detetive particular é contratado para resolver o crime, convidando o leitor a participar da investigação do caso. *O Cadáver Indiscreto* é um romance policial com caráter de narrativa filosófica, inspirado em histórias semelhantes que expõem as questões mais desafiadoras sobre Justiça e Verdade.

facebook.com/erealizacoeseditora
twitter.com/erealizacoes
instagram.com/erealizacoes
youtube.com/editorae
issuu.com/editora_e
erealizacoes.com.br
atendimento@erealizacoes.com.br